其莎
——著

青岛出版社
QINGDAO PUBLISHING HOUSE

图书在版编目（CIP）数据

星光与诺 / 其莎著. — 青岛：青岛出版社，2020.8
ISBN 978-7-5552-9056-8

Ⅰ.①星… Ⅱ.①其… Ⅲ.①幻想小说－中国－当代 Ⅳ.①I247.5

中国版本图书馆CIP数据核字(2020)第078780号

书　　名	星光与诺
著　　者	其　莎
出版发行	青岛出版社
社　　址	青岛市海尔路182号（266061）
本社网址	http://www.qdpub.com
邮购电话	18613853563　13335059110
	0532-85814750（传真）　0532-68068026
责任编辑	李文峰
特约编辑	崔　悦　田　宇
校　　对	张静静
装帧设计	蒋　晴
照　　排	李红艳
印　　刷	三河市良远印务有限公司
出版日期	2020年8月第1版　2020年8月第1次印刷
开　　本	32开（880mm×1230mm）
印　　张	8.5
字　　数	141千
书　　号	ISBN 978-7-5552-9056-8
定　　价	39.80元

编校印装质量、盗版监督服务电话　4006532017　0532-68068638
建议陈列类别：畅销·青春文学

目录

CONTENTS

序章
回到过去阻止自己出生　　001

第一章
变成小孩好心塞　　005

第二章
月光里的他　　025

第三章
挟恩图报的黑客小姐　　043

第四章
拯救世界的黑客小姐　　061

第五章
跨时空的全家福　　081

第六章
"小浑蛋"和"老流氓"　　100

第七章
他的"白月光"　　120

目录
CONTENTS

第八章
改变历史　　　　　　140

第九章
女主今天不想穿越　　　160

第十章
"白月光"的真身　　　177

第十一章
"黑化"的霸道总裁　　198

第十二章
重生和被重生的区别　　218

第十三章
我的姓氏你的名字　　　238

尾声
世间最圆满的事　　　　265

序章
回到过去阻止自己出生

南市的夏天总是格外炎热，骄阳似火，仿佛连蝉鸣都带了几分倦意。虽然这个年代的科技发达、医学先进，但随着全球温室效应加剧，酷暑愈发难耐。今年大部分城市里拉响了高温警报，一些行业里的员工也开始被迫放暑假。

正午，郊区墓园。

乔与诺戴着棒球帽，背着一个显得有些大的书包，沉默地站在铭刻着"乔瑾之墓"的石碑前，神情肃然。她盯着墓碑上的照片看了许久。除了一双眼睛，她没有继承母亲半分美貌。大概她的样子比较像素未谋面的"渣爹"吧！

乔瑾一生的悲剧皆因她的美貌。

她到底漂亮到什么程度呢？明艳动人、顾盼生辉之类的词都不足以描述她的美貌，即使是繁丽的四月春色，怕也难及她一分的明媚。

当年曾有人感叹："乔瑾之后，再无绝色。"

可惜绝色出生在最普通的家庭里，她的美貌也就成为一场悲剧。她初入职场，便遭上司算计，陷入权色交易，成为一枚棋子，又因为怀上私生女，声名狼藉，不得不远走他乡。

她不知道妈妈是怀着什么样的心情生下了她。在她的记忆里，这个女人大大咧咧、没心没肺，做的饭也不好吃，而且经常因为睡过头而导致她上学迟到。乔与诺很少正正经经地喊她"妈妈"，更喜欢像朋友一样叫她"大乔"，她太过年轻鲜活，每次出门叫她"妈妈"，总会惹来许多诧异的视线。早慧的乔与诺明白了一件事情，单亲妈妈在社会上承受的压力是别人的双倍。

大乔为什么要生下她呢？她记得有一次大乔喝醉了，抱着年幼的她大哭，翻来覆去地说："你爸爸是个坏人。乔乔，你要躲得远远的，他们都不是好人……"

那时候的大乔显得有些惊慌，但又带着几分母性的坚强。

她不知道自己的父亲到底是谁，但从大乔的只言片语里可以得出，他确实不是什么好人。如果他是好人，就不会潜规则大乔。

她们经常搬家，虽然大乔不说，但是她知道这是为了躲"渣爹"。

她想，大乔应该是恨他的。但为了救她这个私生女，大乔死在了那场不知是蓄意谋杀还是意外的车祸里。

所以，她决定回到二十二年前，改变大乔的命运。

或者可以换一个霸气的说法，她要回到过去，阻止自己出生。

从墓园离开后，乔与诺打车去商城买了那款自己一直嫌贵的腕表式全息电脑，然后吃了一顿有史以来最昂贵的海鲜大餐。刷光卡上的余额后，她恋恋不舍地围着环岛路走了一圈，直到暮色到来，才跟这个时代道别。

乔与诺义无反顾地走进黑洞研究中心。

跟秦天认识后，她就一直在为今天做准备。利用黑洞实现穿梭时空的技术，于今天早上宣告成功，而她将作为第一个实验品。

秦天看到她，眉心一皱："乔乔，你真的决定好了吗？"

"当然。"乔与诺一口喝光助手倒的水，试图用轻松的语气来缓解沉重的气氛，"至少二十二年前没有该死的高温。"

秦天明显对乔乔有好感，不赞同地说道："你不应该为了上一辈人的悲剧而牺牲自己。你要明白，一旦成功阻止自己的出生，那么，未来也就不会有你的存在。为什么不能是你回到车祸的那个时间点，挽救你母亲的生命？"

"你不懂。"

她的出生就是悲剧的起源。

命运对她妈妈太苛刻，无论是被潜规则，还是未婚生子。大乔那么美好，本该拥有一个璀璨的未来，而不是背负着一世污名，凄凄惨惨地死在异乡。

她要阻止大乔被"渣爹"欺负、被阴险狡诈的上司算计，最重要的是，不能让大乔怀上自己，不能让大乔再次背上污名。她要保护自己的妈妈远离阴谋诡计，让妈妈像所有女孩子一样拥有恋爱的权利，让妈妈找到属于自己的真爱。

命运亏欠她母亲的，就让她来补偿。

或许这就是她出生的意义。

秦天劝了半天，也没说服乔与诺，在这之前，他们这样的对话进行过无数次。他有些后悔让她知道这项研究的存在。或许，他应该回到五年前，阻止那个愚蠢的自己。乔乔如果回不来，他将一生感到愧疚。

乔与诺看穿好友的心思，机器关闭前，笑着说："或许我们会在过去认识。二十二年前你才六七岁吧！喂，你那时在南市吗？我可以去找你哦！"

"不，我在这里等你回来。"

"那你大概要失望了，还有……"乔与诺同他道别，"我忘了说，谢谢！"

第一章
变成小孩好心塞

2018年,初春的南市气候宜人。

南市靠海,空气中常年都带着几分潮湿,尤其是春季时,人们闭着眼睛似乎就能闻到大海的气息。晨曦笼罩在老城区之上,此时街道两边的早点铺子已经开张。煎炒烹炸的各种香气混合在一起飘出来,引得食客上门。

刘记馄饨店的门口前,人们甚至排起了长长的队伍。

一个五岁左右的小萝莉,穿着不合身的裙子,抱着偌大的书包,蹲在离这家馄饨店不远处的树下,黑白分明的大眼睛盯着排队的人来回打量,神情严肃。一些人见她长得可爱,拿零食去哄她,小萝莉的戒心十分强,谁来搭讪她都不吭声。

没错,这个萌萝莉正是乔与诺。

大概是因为黑洞技术不够成熟,她在穿越中发生了意外,身体骤然缩小成为小孩。除了开始时惊惶无措,她很快就接受了这个现实。毕竟她穿越过来的目的是阻止自己出生,而对一个即将消失的人来说,这好像也不是什么大不了的事情。

换个角度思考,世上最无害的生物不就是小孩子吗?她用现在的样子去接近叶崇行,他肯定不会起疑。

在她穿越前所处的年代,叶崇行非常有名。可又有几人知道,他功成名就的这条路上,还踩着一个无辜的女人的尸骨。这一次,她不会让叶崇行有机会利用她的妈妈,更不会让大乔成为他攀附权贵的工具。

不过,叶崇行到底什么时候才出现?

他明明在采访中说过喜欢刘记馄饨。可她在这里蹲了五天,也没看到他出现。果然,反派说的话不可信。但南市这么大,她要去哪里找人?

此时距离妈妈怀上她,只有三个月的时间。

她刚穿越来的时候,先找的是大乔,可顾叔从未提过妈妈以前住在哪里,或者妈妈喜欢去什么地方。她找了几天毫无头绪,只能放弃,改为在馄饨店的门口守株待兔。只要等到叶崇行,她自然就能见到妈妈。

乔与诺想到这些天的遭遇,捧着脸,叹了一口气。

资料上说,二十一世纪的人都不喜欢多管闲事,可她遇到的全是乐于助人的好人。他们不是想把她送到警局,就是要帮她找妈妈,昨天还有一个大妈想把她抱回家。如果叶崇行再不出现,她估计就要被送进福利院了。

忽然,小萝莉的眼睛一亮。

一个年轻俊秀的青年出现在乔与诺的视线里。他穿着白色的毛衣、黑色的西裤,气质干净温和,眼神里透着几分与年龄相违和的单纯懵懂。她按捺下激动的情绪,站起来,走到这个青年的面前,仰起圆嘟嘟的小脸喊了一声哥哥。

叶奕阳困惑地低下头:"妹妹?"

乔与诺心想:这语气、这神情、这相貌,他果然是叶崇行的哥哥!

声名显赫的叶崇行,有个智商相当于七岁小孩的哥哥,这是很多人不知道的事情。可是,她入侵了叶崇行的电脑和手机,翻到了他哥哥的照片。跟二十二年后相比,现在的叶奕阳只是年轻了一点儿而已,非常好认。

"哥哥,你可以帮我找妈妈吗?"乔与诺毫无心理障碍地卖萌,眨巴着漂亮的、水光盈盈的眼睛,看着就十分可怜。

叶奕阳点点头,又苦恼地抓脑袋:"可是,我,很笨的。"

他说话的腔调有些奇怪。他一个字一个字地发音,吐字清晰却略微缓慢,就像刚学说话的小孩,没办法掌握太多连贯的语言,显出几分呆傻的感觉。

"那怎么办?"她佯装无措。

他想了很久,眼睛一亮:"我带你,找寒寒。"

"寒寒是谁?"

"弟弟。"

乔与诺哦了一声,意识到"寒寒"应该是叶崇行的小名,脸上不自觉地露出笑来。叶奕阳真是太好忽悠了,难怪叶崇行将他保护得滴水不漏,这种性格的人分分钟被人拐走哇!看着一脸纯善的青年,乔与诺忽生几分愧疚。

她想了想，打开书包，把一盒巧克力塞给他。

"礼物。"

叶奕阳有些犹豫，可是见乔与诺一副"你不收我就哭给你看"的表情，就收下了。乔与诺心里终于舒坦了一些。这款巧克力是星光家最新出的口味，特别好吃，她也只带了两盒过来，被吃完她可就买不到啦！

叶奕阳带着小萝莉版的乔与诺一起回家。

和乔与诺想象中的不一样，叶家兄弟住在一个老旧的小区里。大楼的外墙灰扑扑的，看起来非常有年代感。她算了一下时间，如今叶崇行正值创业期，他大概是住不起豪宅。不过在五年后，他会买下南市临湖的地段，建一栋豪宅。

马上就要见到传闻中的叶崇行，她要怎么做才可以骗过他，让他收留她这个黑户？如果可以在叶家落脚，她就能监视叶崇行，最快地发现他的阴谋。

乔与诺的心中涌起了浓浓的战意。她深呼吸了几下，努力地放松情绪。

"门，怎么，没关？"叶奕阳困惑地说道。

乔与诺顺着他的视线看去，只见昏暗的楼道里，一扇大门虚掩着。年轻女孩的哭声传出来，她说："叶崇行，我们分手吧！"

叶奕阳想进去，却被乔与诺死命地拉住。

叶崇行的八卦，她不看白不看。真没想到，他居然还有被人甩的时候。

"我受够了！除了你那个白痴哥哥和疯子老妈，你心里就只有工作，连今天是我的生日也忘了。你知道我是扛着多大的压力和你在一起吗？

你为什么就不能珍惜我一点儿,多爱我一点儿!"女孩儿哭着,情绪显然很激动。

过了片刻,屋内响起一个稍显冷漠的声音,他说:"不过只见了韩少一面,你就这么迫不及待地要分手。"

"你胡说八道什么?"女孩生气地说道,"不要忘记,当初是你……"

"戚夏,我们是怎么在一起的,你心知肚明。"叶崇行的声音清冷干净,如皑皑冬雪般冰冷,他说,"还有,别再让我听到你诋毁我的家人。"

"你、你、你……"女孩儿在那边你你你了半天,最后愤恨地说道,"我难道说错了?你哥不是弱智,你妈不是疯子?当初我瞎了眼,当你是潜力股。精神病和智障会遗传的,我要是嫁给你,谁知道会不会生出一个小疯……"

屋内传出杯子被砸落的声响,戚夏的声音随之戛然而止。

叶奕阳焦急地拉着乔与诺冲进屋内,一脸担忧地说道:"寒寒,别,吵架。"

乔与诺:"……"

他搞清楚现在是什么状况了吗?

乔与诺的目光缓缓地看向立在窗边的叶崇行——一张年轻而清隽的面容,身材挺拔,气质卓然,即便神情里仿佛带着几分旁若无人的冷漠,窗外繁丽的春色也在瞬间成了他的陪衬。现在的叶崇行,和她所见到的那张照片里的人几乎没有任何区别,只是少了几分商场里历练出来的世故和凌厉,以及少了几分眉宇间的沉郁之色。

岁月这把杀猪刀真是太厚待这个阴险狡诈的男人了。

他年轻的时候风采卓然,不惑之年的时候优雅稳重,举手投足皆有魅力。

或许他的黑历史，就是她现在所见到的这幕场景。

只是让人想不到在未来会成为一代影后的戚夏，年轻的时候是这副脾气，看着柔柔弱弱的，但嘲讽技能却是满级。虽然叶崇行不是什么好人，可是阳哥又没惹到她，她要打要杀也该冲着叶崇行去呀！

看在阳哥的分儿上，她就见义勇为一次好了。

乔与诺酝酿了下感情，盯着戚夏看了一会儿，表情转为惊喜，然后猛地松开叶奕阳的手，朝戚夏扑上去，带着哭腔喊道："妈妈，乔乔终于找到你了！"

场面瞬间静止。

戚夏和叶奕阳都傻愣愣地看着这个小萝莉。

叶崇行的视线也落到乔与诺的身上，带着几分探究的意味，上上下下打量了她一番。乔与诺有些紧张地握拳，脸上却一派无辜，眨巴着水汪汪的大眼睛，十分卖力地揭开戚夏的黑历史："妈妈，你为什么不要爸爸，也不要乔乔？"

"爸爸生病了，你跟乔乔去看爸爸好不好？"

"乔乔会很听话的。"

"妈妈，乔乔好想你，爸爸也很想你。"

戚夏盯着脚边的粉嫩团子，脑袋有些晕眩，恍惚地问："你爸爸是谁？"

乔与诺用清晰而坚定的嗓音回答道："我的爸爸是——何——言——"与你青梅竹马的初恋，你孩子的亲爹何言哪！

她上高中那会儿，戚夏正当红，就在这时候，戚夏被人爆出弃养私生女的丑闻。那个孩子和何言的信息也被人曝光。对当红女星来说，这样的丑闻简直致命，但戚夏的金主是手眼通天的韩少，他硬是将这桩丑闻压了下来。

只是她不知道戚夏未来的金主是不是就是叶崇行刚才提到的韩少。

戚夏听到"何言"这个名字，神色猛地一变，嘴里不受控制地发出一声尖叫，反射性地一甩脚，乔与诺就飞了出去。她重重地撞到茶几上。放在茶几上的水壶摇晃了几下，砸到她的脑袋上。

痛死了！

戚夏这个恶毒的女人！

未来的观众都瞎了眼吗？他们居然觉得戚夏善良、大方、美丽！好像在她穿越过来之前，有本杂志还夸戚夏拥有不老的美颜和纯洁的心灵。她心想，倘若自己一命呜呼，一定要写封遗书寄给秦天，让他去曝光戚影后的黑历史！

乔与诺晕乎乎的，虽然有心再捉弄一下戚夏，奈何小身板太娇气，此时此刻，她的世界天旋地转，晕得反胃难受。恍恍惚惚中，她好像听到叶奕阳惊慌的叫声，然后有人将她抱起来。这个怀抱带着淡淡的烟草味，大概是叶崇行的。

她想表现一下自己的气节，可是挣扎了两下，就迷迷糊糊地陷进黑暗里。

乔与诺恢复意识时，身在一家医院里。

雪白的天花板，雪白的被子，空气里充斥着消毒水的味道。

她一睁开眼就看到坐在床边的叶崇行。他在膝盖上放了一台笔记本电脑，双手正在键盘上敲敲打打，应该是在处理什么事情。此时窗外斜阳西沉，暮色四合，她竟无知无觉地昏睡了一天。难道叶崇行一直在医院陪她吗?

真奇怪,他明明就不是什么好人,居然对小孩这么有耐心?

"醒了?"

察觉到小萝莉灼灼的目光,叶崇行抬头看她:"头还疼不疼?"

乔与诺没吭声。

"戚夏是你妈妈?"他收起电脑问道。

"不是。"

叶崇行看了一眼已经见底的吊瓶,伸手按铃。护士来得很快,换完吊瓶,十分温柔地询问乔与诺:"你有没有哪里不舒服,头晕不晕,想不想吐?"

乔与诺看穿她的心思,又是一个叶崇行的仰慕者。

"你哥对你真好,你吐了他一身,他完全没有生气,光顾着给你擦嘴。以后你要乖乖地听他的话,不要顽皮。"护士絮絮叨叨地说。

乔与诺看了一眼叶崇行,资料里提过,他有严重的洁癖。

他果然是个怪人。

如果不是因为知道他在不久的将来会算计大乔,知道他会用大乔换来一个大项目,她此刻一定会将叶崇行当成一个温柔的好人。

"是爸爸,不是哥哥!"乔与诺一本正经地胡说。

护士愣了一下,见叶崇行没有反驳,面露失望之色,也没了关心小萝莉的兴致,抱着托盘怏怏地离开。

叶崇行饶有兴趣地打量她:"你爸爸不是何言吗?"

"那是我骗戚夏的啦!"她冲他笑眯眯地说道,"她说阳哥的坏话,我不喜欢她,就随便吓唬她一下。乔乔是不是很聪明啊?"

"是很聪明。"叶崇行淡淡地夸赞道,"如果你没有脑震荡的话。"

乔与诺："……"

"那么，聪明的乔乔小姐，是怎么知道何言和戚夏的关系的？"叶崇行慢慢地削苹果。他的手指修长灵活，漂亮得就像一个艺术家或者外科医生的手。他看了她一眼，仿佛只是这么随口一问："而且你还知道他们有个女儿。"

乔与诺盯着他的手看了一会儿，又低头研究自己肉嘟嘟的小短手，认真思索了半天，也不知道怎么解释。难道告诉他，她是从未来的八卦杂志上看到的？她现在终于明白，什么叫搬起石头砸自己的脚。

果然见义勇为不适合她这种只能走卖萌路线的小萝莉。

她伤了脑袋不说，还引起了叶崇行的怀疑。

"因为我有预言能力！"乔与诺干脆破罐子破摔。

叶崇行却没有继续追问，把削好的苹果塞给她，然后慢慢地擦干净手，站起来，拿起笔记本电脑往外走。乔与诺一脸困惑地看着他，他这是要把她扔在医院里自生自灭吗？难道他一直在医院里陪她，是为了第一时间审问她？

乔与诺被自己的猜测给惊到了。

"你要去哪里？你不带我回家吗？"她慌忙叫住叶崇行。

"那是警察的职责。"叶崇行站在门口，看着是一副光风霁月的模样，"拥有预言能力的女巫小姐，警察会帮你找到妈妈的。"

乔与诺："……"

半个小时后。

乔与诺傻乎乎地看着病房里多出来的年轻警察，面对他亲切的询问，除了装傻就是装哭。客观而言，她认可叶崇行的做法。如果她捡到一个小孩，最稳妥的处理办法也是将她交给警察，让警察帮忙找她的家人。

可她是像柯南一样的伪小孩呀！

怎么办，怎么办，怎么办？如果她被警察带回去，不是被送到救助站，就是被送到福利院。变成小孩子就是麻烦，一旦被送到这些地方，她还怎么监视反派，怎么阻止他伤害大乔，又怎么帮助大乔摆脱"渣爹"？

"你叫乔乔是不是？你别怕，我一定会帮你找到妈妈的。"年轻的小警察拿出一块巧克力，试图哄她开口。

乔与诺："谢谢叔叔。"

年轻的警察咯了一声，纠正道："是哥哥，不是叔叔！"

"好的，叔叔。"

"好吧，乔乔是乖孩子，告诉叔叔，你的家在哪里？"

乔与诺的眼珠子转了转，然后她报出一个地址，可怜巴巴地说道："叔叔你会送我回家吗？乔乔想爸爸了。"

"当然，如果医生说你可以出院，我马上带你回家！"

"谢谢哥哥！"

这一声哥哥让小警察眉开眼笑，有礼貌的小孩就是可爱。

过了一会儿，医生过来检查乔与诺的情况，宣布小萝莉没有大碍，可以回家休养。小警察去办理出院手续，最后还退回来两千多块钱。他把钱和药装在一个袋子里，塞进乔与诺的书包里，心想，叶先生还真是心善。

初春的夜略带几分凉意，窗外月朗星稀，虫鸣时作。屋内灯火通明，灶上的鸡汤香气四溢，正咕咕地冒泡。

叶奕阳专心致志地看着火，怕自己不小心又烧干了锅。

叶崇行从书房走出来，倒了一杯水，趿着拖鞋慢悠悠地走到厨房门口："明天的早饭不是馄饨吗，你怎么还熬鸡汤？"

"给乔乔喝。"叶奕阳认真地回答，"我要去，医院。"

叶崇行面不改色地说道："乔乔已经回家了，不在医院。"

她应该已经回家了吧？那小孩古灵精怪的，不像迷路或者走失，估计是离家出走。警察只要问出她家的地址，就能立刻联系上她的家人。至于她为什么知道戚夏有个女儿，或许她们在一个幼儿园，听戚夏的女儿提起过。

也只有这个解释比较合理。

"我，想让乔乔，喝我炖的鸡汤。"叶奕阳闷闷不乐。

叶奕阳的厨艺很好。无论什么菜，只要吃过一次，他就能把这道菜做出来。一开始叶崇行不放心他下厨，怕他弄伤自己，但监工了几次，发现他大哥在这方面确实有天赋，就给他买了很多菜谱，供他研究。

虽然叶崇行有能力养叶奕阳一辈子，但大哥有门手艺傍身总是好的。

"大哥好像很喜欢乔乔？"叶崇行喝完水，嗓子舒服了一些。公司刚成立，什么事情都要他亲力亲为，跑了几天业务，喝酒喝得嗓子都疼。今天因为乔乔，他耽搁了一天的工作，晚上得通宵工作。

"乔乔好。"叶奕阳理所当然地回答。

叶崇行问他她哪里好，叶奕阳就说不清了，他过了很久才憋出一句："乔乔是妹妹。"

叶奕阳说得含含糊糊。可是叶崇行却一下子就明白了，顿时变得沉默。他几乎都要忘记了，他们曾经还有一个妹妹。

此时门铃响了。

叶奕阳跑出厨房。叶崇行关了灶火，也跟着走出来。

门一开,一道小小的人影就蹿进来,她兴高采烈地喊道:"阳哥我回来啦!"

"乔乔!"

"阳哥!"

两个人手拉手一起笑,自顾自地说起了话,完全忽略了门外的警察,以及站在客厅里、手握水杯的叶崇行。

"怎么回事?"叶崇行出声询问。

呆愣状的小警察回答道:"乔乔说,这是她家。可,可,可是叶先生怎么也在这儿?难道你也在帮乔乔找家人?"

"这是我家。"叶崇行示意小警察进来再说,给他倒了杯水,问完事情的经过,面无表情地看向跟叶奕阳玩成一团的小萝莉。

乔与诺注意到叶崇行的神色,暗道一声不妙。

她揉揉眼睛,红着眼眶,怯生生地走到叶崇行的面前,忽地喊了一声:"爸爸!我知道错了,以后再也不找妈妈,你别扔掉乔乔。"

叶奕阳:"……"

小警察:"……"

叶崇行眉心一蹙,面色微沉,冷眼看她演戏。

"爸爸不要扔掉乔乔。乔乔以后会乖乖听话,再也不找妈妈了。"乔与诺掐了一把自己的大腿,逼出点点泪意,一副可怜兮兮的小模样。见他无动于衷,她干脆号啕大哭:"爸爸别不要乔乔!"

正义感爆棚的小警察,脑补了一出家庭伦理剧。

小警察愤怒地站起来,义正词严地说道:"叶先生你实在太过分了,怎么能因为女儿想找自己的妈妈,就把她扔在医院里,还报警说她是捡到的小孩!我就奇怪,你怎么交了那么多医药费,敢情这是你的亲闺女呀!"

因为担心乔与诺被医院扫地出门而多交了医药费的叶崇行:"……"

"单亲家庭的小孩本来就很敏感,你这样吓唬她,会给她造成严重的心理阴影!看在乔乔这么可爱的分儿上,我就不追究你的责任了,但是你以后不能再这样。"小警察万分严肃地絮絮叨叨,"对了,乔乔上户口了吗?如果她还没有上户口,你快点儿去派出所弄好,我看她得有五六岁了,不上学可不行……"

半个小时后。

热心的小警察终于走了,而叶崇行被迫多了一个"闺女"。

乔与诺低着脑袋偷笑。

叶崇行面无表情地问:"腿掐青了吗?"

他原来看到了?乔与诺毫无愧色地说道:"青了,疼着呢。"

"说吧,你为什么赖上我们?"

乔与诺笑眯眯地反问:"说吧,你为什么不解释?你居心叵测呀,叶哥哥!"

"你说呢。"

乔与诺心想:当然是因为这件事解释起来太费劲。这就是当小孩的好处,童言无忌,说出来的话自然比狡猾的大人说的话可信多了。而且他要是解释,她就忽悠阳哥。她已经看出来,与其讨好叶崇行,还不如抱紧阳哥的大腿。

"故事编得不错,是乔乔小姐的亲身经历吗?"叶崇行说,神情里看不出喜怒,一副高深莫测的模样。

乔与诺学着他的语气说道:"你说呢。"他休想套她的话!

"我们来谈谈。"

乔与诺一听他的语气，就知道他又在打什么坏主意。她冲到叶奕阳的身边，抱住他的胳膊，可怜兮兮地说道："阳哥，你弟弟要赶走我！"

还在纠结叶崇行和乔乔怎么变成父女关系的叶奕阳，神情变得严肃，说："寒寒是爸爸，不能，赶乔乔走！"

乔与诺感到一阵恶寒，赶紧澄清："叶崇行不是我爸爸！"

"她刚才是在骗小警察。"叶崇行用叶奕阳能听懂的话解释了一遍，"所以我们跟这个乔乔小朋友，其实没有任何关系。"

叶奕阳认真地说道："骗人不好。"

"骗人是不好，可是我不这么说，小警察就会把我送到孤儿院，那以后阳哥就见不到乔乔了。"乔与诺的睫毛湿漉漉的，眼眶微红，看起来既可怜又委屈，嘴上却一本正经地胡说八道，"而且孤儿院很可怕的。别的小朋友会打乔乔，还会抢乔乔的零食，说不定晚上还有老鼠来咬乔乔。"

"乔乔不走，住我们家！"叶奕阳转头去征求弟弟的意见，"寒寒，好不好？"

叶崇行见哥哥一脸的期待，顿感无奈，没有反对。

他本来就没打算把乔乔赶走，只是想知道她父母的情况，好尽快将这个喜欢演戏的熊孩子送回去。叶崇行的眉心紧紧地拧起，他不知道是不是他的错觉，乔乔好像对他有敌意——她对着其他人是撒娇卖萌，对着他就各种防备警惕。

难道他长了一张坏人的脸？

乔与诺入住叶家的第一天。

在她睡醒之前，叶崇行已经去公司上班了。她兴奋地把叶家里里外外地翻了一遍，企图找出叶崇行违法犯罪的证据，但一无所获。叶崇行的书房里除了大量的专业书，就只有一张床和一张书桌，略显拥挤。

床是那种一米宽的简易床，靠着墙，被子叠得整整齐齐的。而他原本的卧房，则被让出来给了乔与诺。从这一点上来看，叶崇行是一个非常有风度的男人，而且还很细心，看她的裙子破破烂烂的，还买了几件衣服给她换洗。

虽然乔与诺有一点点小感动，可他是反派毋庸置疑！

大乔一生的悲剧，皆因他的算计。

乔与诺，你要坚定啊坚定，不要因为反派给了你一点点好处，就忘记自己穿越回来的目的！做完心理建设，她打开全息电脑，眼前顿时浮现出一个半透明的界面，界面里面有个穿着小肚兜的 Q 版小人。小人用萌萌的小奶声说道："欢迎使用全息电脑 T99，智能管家 007 竭诚为您服务。主人，您也可以叫人家七宝。"

乔与诺看着正冲自己卖萌的智能管家，有些无语，觉得自己被导购坑了。

这和她想要的风格完全不一样！

"主人、主人，七宝可以为您效劳什么吗？"

乔与诺下了指令："连接这个时代的互联网，搜索关键字：叶崇行，时光科技。"

"好的，主人。"

过了一会儿，七宝汇报道："共搜索到 70886 条记录，经过筛选，剩余 39857 条。"

这么多？乔与诺皱起眉。这款 T99 的全息电脑，号称是跨时代的智能产品，怎么检索功能这么垃圾？

她随手翻了两页，没一条消息是有价值的。

她想了想，打开编程工具，做了一个小插件优化搜索功能。她弄完这些，获取了叶家当前的IP，改为搜索叶崇行访问过的网站。不到三分钟，半透明的界面里就刷出了数万个网址。都说要知道一个人的秘密，就是进入他的网络世界！

她可是来自未来的黑客，追踪他访问过的网站是轻而易举的事情。

她饶有兴趣地点开一个个网站，发现叶崇行除了喜欢看球赛，就是长时间泡在一个美食论坛研究菜谱，不过这应该是开给阳哥看的。用软件进行统计，他访问最多的其实是医药网和一个高手云集的黑客论坛。

前者访问量集中在三四年前，看的帖子跟脑部受损有关，后者访问的时间比较固定，他几乎每天都会上来看看。乔与诺双手托着下巴，思考了一会儿，然后在黑客论坛注册了一个叫"时光机"的ID（身份标识）。

想引起叶崇行的注意，她肯定不能只潜水。

乔与诺的做法十分直接粗暴。她黑了这个论坛，在首页留下一只贱狗以及一行十分嚣张的话——我是来踢馆的。

这天，无数黑客怒了，试图顺藤摸瓜找出乔与诺。可是他们无论怎么追踪，最后定位的都是自己的IP，顿时心服口服。这是高手啊！于是论坛里一阵血雨腥风，黑客们纷纷下了赌注，猜测"时光机"是谁的马甲，反正这个人不可能是新手！

可乔与诺等了一天，也不见叶崇行有任何动静。

乔与诺入住叶家的第二天。

她从中午就开始等叶崇行下班，等到暮色沉沉，等到月亮爬上枝头，忍不住抱着被子睡了过去，叶崇行还是没有回家。

乔与诺入住叶家的第三天。

她得出一个结论：叶崇行就是一个工作狂。不论她醒得多早，睡得多晚，都见不到他的面！可是连叶崇行的人她都接触不到，还谈何监视？

乔与诺入住叶家的第四天。

她决定主动出招！

如果历史没有改变，大乔现在应该就在叶崇行的公司上班，也就是说，她只要去公司就能见到妈妈！先前她查不到"时光科技"的注册信息，所以只能按兵不动，但昨天问了阳哥，他说知道叶崇行的公司地址。

春日正午，微风徐徐。

位于市中心的金融商业区，向来繁华热闹、精英云集，而提着保温盒的叶奕阳和红衣小萝莉乔与诺就显得与这里的氛围格格不入。不过大厦门口的保安却没有拦下他们，主要是叶奕阳不说话的样子挺忽悠人的。

乔与诺拉着叶奕阳的手，好奇地东张西望。

这是她那个年代看不到的场景，生机勃勃，喧闹却踏实。二十二年后，气候两级分化愈发严重，而科技的进步也使得生活便利起来，人们想买什么都可以直接在天网下单，半小时内东西就会由物流机器人送来，所以宅居群体越来越庞大。

"阳哥，我们等下回家的时候，去对面买烤鸭吃。"乔与诺惦记着刚才看到的烤鸭。

叶奕阳点点头："好。"

两人说话间，电梯来了。

两个人跟在一个白领丽人的身后走进电梯，大概是叶奕阳出色的相貌吸引了白领丽人的注意，以至于她放下身段搭讪。而被美女索要电话的叶奕阳，一脸惊慌，不知道怎么应对。乔与诺不想他面对鄙夷或同情的目光，当机立断地喊了一声："爸爸！"

然后，电梯就到了七楼。

在美女遗憾的目光里，乔与诺拉着叶奕阳的手走出电梯。

乔与诺默默地叹气，为阳哥感到遗憾。从叶崇行查的资料来看，阳哥并不是先天弱智，而是遭到什么意外，脑部受损。如果阳哥能恢复正常，以他的相貌气质，有多少姑娘会拜倒在他的风采之下。

阳哥这么好，未来的医学一定可以治好他！

"乔乔，你怎么，又乱喊？"叶奕阳认真地纠正，"我是哥哥。"

"知道啦。"

叶奕阳却有些烦恼，乔乔怎么见谁都喜欢喊爸爸，哦，还有妈妈。难道妹妹的脑袋跟他的一样，也有问题？

他苦恼地思索着，牵着乔乔走路，沿着记忆里的方向走了一会儿，说："到了，寒寒在这里。"

乔与诺一抬头就看到"叶氏科技"的招牌，顿时恍然，难怪搜不到"时光科技"的注册信息，原来这个时候，叶崇行的公司是叫叶氏科技。只是有点儿奇怪，为什么她收集的资料里从未出现过叶氏科技？

叶奕阳牵着她的手走进公司。

有个姑娘看到叶奕阳，笑着迎上来："叶先生来找叶总吗？他在开会，你先到他的办公室等等。"姑娘的目光一转，她又盯着乔与诺惊讶地说道："哪来的小孩，这该不会是叶总的女儿吧？"

这语气带着几分试探，乔与诺一听就明白她对叶崇行有意思。

"乔乔是妹妹。"叶奕阳认真地解释。

姑娘的神色一松，面带笑容。她说："叶总的妹妹呀，长得真可爱。"

乔与诺松开叶奕阳的手，往办公室区域跑，一间间小格子找过去，却没看到大乔，神色顿时变得茫然。妈妈怎么不在？不应该呀，顾叔曾多次提过，如果大乔当年没有来叶崇行的公司上班，她也不会被算计。

而且顾叔也不在公司里。

难道历史的轨迹发生了变化？

那他们现在在哪里？如果大乔躲过了叶崇行的算计，却没躲过"渣爹"怎么办？按照顾叔所说，"渣爹"位高权重，对大乔见色起意，先是潜规则她，后又温情攻势，用计使大乔对他动心，最后抛弃了身怀六甲的她，跟别的女人结婚了。

现在距离大乔怀上她不到三个月了！不行，她必须得找到妈妈，保护她不被"渣爹"欺负！不然她穿越回来的意义在哪里？

"乔乔，不要乱跑！"叶奕阳喊道。

"哦。"

乔与诺蔫蔫地走回叶奕阳的身边，低着脑袋跟在他的身后，经过会议室门口的时候，大门恰好开了。一人走出来，跟乔与诺撞个正着。

她摸摸被撞疼的鼻子，仰起脑袋看去。

这是一个英俊的男人。

他看着像一个浪荡不羁的纨绔子弟，但眼神坦荡，神色沉稳。他也正低头看她，似乎有一点儿惊讶，随即露出笑来，一把将她抱起来，懒洋洋地说道："哪来的这么可爱的小丫头，崇行，这是你家的小孩吗？"

这一口京片子，她一听就知道他是从北京来的公子哥。

"算是吧。"叶崇行缓步而出。随后他看向叶奕阳，问道："大哥怎么忽然来公司，是出了什么事吗？"

"给你送饭。"说完，他有些紧张地盯着眼前陌生的男人，喊了一声乔乔,"她是我的妹妹,你,你别欺负她。"

"你叫乔乔?南有乔木的乔?"他笑着自报家门,"我是韩季北。"

乔与诺傻愣愣地应了一声,目不转睛地盯着他,总觉得这个叫韩季北的男人看起来很眼熟。明明与他是初次见面,可她下意识地觉得亲近,忍不住生出几分好感。不过他是叶崇行的朋友,那么,一定不是什么好人!

"放我下来,你不知道男女授受不亲吗?"她不高兴地嘟嘴。

韩季北被她一脸严肃的样子逗笑,转头对叶崇行说:"要是你把你家的乔乔送我,这次的合作案,我就再让你一个百分点。"

"韩少说笑了。"

叶崇行伸手把乔与诺抱过来,放到地上,打量了她一番。小姑娘绑着鱼尾辫,身穿小红裙,确实挺招人喜欢的。忍不住伸手摸了两把她的头发,就见她气鼓鼓地仰起脑袋瞪人,他淡定地说道:"跟你阳哥去办公室玩。"

叶奕阳似乎把韩季北的话当真了,一脸紧张地拉着乔与诺走了。

第二章

月光里的他

下午，会议室。

墙上的大屏幕正播放着叶氏科技刚开发的一款游戏的宣传片，以《山海经》为原型，架空了九个国家，而背景则是神族陨落后妖魔与人类同存的乱世。从美工和场景上就能看出，叶氏科技是下了血本来做这款游戏。

几个宣传片轮流播完，叶崇行面无表情地往后一靠。

高管们各抒己见，有的觉得应该把第一个宣传片投放为电视广告，有的觉得可以找知名的画手在微博上画游戏的同人图，以此吸引女玩家。能被叶崇行挖来公司的人，都有几分本事，吵着吵着，就碰撞出好几个不错的宣传方案。

叶崇行敲了两下桌子，会议室渐渐地安静下来。

"投放为电视广告确实是一个不错的想法。但我们的宣传成本有限，我们必须另辟蹊径。"他稍稍一顿，神色从容，显然心中早有想法。他吩咐助理把资料发下去，等众人看完游戏玩家的分布图，继续说道："东林的想法很好，但除了找人画同人图，我们还可以邀请一些知名的游戏玩家和工会来参与内测……"

此时叶崇行的手机忽然响起来。他看了一眼号码，立刻接起来。

"大哥你先别急，慢慢说，出了什么事？"

"乔，乔乔不见了，怎么办怎么办……"电话另一端的叶奕阳似乎快哭了，声音慌得在发颤，"我，没看好，妹妹。"

叶崇行打开定位软件，搜到他的位置就在公司对面的餐厅。

"我三分钟后到！你不要乱跑，在原地等我！"他用肯定的语气安抚叶奕阳，说，"我会找到乔乔，你不要担心。"

"那，那你快一点儿。"

叶崇行挂断电话，宣布散会，拿起外套就急匆匆地往外走。

乔与诺恢复意识之时，是在潮湿阴暗的货车里，空气中充斥着难闻的牛粪味道。一个脏兮兮的小男孩躺在她的身边，双目紧闭，嘴巴被堵着破布，跟她一样被捆成了粽子。她打量完车内环境，皱起眉，努力地坐起身，歪歪地斜靠在角落里思考。

她慢慢地回忆起昏迷前发生的事情。

从叶氏科技出来，她跟阳哥到公司对面的茶餐厅吃东西，中途想上厕所，就让阳哥留下来看东西——避免服务员以为他们吃完了，把桌上的点心清理掉。然后，她一进厕所就看到面目狰狞的戚夏。

"何言让你来找我的，是不是？"

她微微一愣，才明白过来。戚夏还当自己是她和何言的女儿，难道她没和何言联系？真薄情，她连自己的女儿长什么样都不知道。不过以戚夏自私自利的性格，估计她是恨不得把这个人生污点抹去吧！

"当年说好孩子给他，他就不再纠缠我，为什么你还会出现？"戚夏一脸愤怒，恶狠狠地说，"我就知道他想毁了我！如果不是因为你，韩少怎么会和我分手？扫把星，早知道我一生下你就把你掐死！"

乔与诺警惕地往后退了两步，澄清道："其实我不是你的女儿。"

几天前戚夏甩了叶崇行，转眼她新攀上的高枝就甩了她，真是报应啊！不过看情况，戚夏似乎把责任都推到她的身上了。

这个黑锅，她不背！

"这件事说不定是叶崇行干的，他和韩少多熟！我和韩少又不认识。"虽然不知道是不是叶崇行的报复，可这不妨碍她算计他，女人的战斗力不容小觑。让戚夏去对付叶崇行，简直没有比这更棒的主意了！

戚夏却不相信她的话，冷笑一声："叶崇行向来言而有信，说不会告诉韩少，那就一定不会从中作梗。何况，以他的性格，他也不屑针对我。"

"……"

想不到在戚夏的心里，叶崇行是这么君子的人！

"看看何言把你教成什么样了，满口谎言不说，还学会了栽赃，你不想认我这个妈，正好，我看了你也心烦。"戚夏嫌弃地看着她，"如果不是我今天去办离职手续，还看不到那么精彩的一幕。快说，你都跟韩少说了些什么？"

"我什么都没说！"乔与诺十分识时务地说道。

"是吗？"

"当、当然。"见戚夏的面色古怪，乔与诺转身想跑，奈何现在小胳膊小腿的，完全是战斗力为负五的渣渣，没跑两步就被抓住。

她刚想大呼救命，却被戚夏用手帕捂住嘴巴和鼻子，随即闻到一股呛人的味道。

"既然何言这么不识趣，那就别怪我心狠。"

然后，她就被迷晕了。

车外十分安静，偶尔才有车辆经过的声音。乔与诺猜测，他们现在已经离开了市内，不是在郊区就是在什么更偏僻的地方。

戚夏到底想做什么？

幸好昏迷之前，她打开了智脑的危机模式。如果在三分钟内，她没有进行任何操作，智能管家就会向警局发送求救信号，以及通知她所设置的"家人"。这是所有全息电脑都具有的一个功能，所以二十二年后的绑匪，最先做的就是拆除人质的智脑。

至于现在，谁能想到她来自未来呢？

此时前头响起手机铃声，《青藏高原》唱到一半，司机放慢车速接电话。

乔与诺慌忙竖起耳朵听。司机说："我们还是在老地方交易，男的十万，女的三万五，一手交钱一手交货……货源绝对没问题，男娃是我的兄弟买来的，现在他们生了自己的崽，我的兄弟就让我带出去卖掉……女娃更没问题，她妈说家里穷养不起。不过我看那女娃的打扮，估计是有钱人家的私生女，大老婆容不下……"

被大老婆容不下的私生女乔与诺："……"

虎毒不食子，戚夏真是连畜生都不如，居然要将自己的女儿卖掉。据资料记载，这个年代还有很多地方偏僻到无法通车，甚至没有信号。她要是被卖到山沟里，那么，一辈子都跑不掉了。估计戚夏打的就是这个主意。

不行,她不能等警察的救援!

到了没信号的地方,她的全息电脑估计也要瘫痪。

乔与诺挣扎了几下,没把绳子弄开,倒把手腕的皮给磨破了,疼得直皱眉。此时她第一次希望自己能恢复原样,小孩子的身体实在太弱了。早知道戚夏这么心狠手辣,她就不去招惹她了。

"你别乱动,我帮你。"

乔与诺循声望去,那个脏兮兮的小男孩不知道醒来多久了。他正慢慢地坐起来,看着她,双眼发亮,像只还没长大的小狼崽。

他看着有点儿眼熟呀!

乔与诺心想,最近她怎么看谁都觉得眼熟?

她点点头,看明白他的举动,背过身去,方便他啃咬自己的绳子。不知道过了多久,她听到小男孩声音沙哑地说:"你再试试。"

乔与诺稍稍用力一挣,绳子就松了。她把嘴上的破布拔掉,然后转身对他小声地道谢。看到他嘴上的伤,她不由得生出一股内疚。

"我叫乔乔,你呢?"她边解他的绳子边问。

"秦天。"

乔与诺微微一愣,秦天?两个人是同名,还是她遇上二十二年前的秦天了?没有时间让她来思考这个问题。她不得不收敛心神,专心地解绳子。

过了几分钟,乔与诺靠着她的小短手解开了秦天的绳子。

"等下无论看到什么都不要出声。"嘱咐完秦天,她打开全息电脑,进入危机操作模式后,查看七宝记录的卡车路线图。

半透明的悬空界面里,七宝正含着眼泪,用头顶的气泡提醒她:主人主人,按照当前的路线行驶,十分钟后,我们将进入地图的盲区。

乔与诺蹙起眉，这可真是一个糟糕的消息。

她不知道十分钟内会不会有警察来救他们，但可以确定，十分钟后，她和被养父卖掉的秦天都有危险了，想跑都分不清方向。

乔与诺稍稍思索，便决定了。

她用软件侵入了人贩子的手机，获取权限后，查看了他的微信、短信、相片等记录，然后让七宝用语音软件给人贩子打电话："你好，请问你是陈悦的爸爸吗？你的女儿正在市医院抢救，请你立刻过来。"

"骗子滚！我的女儿都死了三年了！"前头的人贩子愤怒地说。

卡车在路边停了下来。

人贩子大概被戳到伤心事，对着手机骂个不停。趁这个机会，乔与诺拉起目瞪口呆的秦天，悄悄地跳下车。

借着沉沉月色，两个人开始逃命。

空旷的郊区里，除了昏暗的路灯外，没有任何可以藏身的地方。他们唯一能做的就是在被人贩子发现之前，有多远跑多远。乔与诺十分清楚，如果再被抓到，他们将不会有机会逃跑，所以成败在此一举。

只是乔与诺高估了她现在的小短腿。

她呼哧呼哧地喘气，双腿灌了铅似的沉重。不知道跑了多远，他们的身后传来人贩子暴怒的声音。他喊："小兔崽子，居然敢跑！"

"不好，他发现了！"秦天惊呼道。

乔与诺转头一看，卡车已经掉头往他们的方向追来。她哀叹一声时运不济，连大乔的面都还没见到，难道就要game over（死掉）？

刺眼的车灯驱散了前方的黑暗。

夜风从他们的身边呼啸而过。此时此刻，孤立无援的乔与诺生出几分恐慌，按照这样的速度，不用两分钟就会被追上。怎么办？怎么办？要是书包没放在叶家就好了，她从未来带的防身工具还能应付一二。

卡车渐渐逼近。人贩子伸出脑袋,冲他们骂了几句脏话。

此时前方出现两条岔路。乔与诺的眼睛一亮,她说:"我们分开跑!谁要是逃走,就去警局报案。人贩子叫陈爱民,手机号是15305122××,身份证号是3511×××。"

秦天迟疑了一下,低低地应了一声。

一人往左,一人往右。

人贩子见他们分开跑,顿时大怒:"兔崽子,谁也别想跑!"

卡车在乔与诺的身后紧追不舍。

不过片刻,她就毫无悬念地被大卡车追上了。满脸煞气的人贩子从车里跳下来,几步冲到她身后,抬脚狠狠地踹出去。

乔与诺狼狈地滚到路边,腰间磕到石块,痛得脸色发白、直冒冷汗。她闷哼一声,老半天也爬不起来。

乔与诺顾不上自己的伤势,连滚带爬地继续往前跑。

此时不远处,一辆黑色的路虎正朝他们这边驶来,越来越近。雪白的车灯逼得乔与诺微微眯起了眼。她的心神一松,腿就发软,狼狈地摔在地上。

她冲前方高喊:"救命!"

片刻后,路虎在乔与诺的面前停下。

人贩子见势不妙,立刻捂着脑门跳上车,逃之夭夭。

乔与诺睁着那双大眼睛看过去,一人从车里走下来。雪白的衬衣、黑色的西裤,他就仿佛是踏月而来的天神,面容清隽,气质高雅,举手投足间都充满了难解的魅力。有那么一瞬间,她的心脏剧烈地怦怦乱跳。

她从未想过,身陷绝境之时,出现的人会是叶崇行。

为什么是他?

为什么偏偏会是他?

星光与诺

叶崇行阴沉着脸，快步朝她走来。他弯下身，将她一把抱起，清冷的嗓音里似乎略带关切，说："乔乔，你怎么样？"

乔与诺蹬了两下腿，挣扎道："猫哭耗子，要不是因为你，我怎么会这么倒霉？！"

要不是因为他，她何必回到二十二年前。

要不是因为他，她又为什么要阻止自己的出生。

要不是因为他，她根本不会变成小孩子！

可是此时此刻，罪魁祸首却以救世主的姿态出现，他高高在上，对身处困境的自己施以援手，真是太可笑了！

"别闹。"叶崇行紧紧地拧起眉，见她精神十足，稍稍放心。

"谁闹了！放开我！不要你抱！"乔与诺大叫起来，"谁要你救了，都是你的错，我恨死你了叶崇行！"

"那你说说，我错在哪里？"

"你——"她想控诉他的罪，可是那些事情还没发生。她的嘴巴张了又合，满腹的愤怒都噎在喉咙，不吐不快，却只能吞回肚子里。她有些委屈，有些难受。她在未来受了那么多苦，皆因他而起，他凭什么如此无辜？

乔与诺瞪着他，瞪得眼睛微微发涩，最后忍不住哭了出来。

叶崇行以为她是惊吓过度，安抚了两句。可怀里的小萝莉却越哭越大声，甚至一把鼻涕一把眼泪地往他的衣服上涂。

一贯有洁癖的叶崇行紧紧地拧着眉，冷声说道："不许哭！"

回应他的是乔与诺愈发委屈的哭声。

警察随后赶到现场，两个警察留下来问话，其他人则继续追捕人贩子。乔与诺为了不露馅，瑟瑟发抖地躲在叶崇行的怀里，将一个受惊的小孩演得淋漓尽致。半路遇到警察的秦天也十分讲义气，没有出卖乔与诺，被问什么都说不知道。

最后微胖的警察得出一个结论："看来对方是个喜欢行侠仗义的黑客。"

"不过高手好像有点儿路痴。"他的同事说道。

"是呀，谁都不知道文华路在哪里。还有西大桥，这桥正在重建，根本没开始通车，这高手也路痴得太离谱了。"胖警察感叹，"幸好有叶先生提供的消息，不然这两个小孩估计就遭大罪了。"

乔与诺低着头，一脸尴尬。

她忘记加载地图了。所以智能管家给警局发送的求救信息里，显示的是二十二年后所处的位置，而二十二年后的南市和现在完全不是一个模样。难怪过了这么久，警察才出现，不过叶崇行怎么知道人贩子的位置？

做完笔录，叶崇行带乔与诺回家。

她趴在车窗上，对秦天说了一声："再见。"

黑色的路虎平稳地行驶在宽敞的马路上，车窗外，银河高悬，牛郎织女星相映成辉，天阶夜色，春意融融。或许是因为刚经历过一场危机，乔与诺看着这样普通的夜景，竟也瞧出了几分宁静可爱。

"刚才不是怕得号啕大哭，现在精神了？"

乔与诺哼了一声："不用你管！"

"乔乔小姐，你就是这么对待救命恩人？"叶崇行懒洋洋地笑问。

路边的灯光投射进车内，光影交叠。叶崇行的脸半明半昧，英俊得让人目眩神迷。乔与诺的心跳再次"造反"，扑通扑通地失去了节奏。

不许跳！

不许乱跳！

他是叶崇行,是她和大乔的仇人,是万恶的祸端!哪怕他是她见过最英俊的男人,心也不能这样没有原则地狂跳不止。这一定是运动过量的后遗症,不然她怎么会对着叶崇行犯花痴?

她深深地呼吸两下,强迫自己冷静下来。

乔与诺刚想张口说话,忽然身体一热,骨头剧烈地疼痛起来,她啊地惨叫一声,然后就见自己的身体不受控制地慢慢变大。乔与诺顿时就傻眼了——她、变、回、来、了!

在发生车祸之前,叶崇行踩下急刹车。

昏暗的路灯投射进车内,隐约可见的姣好的轮廓,她瑟缩在角落里,一脸惊恐茫然。他找出空调毯,帮她盖得严严实实,让她只露出一张略带婴儿肥的脸。

他拧着眉,冷声说道:"你可以解释了。"

乔与诺抓着毯子,干巴巴地说:"我,我,我不知道。"

她是真的不知道为什么她会忽然变回来,而且还是在叶崇行的面前变的。惨了,他那么阴险狡诈,唯利是图,会不会把她卖给研究所之类的?

"名字,年龄,来历。"叶崇行用十分平淡的语气说。

她脑袋一转,回答道:"乔与诺,二十一岁,来历清白!"对上他质疑的眼神,她立马伸手发誓,结果毯子一滑,差点儿走光。

她抓好毯子,迅速编了一个故事:"有一次我去深山里探险,恰好天上落陨石。我被砸晕了,醒过来后,就变成小孩子。从此之后,我有家不能回,成了一个小黑户,还差点儿被送到福利院里,不过幸好遇到了你跟阳哥,你们就是我的恩人!"

叶崇行淡淡地嗯了一声,神色莫测。

乔与诺惴惴不安,这个"嗯"到底有几个意思?她有心再解释两句,可是叶崇行已经发动引擎,专注地看着前方路况,一副"这个话题就此结束"的冷淡模样。

她思索无果,头疼欲裂,最后慢慢地陷进一片黑暗里。

她做了一个梦。

梦里,大乔牵着她的手过马路,对面的游乐园里气球飘扬、欢声笑语,好一派繁华热闹的情景。她仰着圆嘟嘟的脸,冲大乔说:"你可真是太幼稚了,明明喜欢来游乐园玩,非要拽上我干吗呢?"

"我当然是为了给乔乔创造一个美好的童年回忆。"

"骗人的吧?"

此时从拐角蹿出一辆面包车,车门敞开着。一个刀疤男探出头,将她一把拽上车。她吓得哇哇大哭,透过车窗看到大乔追着车子跑。

不要追了!

妈妈,不要再追了!

她对梦里的大乔拼命地呐喊,却无济于事。

最后就像她无数次梦到的那样,大乔被车撞到,躺在马路中间。而年幼的自己被劫匪捂住嘴巴,眼睁睁地看着惨剧发生……

凌晨,市一医院的观察室。

叶崇行看着烧得意识不清,却死命抓着他哭个不停的乔与诺,无奈地蹙起眉。他揉揉发痛的额头,兵荒马乱了一夜,还没想好怎么处理罪魁祸首,她却先病倒了。她已经输了两瓶液,热度还没有下去。

她是谁?

她从哪里来?

叶崇行的心里有许多疑问,他并不相信她的解释。她的身上有太多谜团，就像一团不稳定的气体。作为一个坚定的唯物主义者，今晚发生的事情颠覆了他的认知。她不是小孩，难怪一直聪明得不像正常的小孩。

那么，她对他的敌意从何而来？

叶崇行不得不产生怀疑，她被阳哥带回家，这并非是一个巧合。

他慢慢地抽回手，走到观察室外面，打了一个电话："你帮我查一个人。名字和照片，我一会儿发给你。"

乔与诺在隔天中午醒过来。

她转过脑袋，看到坐在床边椅子里看书的叶崇行，眼里闪过几分困惑。这已经是第二次了，为什么每一次她狼狈落难的时候，都是他扮演了拯救者的角色？昨夜一直是他在照顾自己。虽然她烧迷糊了，可依稀知道这些事情。

相处越久，她越觉得他和自己记忆里的叶崇行不一样。

他到底是一个怎样的人？

或许是她打量的目光太明显，叶崇行有所察觉地抬起头，直直对上她的视线。

"那个……"她忽然想起一件很重要的事情。昨晚她忽然变回来，衣不蔽体，可现在却穿着病号服："你昨天是怎么把我送到医院的？"

叶崇行看着那张苍白的脸渐渐变成红色，顿时明了。他的眼中闪过一抹光，神情也有些不自然，他说："放心，是护士帮你换的衣服。"

乔与诺长长地叹了口气："这次真是丢脸丢大了。"

她怎么能在几乎全裸的状态下发烧昏迷呢？而且她还是被一个年轻英俊的男人抱来医院。这种情形，很容易让人产生不和谐的误会和联想好不好！她决定了，以后绝对、绝对不能来这家医院，这脸都丢到二十二年前来了。

她同情地注视着叶崇行,几乎能想象得出当时尴尬的场景。

他的心理承受能力真是强大,他居然能面不改色地留在医院里照顾她,如果换成她抱着一个裸男来医院看病,肯定已经遁走。如此说来,她在不省人事的情况下,毁了叶崇行的名誉?这样一想,她莫名有种报复的快感!

"谢谢你送我来医院。"乔与诺的心情大好,她笑眯眯地说道,"还有谢谢你昨晚来救我,叶哥哥你真是一个好人。"

他放下书,淡淡地说道:"乔小姐不是恨死了我吗?"

"……"他怎么还记得这茬儿?

"我们认识?"

他虽然是在询问她,可语气却是肯定的。他微微地往后靠去,神色清冷而疏离:"我做过对不起你的事,所以你处心积虑地接近阳哥想报复我?"

乔与诺顿时傻眼了,除了报复这一条,其他的居然全中。

难怪他的对手会给他贴上精明狡诈、阴险腹黑之类的标签,可他到底是怎么推敲出这些结论的?明明她一直都伪装得很好,就因为昨晚不小心说了那么一句话,以至他的脑洞大开,让他对她产生怀疑?

"没错,我就是讨厌你!要不是你,我怎么会被戚夏卖给人贩子!"乔与诺立刻做出反应,愤怒的神情里略带几分委屈和难过,语气又显出几分后怕,说,"我以为我跑不掉了,要被卖掉了,你知道我有多害怕吗?"

她坐起来,情绪有些激动的样子,说:"你不是也讨厌我吗?上一次你还把我扔在医院里,现在更过分,说我居心不良!叶崇行,你是不是有被害妄想症,看谁都像坏人?俗话说,你的心是什么样子,你看到的人就是什么样子!"

叶崇行淡淡地哦了一声,不疾不徐地说道:"那就这样吧。"

什么叫"那就这样吧"？

乔与诺跟不上叶崇行的思维节奏，只能傻愣愣地看着他。

"作为补偿，医药费不用你还了。"叶崇行站起来，一手插在裤兜里，一手拿着书，从容地说道，"另外，你的行李放在左边的柜子里，你出院的时候记得带走。"

乔与诺觉得眼前的场景似曾相识："叶崇行，你又要把我扔在医院里？"

"乔小姐说笑了。既然你已经恢复'正常'，自然是回自己的家。"叶崇行说着，唇角微微地上扬，露出一个清冷的笑，"难道你想继续住在我家里？"

乔与诺语塞："可、可是……"

该变回来的时候不变，不该变的时候乱变！黑洞磁场真是害死她了！怎么办，如果不能回叶家，她还怎么监视叶崇行？

看着那道挺拔的背影从病房里消失，乔与诺泄气地倒进被子里。

功败垂成啊！

她又回到原点了，不，比回到原点还糟糕。

她已经明白叶崇行为什么没有审问到底。因为他不信任她，也不会再给她任何接近他的机会。无论她是什么来历，抱着什么样的目的，对他而言都无关紧要。所以昨晚他根本没相信她的解释，那时就打定主意赶她走吧！

当天下午，乔与诺就办了出院手续。

一开始医生并不同意。虽然她拍了CT，查了血，各种检查结果都正常，但是高烧的原因没查出来，万一出院又反复了怎么办，责任谁负哇？乔与诺一听病情要稳定三天才能出院，立马忽悠医生，说这是老毛病，只要心情不好就会发烧。

她猜测，发烧应该是身体忽然变大造成的，现在骨头不疼了，烧也退了，还能出什么事？再说，她哪里还有脸继续待在住院部。那些小护士看她的眼神都怪怪的，她也不知道护士们是怎么脑补她和叶崇行的关系的。

办完出院手续，她打车直奔叶家。

叶崇行不想收留她没关系，她还有阳哥呀！

她也打定主意，赖上他了！她想了一下，叶崇行下班回家看到她会是什么表情？他肯定很生气，冷着脸说："乔小姐是自己离开，还是等警察上门？"或者他会凶巴巴地威胁她，要将她的秘密告诉研究所。

她该怎么应对呢？

目前来看，她除了抱紧阳哥的大腿，好像没有第二个选择，可是阳哥还能认出她吗？她纠结了一路，漂亮的小脸忽喜忽忧。

进了小区，乔与诺背着书包慢吞吞地步行到五楼。

她按下门铃，等了许久也没人开门，于是开口喊道："阳哥你在家吗？我是乔乔。"

她等了片刻，屋里面仍旧静悄悄的。

乔与诺困惑地喃喃自语："奇怪，这个时间点，阳哥应该在做晚饭，不太可能出门。难道叶崇行怕我找上门，换地方住了？"

她打开书包的拉链，在里面掏了半天，摸出一串钥匙，神采飞扬地抛了两下，笑眯眯地说道："山不就我，我便去就山。"

叶崇行的人品还不错嘛，居然没有检查她的书包，不然她偷配的钥匙肯定曝光。

钥匙轻轻一转，门就开了。屋内一片寂静，窗户紧闭，而空气里却溢满了浓浓的煤气味道。乔与诺的心头慢慢浮起几分不安。她往里走了两步,就看到倒在沙发后面的叶奕阳。他一脸苍白,双目紧闭,不知道昏迷了多久。

她冲上去喊道:"阳哥,你怎么了?"

叶奕阳没有任何反应。

乔与诺强迫自己冷静下来,打了急救电话,貌似镇定地报出地址,然后又从叶奕阳的手机里翻出叶崇行的号码,拨了出去。

电话很快就通了。

"叶崇行,阳哥在家里晕倒了,好像是煤气中毒!"她压抑着恐慌说道,"你快点儿回来看看,我、我一个人不行的。"

电话那端传来水杯落地的声响,叶崇行沉声问道:"急救电话打了吗?"

"打、打过了。"

"你知道是哪家医院吗?"

"市一。"

叶崇行低低地嗯了一声。在电话里,她听到电梯开门的声音,还有钥匙串碰撞发出的动静,不难猜出他已经从公司出来了。

叶崇行冷静地交代道:"鞋柜的抽屉里有现金,你全部带上,大哥的身份证和医保卡也在里面。"

"知、知道了。"

话音刚落,她就听到楼下响起救护车的鸣笛声,忙说道:"我听到救护车的声音了。你到哪儿呢?要是离医院比较近,你先过去等着。"

"嗯,一会儿见。"

因为抢救及时,叶奕阳十分幸运地化险为夷。

市一的病床向来紧张,但叶奕阳的情况又必须得留院观察,所以他就被安排到了八楼的呼吸内科。而八楼的呼吸内科，正是乔与诺恨不得绕路走的地方。她一路低着脑袋，生怕被那些小护士认出来。

然而，墨非定律在任何空间都适用。

"你不是下午出院的那个病人吗，怎么又回来了？哎，男朋友也在呀！"

来病房巡查的小护士，一眼就认出了他们。

"他不是我的男朋友。"乔与诺忍不住解释道，"他长成那样，我怎么配得上。"

小护士看了一眼叶崇行，脸微微一红，居然真的点头，认可她的话。这下，乔与诺的心里又不舒坦了，好歹她的母亲是一代绝色，她会长得差吗？

另一个护士却说道："也是，后妈不好当啊！"

乔与诺："……"

"叶先生的女儿长得很可爱，上周脑震荡，就住在楼下。"护士语重心长地说道，"妹子你长得挺漂亮的，没必要在一棵已经枯死的老树上吊死。"

叶崇行："……"

两个护士离开后，乔与诺捂着嘴巴笑。

"枯死的老树，这形容得真生动！"

"笑够了吗？"

乔与诺点点头，不笑了，可忍了一会儿，又哈哈地笑起来，眼角都笑出了泪花："这可不是我的错，上次我也是为了帮你解围才撒谎的，谁知道她还记得你。要怪，就怪你长得太引人注目了。"

"是吗？这么说来，我还应该感谢你？"他冷冷地说道。

"不敢不敢，你可是随随便便就能将人扫地出门的 boss（总裁）。"

面对乔与诺的嘲讽，叶崇行居然沉默了。

他想起叶奕阳刚从急救室被推出来的场景，医生的话言犹在耳："幸好他被发现得早，不然还真不好说。"

乔与诺来历不明、满口谎言，又擅长演戏。昨天之前她还是一个五六岁的小孩，可一夜之间就"长大"了。虽说子不语怪力乱神，但她真的是人吗？他找人去查她，可这世上仿佛没有她生活过的痕迹。

哪怕是生活在深山里的黑户，只要在这个世上存在过，她就一定会留下痕迹。朋友、亲戚、同学、邻居或者是在网上留下的信息。可乔与诺是凭空出现的，没有过去，也没有人认识这么一个人。

可是……她救了他相依为命的大哥。

叶崇行揉揉发痛的额角，有些疲倦。一天一夜没休息，他也有些扛不住。他用打量的目光盯着乔与诺，思索片刻，问："乔小姐想要什么？作为报答，只要是我能办到的事情，定倾力而为。"

第三章

挟恩图报的黑客小姐

乔与诺毫无心理障碍地选择挟恩图报,重获叶家的居住权。

整个过程顺利得有些不真实,她说要住在叶家,叶崇行就同意了。她不禁怀疑,他是不是在打什么坏主意?于是她十分小人之心地提醒:"古人有云,滴水之恩当涌泉相报,而救命之恩,以身相许都不为过……"

"所以你想嫁我?"他眉梢微扬,不疾不徐地说,"乔小姐不要告诉我,你如此处心积虑是因为暗恋我。"

乔与诺正在喝水,呛了一下,咳了半天才止住:"胡、胡说八道!"

灯光下,她的脸却是红扑扑的,甚至耳根子和脖子都染成烟霞般的红色。其实、其实叶崇行是会读心术的妖怪吧!为什么每次他都能用这种"天气不错"的轻松语气戳穿她的小心思？她刚觉得自己的目的性太强，可能会引起叶崇行的怀疑，所以琢磨了一晚上，决定以"暗恋"这个借口来解释。

在她看来，她暗恋男神，处心积虑地接近他，这是顺理成章的事情。

可她还是太嫩了！

叶崇行用那双幽深的眼睛盯着她，问："那你脸红什么？"

"我、我、我……"她在那边支支吾吾了半天，最后愤怒地说道，"那是被你气的！谁想嫁你了，你的脸皮也太厚了。"

他的妻子可是短命鬼，好像没等他事业有成，就已经没了。

不过他的妻子姓甚名谁，就没人知道了。

叶崇行唯一让她钦佩的优点就是他的痴情，他的初恋对象就是他后来的妻子。她过世之后，他也没有再娶，甚至与所有女性都保持距离，过着苦行僧一般的生活。曾有人问起此事，他说："我老婆是个醋坛子。"

他一生忠于一人，哪怕她已经死去。

这样的深情，足以让任何人动容，也包括乔与诺。

她决定了，以后有机会一定要打听一下他的初恋对象是谁。她既然都穿越回来了，至少要解开这个"千古谜团"，为同胞谋福利。

"总之，我对你们叶家有恩，你不能出卖我。"她十分严肃地说，"比如你把我会变大变小的秘密告诉研究所。"

"这确实是一桩无本的好买卖，乔小姐不提，我都没想到。"

叶崇行的神色莫测，看不出任何端倪，但她敏锐地感觉到他在生气。病房里的气氛莫名尴尬，她也有些无措。

"那个……"

她没说出口的道歉被叶崇行打断："不如我们来谈谈你的秘密，或者你更愿意和研究所的人沟通？"

她啊了一声："我的秘密，你不是知道吗？"

"我很好奇，"他顿了一下，交叠着双手，往后一靠，继而淡淡地说道，"为什么查不出你的来历……就好像你是凭空出现的。"

乔与诺一动不动地注视着他。

这是试探？

如果她的回答不能令他信服，她会再次被扫地出门吗？

"你在开玩笑吗？"她佯装镇定，立刻反攻道，"叶崇行你知道'尊敬'这个词是什么意思吗？你怎么能找人调查我！"

叶崇行也定定地望着她："你在心虚。"

乔与诺的心跳加速，脸上却一派无辜。她垂下眼睑，长而浓密的睫毛遮挡住了她眼中的情绪。过了片刻，她正对上他的目光，一脸决绝："好吧，我愿意把秘密告诉你。叶哥哥不信任我，这不是叶哥哥的错，是我出现得太突然。"

他不置可否地嗯了一声。

"我是一个孤儿，来南市是为了找家人。我想知道为什么他……他们不要我。"她避重就轻，隐瞒不能说的，坦白自己的目的和身世，"在来南市的路上，我发生了意外，莫名其妙地就变成了小孩。不过我也不知道为什么我忽然就恢复了。"

叶崇行没有说话。

她寻思片刻，继续说道："我没有父母，是师父收养了我。他给我饭吃，教我读书识字。我住的地方很偏僻，而且我也没有户口，所以你查不到我的来历……"

那年她被绑匪劫持，阴错阳差地被师父所救。可她回去的时候，大乔已经入殓了。顾叔说，大乔死前一直在喊"乔乔""囡囡"，不肯闭眼。后来，顾叔把她送到师父的家中寄养，一直到她十岁，才回来带她走。

她没有固定的住所。顾叔和大乔一样，总是带着她经常搬家。

顾叔经常闷头抽烟，眉头仿佛没有舒展过片刻，只有提起大乔的时候，他寂静的眼中才有几分生气。他时常咒骂叶崇行和她的"渣爹"，只是多以"畜生""人渣"这样的词来称呼"渣爹"，所以她至今不知道那个毁了大乔一生的男人是谁。

不管大乔还是顾叔，他们都对那个人讳莫如深。

"我不想说了。"乔与诺有些难受，忽然不想再解释了。她想跳起来指责他。作为罪魁祸首的他，有什么资格要求她解释呢？她关在心底的小野兽咆哮着，满是不甘。有那么一瞬间，她想换一种方式来监视叶崇行。

为什么她非要和仇人同住一个屋檐下？

他静默一瞬，郑重说道："我很抱歉，让你想起了不愉快的事情。"

乔与诺惊讶地盯住他。

傲慢冷漠的叶崇行居然也会道歉？

但她却从那双幽深淡漠的眸子里看到了歉意。在这一瞬间，她心里的小野兽忽然就平静了下来。此时，病床上的叶奕阳动了动，似乎是要醒了。乔与诺猛地松了一口气，慌忙站起来说："我去叫医生！"

叶崇行看着她近乎落荒而逃的背影，眼里闪过一抹难解的暗光。

叶奕阳醒过来的第一件事情就是找妹妹乔乔。乔与诺感动得两眼泪汪汪，浑然把叶崇行的警告抛之脑后，上前自报身份。最后在叶崇行无奈的视线里，两人迅速认亲，且傻哥哥理所当然地接受了"妹妹"变大的奇异现象。

叶奕阳不仅接受得十分坦然，还郑重其事地提醒叶崇行："妹妹，变大了，不能，让别人知道。"

叶崇行嗯了一声："大哥，你最近好像变聪明了。"

"妹妹和柯南，一样。"叶奕阳很认真地说，"有人知道，会抓。"

"阳哥真聪明！"乔与诺毫不吝啬自己的赞美，瞥了一眼叶崇行，开始告状，"叶哥哥之前还不让我跟你相认，说我忽然变大很可怕，会吓到你。而且他还不让我回家，我差点儿流落街头当乞丐了。"

叶奕阳有点儿生气了："寒寒，过分。"

叶崇行不置可否，坐到沙发里用电脑处理公事，同时听他大哥在那边絮絮叨叨了一堆"兄妹友爱""保护妹妹"之类的话。

乔与诺得意扬扬地看着叶崇行：让你欺负我，让你威胁我，让你审问我！

阳哥真不愧是她的亲哥！

作为报答，她要让阳哥在医院里吃好、玩好，身心舒畅地出院。而且叶崇行的科技公司刚起步，事务繁多，一整天电话基本没停过。昨天他又是追人贩子，又是在医院照顾她，估计一夜没睡，今天阳哥又出事，最担心的人肯定是他。

他已经两天没休息了……

她可不是担心叶崇行，而是做人得有感恩之心。虽然他以后可能会干坏事，但是一码归一码。他救了她一次，她总要找机会还回去。不然以后她与他决裂了，她的心里还存着这么一桩事，肯定会翻来覆去地难受。

叶奕阳在医院里住了五天，乔与诺就在医院陪了他五天。因为病床紧张，他一直到出院，都住在呼吸内科，所以乔与诺只能每天陷落在各种异样的视线里。她有次碰到了帮她换病服的护士，护士问她跟叶崇行发生了什么，那天怎么是光着身体被送来的。她除了保持淡定的微笑，

星光与诺

还能解释什么呢?

叶崇行经常下班后来医院,这个时候护士站只有值班护士,人比较少。而且叶boss一向高冷,似乎浑身上下都透着旁若无人的气场,谁敢当面八卦他。对此,乔与诺深感不公平,觉得是自己帮叶崇行挡了流言。

乔与诺崩溃了五天后,叶奕阳终于出院了。她也终于脱离苦海。

在家休息了两天,乔与诺再次踏上找妈妈的征途。

鉴于上次阳哥在家里昏倒的意外,乔与诺出门的时候,把他也捎上了。她不知道大乔什么时候会来叶崇行的公司上班,所以打算守在商业区蹲点。

一眨眼,早上过去了,中午过去了。

港式茶餐厅里靠窗的位置,乔与诺托着下巴,打着哈欠。一大片金灿灿的阳光投射在她的身上,散发着独属于春日的懒洋洋的气息,晒得人昏昏欲睡。

春日的午后里,只适合做两件事——睡懒觉或者打游戏。

坐在她对面的叶奕阳,就完全沉迷在手游里。

可已经习惯了全息技术的乔与诺,对这个时代的游戏毫无兴趣。这就好比让习惯了互联网的群体,回到八十年代,面对古董级别的黑白电视。

乔与诺又打了一个哈欠,眼角沁出两颗小小的泪珠子。

"这边点单,加一杯卡布奇诺!"

这家茶餐厅的主要消费群是对面商业楼里的白领,所以这个时间点,餐厅里并没有什么客人,服务员很快就把她的咖啡端上来。

她喝了两口,苦得直皱眉,不过却清醒了一点儿。

"欢迎光临,先生,请问您几位?"

乔与诺闻声望去——一个英俊的男人走进店里,西装笔挺,但没有系领带，里面的衬衣也解了两颗扣子，随意而懒散的姿态。她微微一愣，他竟是有过一面之缘的韩季北，没想到堂堂韩少会来这种小餐厅。

稍许，韩季北的身后跟进来一个妆容精致的女孩儿。女孩儿长得和戚夏有点儿像，是那种大眼睛、尖下巴、肤白、细腰、翘臀，看着却特清纯、特干净的类型。她打量完这个姑娘，瞬间就领悟到了韩季北的审美口味。

或许因为她打量的目光太明显，韩季北朝她这边看了过来。

四目相对。

韩季北的眼中似乎带了几分疑惑，过了一会儿，他迈步走过来："叶大哥，真巧！这位是你……"

他跟叶崇行平辈相交，称叶崇行的哥哥一声叶大哥也是合情合理。

乔与诺冷哼了一声："你比阳哥还大啦。"

"乔乔……"叶奕阳的注意力终于从手游上移开，他看到立在桌前的韩季北，脸上顿时浮起戒备的神色。显然他还记得韩季北想抢他的妹妹。

"你也叫乔乔？你和叶家的妹妹长得挺像的。"

他只是这么随口一说，却让乔与诺打了一个激灵。她佯装镇定地说道："我叫乔与诺，是乔乔的……姐姐。上个星期乔乔被你的前女友拐卖，受到惊吓，还被人贩子踢成重伤，回来后烧了好几天，已经、已经没了。"

她硬生生地逼出几滴眼泪，红着眼眶，看起来格外难过。

"没了？"

韩季北顿时怔住了，见她神色淡定，便也信了。他的脑中浮起那个小姑娘的模样，心里生出几分遗憾。难怪前段时间，叶崇行的脸色那么难看，有两次他找叶崇行，叶崇行的助理都说老板在医院，合作方案延期再谈。

原来竟是这样。

他还信了戚夏的鬼话,把她从监狱里捞出来!

韩季北沉着脸转身离开。乔与诺趴在桌子上闷声笑,肩膀一颤一颤的。他回头看到这一幕,却以为乔与诺在哭,心里又多了几分愧疚和怜悯。

"乔乔,什么叫,没了?"叶奕阳困惑地问。

乔与诺止住笑,把头抬起来:"就是乔乔不见了,变成了乔与诺。"

"这是,秘密。"

"对,这是咱们的秘密,不能让别人知道。"乔与诺扫了一圈餐厅,没看到韩季北和他的女伴,估计他们是到包厢里去了。

结账的时候,老板说韩少已经付过了,这令乔与诺有些费解。但她转念一想,他和叶崇行是朋友,他帮阳哥付账也挺正常的,便也没放在心上。

之后几天,乔与诺在这家餐厅蹲点的时候,偶尔会遇到韩季北。好像他和老板是关系不错的同学,所以常来光顾。有时候他也会过来和他们打招呼,聊上两句,风度和教养都无可挑剔。

韩季北并不是难相处的人。他幽默、风趣、不端架子,看似浪荡风流,却又极有绅士风度,至少表面如此。

哪怕他是叶崇行的朋友,乔与诺也是欣赏他的。

不过叶奕阳依旧对他充满了戒备,每次他们说话,他都紧张兮兮地盯着韩季北看,就跟韩季北长了一张人贩子的脸似的。

乔与诺在餐厅蹲点的第八天。

这天她依旧从早上待到傍晚,直到夕阳斜沉,烟霞笼罩,春风渐冷,才失望地背起书包离开。或许她该改变策略,直接混进叶崇行的公司,确保能够第一时间拦截大乔。不过叶崇行对她没有完全释疑,可能不会让她进公司。

韩季北驱车从停车场出来，看到她和叶奕阳，降下车窗，笑着说："上来吧，我送你们回去，这个点你们不好打车。"

乔与诺正要拒绝，却被叶奕阳抢先。他说："寒寒，会，接我们。"

最近几天，叶崇行只要不加班，就会过来接他们回去。乔与诺倒没想过对他隐瞒自己的行踪，便也快乐地每天搭顺风车。而叶崇行似乎对她天天在餐厅蹲点的行为也没有丝毫的好奇心，只是交代她要看好阳哥。

"那我先走了。"

韩季北载着新女友离开，他们站在马路边继续等叶崇行。此时正是对面白领们下班的时间，大厦门口人流涌动，有人一脸疲惫，有人跟身边的同事说笑，也有小姑娘上了男友的接送车——引得他人片刻注目。

这样的热闹，充满了勃勃的生气。

或许大乔曾经也是过着这样的生活，就是不知道她现在在哪儿。

此时马路对面一阵喧闹，有人高喊："抢劫！抓小偷哇！"乔与诺定神看去，就见一道熟悉的人影冲了出去，心里顿时咯噔一下。这人的侧影、身形，和她记忆里的大乔有五分相似，这人是……妈妈吗？

乔与诺不假思索地冲过去，跟在这个女人的身后。

妈妈，是你吗？

是你吗？

她疯狂地追着他们跑。路人以为她在帮忙抓小偷，纷纷喝彩。她的脑袋里一片混乱，似乎有人在高呼她的名字，可她没办法去听、去回应。她整个思想都被"那好像就是妈妈"这件事情占满了，顾不上其他。

在不远处，疑是大乔的那个人和小偷扭打起来。小偷似乎是个练家子，那个女人招架不住，眼看着小偷就要跑了，乔与诺刚好赶到。只见她的身影微晃，她闪避灵巧，转瞬之间，一个漂亮的擒拿，便将小偷制伏，将小偷压在地上。

就在此时,小偷从腰间掏出一把刀子。刀子闪着冰冷的银光,眼见就要刺进乔与诺的胸口。她还没来得及做出反应,就被人拉开,踉跄着撞在一个坚硬的胸膛上。乔与诺下意识地抬起头,入目便是叶崇行那张清隽俊秀的脸。

她怔了怔。

叶崇行很快就松开手,用稍显冷漠的声音说:"路见不平这种事,并不适合你。"

乔与诺心不在焉地哦了一声,环顾左右寻人。

被叶崇行打得失去战斗力的小偷已经被围观群众绑起来,场面有些混乱,乔与诺只能通过衣服颜色来辨认目标人物。

红裙、长发、身材高挑儿,就是她!

那人似乎也察觉到乔与诺的视线,转过了身,冲她爽朗一笑:"谢谢呀,小姑娘,要不是你和你男朋友,我可得遭殃了。"

看清此人的相貌后,乔与诺感觉心头涌上一股巨大的失落。

虽然那人的侧脸与大乔有几分相似,可那人不是大乔。

那人不是妈妈,不是她的妈妈。

她不怕失望,但畏惧蝴蝶效应。万一她的出现改变了一些事情,让大乔的命运变得更加糟糕怎么办?

多日来压抑在心底的恐慌和焦虑齐齐冒出来,让她难受得湿了眼眶。

"哎,你怎么哭了?你该不会是哪里伤着了吧?"这个和大乔有几分相似的女人,一脸担忧地望着她,还掏出纸巾给她。

"你哭什么?"叶崇行用带着几分关切的语气问,"你是不是被打伤了?"

乔与诺只是摇头,哭得说不出一句话。

"乔乔!"

叶奕阳也追了过来，见她蹲在地上哭个不停，便以为她受伤了，连声询问。乔与诺想说她一点儿事情也没有，可说不清道不明的委屈噎在她的喉咙，万分难受。她不想哭，可是不知怎么了就成了这样。

叶崇行见围观的人越来越多，就把她拉起来，带到车上。

乔与诺坐在车内哭了一会儿，便停了，只是眼睛肿得跟核桃似的。

她也不说话，怏怏地看着车窗外的街景。此时暮色渐浓，半边天的烟霞昭告着明天的天气，行人匆匆，车水马龙，万家灯火慢慢地亮起，远远望去，莫名让人觉得温暖。可这些灯火，却没有一盏属于她。

车子很快就开进明湖小区。

叶奕阳一到家就直奔厨房而去，打算做点儿好吃的哄妹妹开心。叶崇行拍拍沙发，示意乔与诺过来坐："或许我们可以聊聊。"

"我暂时不想说话。"乔与诺一头钻进卧房。

她躺在床上，脑袋枕在手上，对着昏暗的天花板出神。她想了很多，如何调整计划，找到妈妈以后怎么帮妈妈。而她在有限的时间里还能做什么？想着想着，眼皮就慢慢合上了，她迷迷糊糊地睡过去……

她睡得并不踏实，隔着一扇门，隐约听到叶家兄弟的对话。

几声轻缓的敲门声，阳哥说："乔乔，吃饭啦。"

"我们先吃吧，她可能睡了。"叶崇行用清冷的声音说。

"可是……"

"她醒了后，我给她下面吃，冰箱里不是还有鸡汤吗？"

声音越来越远，他们之后说了什么，她就不太记得清了。她沉沉地坠进噩梦里。连续不断的噩梦，让她在睡梦里都觉得疲倦，可眼皮却又重得抬不起，身体也是——就像被什么重物压住，动弹不得。

半夜惊醒，她缓缓地舒了一口气。

在床上躺了一会儿,她爬起来去厨房倒水。喝完水,她正要回房,却发现阳台亮着灯,那里似乎坐着一个人。她走过去一看,是叶崇行。他背对着她,挺拔的身影透着几分好似寂寥的气息,而脚边歪歪斜斜地倒着几个啤酒罐。

空气里也带着似有若无的酒气。

乔与诺走出去,在叶崇行的身边坐下,拿起一罐啤酒,拉开喝了两口:"叶哥哥这是想学诗人月下独饮,还是借酒消愁哇?"

"用啤酒消愁?这主意真是太棒了。"或许是喝了酒的原因,叶崇行清冷的声音里多了几分懒洋洋的味道,在这样的春夜里,声音听着特别挠人心肝。

"那你干吗大半夜不睡觉坐在这里喝酒?"她好奇地问道。

"睡不着。"

她哦了一声,又喝了两口啤酒:"你也做噩梦了吗?我也没睡好,鬼压床,可难受了。我觉得你的房间里风水不好。我总失眠。"

叶崇行淡淡地瞥了她一眼:"书房、客厅,你自己选一个。"

"我想我还是比较喜欢卧室。"她喝完一罐啤酒,又开了一罐,"真难喝,你好歹是一家公司的总裁,就不能买点儿好酒吗?"

"吃白食的人,没资格提意见。"他懒洋洋地驳回她的建议。

乔与诺:"……"

她直接躺下来,看着漫天繁星,想了一会儿,说:"叶哥哥你的话很有道理。可我是黑户哇,没有公司肯要我,不然给你打工吧?"

"我可以帮你上户口。"

他这是委婉地拒绝?乔与诺不死心,继续说道:"可是我没有学历、没有文凭,哪家公司肯要我?叶哥哥,你就让我去你的公司吧!端茶送水、拖地跑腿,我都能干。或者你可以让我当保安哪,我很能打的,小时候我跟着师父夏练三伏冬练三九！"

叶崇行冷冷淡淡地说道："你会让一个来历不明的黑客去自己的公司吗？"

乔与诺："……"

"你说呢，时光机？"他单手撑地，侧过身，紧紧地盯着那张惊愕的脸。漫天的星辰似乎都落进她的眼里，漂亮极了。她长得秀气，五官也生得好，脸颊带着一点儿婴儿肥。从相貌上完全看不出她会是一个顶尖黑客。

"我……"

乔与诺语塞，这与她想象中的场景不同。她会那么高调地黑了论坛，是为了引起叶崇行的注意没错，可是却不该以被抓包的形式。

"你到底是怎么发现的？"

她对自己的技术很有信心，不可能留下什么蛛丝马迹。

"猜的。"叶崇行饶有兴趣地看着她，"不过现在我已经确定了。"

"所以你刚才只是在诈我？"乔与诺坐起来，有些无语，她的脑子肯定进水了，居然会被这种小伎俩骗到。

叶崇行淡淡地嗯了一声，把手上的空罐子放到脚边。

她的入侵手法很特殊，不是他见过的任何一种流派。不过虽然技术老到，可那行挑衅的话，以及论坛被黑的时间，却让他想起了一身谜团的乔与诺。而他也没想到，只是随口一句试探，她就间接承认了。

她到底是心无城府，还是伪装得太好了？

他问："乔与诺，你到底是什么人？"她的身上到底还藏着多少个秘密？

她转过脸，冲他微微一笑："叶哥哥，你难道没听过一句话吗？当男人对一个女人产生好奇心，这就是他爱上她的前兆。"

叶崇行上上下下地打量了她一遍:"我没有恋童癖。"

这句话是什么意思呀?

"你说清楚点儿!"她追问。

"就是……"他站起来,揉揉她的头发,然后拿走她手里的啤酒,"就是你应该去睡觉了,乔乔小朋友。"

乔与诺万分确定,他说到"乔乔小朋友"的时候,声音里明显带了笑意。

黑历史这种东西真是太可恶了!

她气呼呼地瞪着他高大挺拔的背影,恨不得瞪出两个洞来。她寄给秦天的遗书里一定要加上叶崇行的黑历史,让它公之于众!不过叶崇行有什么黑历史?他被影后戚夏甩过,还是喜欢吃臭豆腐?

叶崇行走了一半,又忽然回过头说:"早点儿睡,明天你跟我一起去公司。"

"不是说你不会让一个来历不明的黑客去你公司上班吗?"

"你是来历不明的人吗?"

"当然、当然不是!"她惊喜地看过去,眉开眼笑,冲他软软地说道,"叶哥哥,你可真是一个好人,我一定会报答你的。"

站在门边的叶崇行,身影半明半昧。她看不清他的神色,只听到他嗯了一声,却莫名产生了几分温柔的错觉。

乔与诺的心头陡然一跳,这一定是春夜在作怪!

翌日是个好天气,晴空万里,云淡风轻。公园里的野猫多了起来,到处乱窜。街道边两排香樟树郁郁葱葱,生机勃勃。这个城市的每个角落都是一派春意融融,让人不禁想要放慢自己的脚步,生出几分闲散。

然而今天和昨天、前天,并没有太大差别。

只是看风景的人变了心情。

乔与诺愉悦的心情保持了一整天，哪怕叶崇行将她安排到了总务部，她也毫无怨言。反正她也不是来工作的。中午叶奕阳来送饭。她被叫到了总裁的办公室，十分高调地吃了一顿午饭，然后下午在同事 A、B、C 等打探中度过。

不管谁来问，乔与诺都一副淡定的模样，让人越发捉摸不透她的来历，更没人敢随便把活儿指派给她做。无所事事的乔与诺，打开黑客论坛的交流板块，十分有善心地解答了几个高难度的问题，赚了不少论坛积分。

她回答问题的速度很快，就跟灌水似的，引起了不少有心人的关注。

各路高手齐齐发信息过来勾搭，不过全被无视了。

她无意中看到叶崇行发的悬赏帖，帖子里面放了一款小软件，点击量和下载量都很高。不过软件有一个小问题，过了大半年，也没人提出有效的解决办法。乔与诺下完软件，跑了一遍程序，沉思半晌，写了几行代码发上去。

过了一会儿，她收到叶崇行的私聊信息："总务部很闲吗？"

乔与诺发了一个笑眯眯的颜文字过去："我帮你找出解决办法，你还反咬我一口。叶哥哥你可真是太无情了。"

正好这个时候，老李喊了一嗓子："人力资源部那边的灯坏了，谁过去换哪？"

"我去吧。"乔与诺边说边打字道，"为了证明我的价值，我现在要去换灯泡。叶总可还满意？"

不等叶崇行的消息过来，她就关了论坛，拿着灯泡去人力资源部。

在众人略带担忧和不信任的眼神里，乔与诺十分利索地换好灯泡，从桌上跳下来，接过 Linda 倒的水，一口喝完，说了一声："谢谢！"

"看不出来，小乔还会换灯泡。"Linda随口说道。

乔与诺笑眯眯地说道："我不仅会换灯泡，拖地打扫、修水管，什么活儿都会干。"

"小乔真会说笑。"

然后人力资源部的几个人，轮流上阵来试探她和叶崇行的关系，她驾轻就熟，无论问什么她都保持淡定的微笑。最后他们放弃了，将她放回总务部。出去的时候，她刚好碰到叶崇行。他看到她，问道："灯泡你换好了？"

"那当然。"乔与诺不信任地看着他，"你该不会是来抓我的小辫子，好开除我？"

"我开除你不用这么麻烦。"他冷冷地说道。

"我就是开个玩笑呀，你真没有幽默感。"

"是吗？"叶崇行盯着她心虚的神色，淡淡地说出来意，"你不用回总务部了，直接去程序开发部报到。"

乔与诺哦了一声："我挺喜欢总务部的。"

"方便你消极怠工？"

"我不是已经换了一个灯泡了嘛，哪有消极怠工。"她小声地抗议。算了，她不管去哪个部门都好，只要不被赶回去。

下班的时候，乔与诺顶着无数八卦的目光，蹭了叶崇行的车回家。

正值下班高峰期，交通拥堵，他们的车子也被堵在半路上。耳边充斥的各种喇叭的声响让人的心情也变得浮躁起来。虽然二十二年后的很多东西和现在不一样，但唯独堵车这件糟糕的事情没有丝毫改变。

在她穿越过来之前，有公司已经在研究悬浮车，不过她大概是看不到了。

堵车的路上，两人聊起了公司即将发行的游戏。乔与诺为了体现自己的价值，也不藏着掖着，将游戏的缺陷一一道来。不过涉及未来的技术，她一句也没提，不想便宜了叶崇行，虽然那些技术很多是他研发出来的。

"你明天把说的这些整理成报告给我。"

叶崇行惊叹于她的天赋。他没见过像乔与诺这样天才型的人物。她满脑子的奇思妙想，就像待挖掘的宝藏，时刻都能带给他惊喜。

乔与诺点头应下。

两人保持着这样良好的气氛回到家。叶奕阳已经做好饭，饭比平常丰盛，说是为了庆祝乔乔妹妹第一天上班。照看叶奕阳的保姆见到他们回来了，便起身离去。乔与诺跟保姆打了一个照面，发现此人生得格外高大，那股子气势也不像寻常人，暗暗猜测他可能是退伍军人或者职业保镖之类的。

这个人已经在叶家干了三年，前段时间家里人出事，请假回去处理，所以乔与诺到今天才见到他。不过她见过这人的照片，在二十二年之后。说来也真奇怪，有人会一当保姆就当了二十几年吗？

她并不是歧视男保姆，而是他完全可以去做一份更有前途的工作。

难道是因为叶崇行给的工资特别高？

"乔乔，吃。"叶奕阳见她一直发呆，就帮她盛了碗汤，催她快点儿喝。

"谢谢阳哥，很……好喝。"这到底是什么汤啊？味道怪成这样，又苦又涩，一股子中药味。虽然汤不太美味，但是毕竟是阳哥的一片心意。她还是咬牙全部咽下去，放下碗，抬头正对上叶崇行似笑非笑的眸子。

她眼珠子一转，笑眯眯地帮叶崇行盛了一碗汤，殷勤地说道："叶哥哥也该多补补。阳哥你是不知道，他的那个公司有多夸张，个个儿都忙得脚不沾地。尤其是开发部，那些程序员一看就是会中年秃顶，叶哥哥现在不多补补，以后也秃了怎么办？"

叶奕阳傻笑两下，认可地点头："寒寒，忙，也要喝。"

叶崇行一眼就看穿她的小心思，不过没说什么，喝完了，又自己动手盛了一碗，神色从容地说道："等新招的那批人来报到了，公司里就不会这么忙。不过开发部是清闲不了，有个大项目马上就要进入研发阶段。"

目瞪口呆的乔与诺忽然一愣："新招的人？什么时候招的，我怎么不知道？"

"上星期。"他随口回道。

她稍稍一算，不正是阳哥住院的那段时间嘛！也就是说，如果历史没有改变，很可能大乔就在这批人之中！

乔与诺强装镇定地继续吃饭。

她怕被叶崇行看出自己的不对劲，一吃完饭，就以犯困为理由回房睡觉。然而，她辗转反侧。

第四章
拯救世界的黑客小姐

翌日,风暖天晴。

乔与诺一到公司就直奔人事部,软磨硬泡地拿到了新职员的名单。她一页页地看,反反复复地看了整整三遍,却仍旧没有找到大乔的名字。

"没有遗漏的吗?"她又问道。

陈经理说道:"我们这次一共招了九个人,简历全在这里了。"

乔与诺把简历还给陈经理,心里有些失望,她家的大乔到底在哪里?为什么和顾叔说的不一样,大乔根本不在叶氏工作。

"对了,你知道顾东林吗?"乔与诺试探道。

见她问的也不是公司的机密,陈经理便据实相告:"他是叶总的老同学，宣传方面很有一手，最近还接管了维漫的IP推广。你有事找他？上星期他去影视城探班，什么时候回来没确定。"

乔与诺闻言便安心了几分："签约画手的资料能给我看一下吗？"

要不是陈经理提到维漫，她几乎忘了这款APP是叶崇行的创业起点。五年前，叶崇行组建了一个工作室，跟朋友开发了这款广受好评的漫画APP，之后他的事业一步步做大，并开始涉足游戏行业和软件开发。

如果顾叔认识大乔，那么，很可能大乔就是维漫的签约画手！

"这个……"陈经理犹豫了一下，"好吧。"

"谢谢陈哥。"

陈经理打开电脑，调出画手的资料。因为陈经理在场，乔与诺不敢直接在文档里搜索大乔的名字，怕被他看出什么端倪。签约的画手人数比较多。她看了小半个小时，终于在倒数第三页翻到"乔瑾"这个名字。

笔名：大乔

住址：南市朝阳路白马小区2号楼702室。

电话：158089522××

乔与诺默念两遍，将大乔的资料牢牢背下，然后匆匆地把文档翻到末端，假装全部看了一遍，站起来和陈经理说了一声谢就离开了。陈经理是个识趣的人，并没有追问她为什么忽然要看签约画手的资料。

不过乔与诺一走，他就打了内线电话，将事情的始末跟叶崇行汇报。

回到自己的座位后，乔与诺立马用手机下载了维漫APP，搜索大乔的笔名。她正在连载的漫画叫《枕边有鬼》，都市灵异题材，点击和收藏都不多，评论数量也才几十个，专栏看起来冷冷清清的。

乔与诺看完漫画，加了大乔的企鹅号。

验证消息：维漫编辑。

过了一会儿，大乔通过了她的验证，也加她为好友。乔与诺一激动，手一抖，马克杯里的水就全洒键盘上了。她慌慌张张地抽了几张纸，将水吸干，收拾好残局，深呼吸两下，给大乔发了一个微笑的符号。

南有乔木："你好，我是你的脑残粉，超喜欢周明！"

周明就是漫画的男主角，初入职场的三无男，拥有见鬼的特殊能力。故事的开场是他被一只失忆的男鬼纠缠，答应帮男鬼寻找生前的记忆。然后画风一转，故事就变成了周明和男鬼的爆笑日常……

大乔发了一个卖萌的表情："谢谢喜欢！"

南有乔木："人设很好玩，画风也很赞，你怎么不申请人工榜？"

以她未来人的审美来看，《枕边有鬼》这部漫画可以打个八分，肯定能大红！她的妈妈真是个内外兼修的大美人！

大乔："我申请了两次，都被拒绝了。对啦，你是我的新编辑吗？"

南有乔木："不是，不过你有什么问题都可以找我！你现在的编辑是谁？"

大乔："独木不成林，他的真名叫顾东林。"

乔与诺顿时了然。营销部的负责人跑去兼任漫画编辑，明显是醉翁之意不在酒。估计这个时候他就喜欢上大乔了。冲着顾叔对大乔二十多年如一日的感情，她就该帮他一把。最好他们能修成正果，将"渣爹""三振出局"。

南有乔木："他人很好的，他带你，你一定可以变成大神！而且他长得也很帅，专一又痴情，你要不要考虑一下收了他？"

大乔："……"

通过这个无语的省略号，乔与诺秒懂了，大乔对顾叔没有男女方面的好感度。不过她和大乔刚刚才"认识"，不适合继续安利，所以她十分机智地将话题绕回漫画，点出了几个不足的地方，成功获得大乔的好感。

和妈妈从早上聊到中午，乔与诺终于心满意足地关电脑去吃饭。

路过总裁办的时候，她往里看了一眼，却没看到叶崇行的身影，略略困惑。阿 may 走过来，笑着说："你来找叶总吃饭吗？他去港口接一批货，不知道什么时候回来，要不要和我们一起去对面的饭馆吃火锅？"

乔与诺欣然地应下，跟阿 may 一行人坐电梯下去。

程序部的周宇对乔与诺有几分好感，与她并肩而行，貌似随意地问："平时你都和叶总一起吃饭，你们关系很好？"

"还好吧。"

"你们是在交往吗？"

"什么？"

"公司里都在传，你和叶总在交往。"

乔与诺立马反驳："胡说八道，这是谁造的谣？我怎么可能和叶崇行交往，我们看起来像是在交往的样子吗？"

"还蛮像的。"阿 may 帮着试探，"毕竟你们每天都一起上班，一起下班。之前还有人看到你们一起逛超市，看起来像在同居。"

"那是因为……"乔与诺语塞片刻，"总之，我还是单身。"

周宇暗暗地舒了一口气，觉得自己又有机会了："小乔，你五一有什么安排吗？今天都二十四号了，马上就要放假了。"

"还没安……"

乔与诺忽然一顿：港口、四月二十四号，这两个词怎么有点儿耳熟？424 港口爆炸案是哪一年？不会就是今年吧？

她努力回想了一遍：2018、424、港口爆炸。

没错，就是今天！

叶崇行去港口等于找死呀！她慌忙掏出手机，立刻给他打电话："喂，叶崇行你千万别去……"

而电话那端同时响起："您所拨打的电话暂时无法接通，请稍后再拨。"

乔与诺反复地拨了几次号码，还是这个机械的提示音。旁边的同事见状，问她怎么了。她佯装正常地回答道："我忽然想起来，中午约了朋友，先走了。"

她冲到马路边上，伸手拦车。可此时正值高峰期，几乎没有空车。

一辆又一辆载着人的的士从她身边驶过。

乔与诺心急如焚。

此时一辆嚣张的跑车在她的面前停下。车内的人摇下车窗，露出一张硬朗的脸。韩季北笑着问她："你要去哪里？我送你。"

乔与诺立马上车："去港口，要快！"

"好嘞！"韩季北朗声说道，"你去港口做什么？你已经急出一头的汗了，要不要喝点儿水？小冰箱里有饮料和零食。"

"人命关天的大事。"

乔与诺低头摆弄手机。卫星导航定位到的叶崇行的车子，距离港口只有三公里。她再次拨打叶崇行的手机号码，手机依旧没有接通。她用手机打出一串代码，试图改变车子导航的方向，引起他的注意。

不知道是不是她太紧张了，写出来的代码居然不管用。

叶崇行不会死吧？应该不会吧？二十二年后他可还活得好好的。但是不死，不代表他不会受重伤。他要是发生什么意外，阳哥怎么办？公司怎么办？

她握着手机，心里闪过许多念头。

叶崇行要是死了，是不是大乔就不会变成他的棋子？如果他死了……如果他死了……这个隐秘而恶毒的想法一闪而过。

乔与诺你怎么变成这么恶毒的人了？

叶崇行不仅收留了她，还从人贩子的手里救下她，同意她到叶氏科技上班，无论从哪个角度来说，对她都足够好了。"恩将仇报"四个大字从天而降，砸在了她的脑壳上，狠狠地敲碎了她是非不分的念头。

"韩少，你能再开快点儿吗？"乔与诺坐立难安。

他打着方向盘，改道而行："你别急，我抄近路，我们不用十分钟就能到港口。"

乔与诺握着手机，计算完叶崇行的车速，又算了一下他们当前的车速，得出一个不太乐观的时间差。她不知道爆炸的具体时间，只记得好像是中午，死了十二人，受伤人数高达百人。而且这次爆炸还导致氰化物泄漏，影响巨大。

她盯着手机，代表叶崇行的小黑点和他们的车子在渐渐靠近。

"从这条路出去就是文华大道，你不要过天桥，直接转弯出去，"乔与诺说道，"然后在岔路口停下来。"

韩季北吹了一声口哨："乔乔，你这是要制造连环车祸吗？"

她是改变大家去港口见死神的命运！

"别啰唆，开快点儿，如果你拦不住叶崇行的车子，明年的今天就是他的忌日！"她见小黑点的移动速度加快，顿时急了。

韩季北面露困惑之色，却没有多问，按照乔与诺说的做。

一辆跑车嚣张地横在马路上,后面的车子来不及刹车直直地撞上来,一辆又一辆,连锁反应之下,数辆车子都追尾了。

顿时刹车声和怒骂声一起响起。

交警气急败坏地吹着口哨跑过来:"违章驾驶!快点儿下车接受检查!"

韩季北打开车门,十分配合交警的工作。乔与诺抱着手机,也跟着下车。她的目光从混乱的人群中扫过,然后定格在叶崇行的身上。

幸好来得及。

乔与诺缓缓地松了一口气。

叶崇行看到他们,神色惊讶,走过来说道:"你们这是在上演极度生死吗?"

"不,我是在拯救世界。"

叶崇行:"……"

韩季北松了松领带,叹了一口气,正要说话,此时平地一声巨响,距离他们只有百米远的港口发生了爆炸。似乎连地面都在微微地颤动。在飞溅的火光中,不明所以的人们乱成一团,有惊叫的、有乱窜的、有躲藏的。

乔与诺看到一团火光朝叶崇行砸过来,下意识地伸手拉了他一把,却让自己遭了殃,成了替死鬼。那东西砸在她的肩头,她痛得直抽气。

爆炸声停下来后,不远处的高空,灰白色的蘑菇云瞬间腾起。

"乔乔!"叶崇行和韩季北齐声喊道。

乔与诺咬牙说道:"没事,我们快点儿走吧,等下这里还会有爆炸。"

叶崇行扶着她上车,韩季北立马掉头往医院开。车子行至环岛路,爆炸声再次传来。韩季北和叶崇行的心里皆生出几分疑惑,她到底是怎么知道的?她就像一早就知道了这场事故,特意赶来救人。

"乔乔,你知道港口会爆炸?!"韩季北开门见山地问道。

乔与诺心惊胆战,佯装淡定地说道:"我又不是神仙,也不会预言,怎么可能?"

"那你为什么要拦截崇行的车子?"

"那是因为……"

"这是我和乔乔常玩的一个游戏。如果她能追上我,未来一个月的家务活儿就归我。"叶崇行打断她的话,一脸坦然地说道,"我们同住一个屋檐下,每天都能见到。如果她知道港口会发生爆炸,为什么不直接告诉我,或者给我打电话?"

韩季北仔细一琢磨,疑惑渐散。

也是,这又不是八点档的偶像剧,她何必上演这么一出。

"你的运气还真不错。要不是和乔乔玩游戏,你可能就葬身港口了。"

乔与诺怕韩季北继续追问,急忙转移话题:"哎哟,肩膀好疼!疼死了,我们还要多久才能到医院?"

"这么疼?我看看你的伤。"叶崇行立马对韩季北说道,"你开快点儿。"

"流氓,你要看哪里?"

乔与诺抱着胸,瞪大眼睛看他。结果抬手的动作太大,扯到伤口,她疼得脸都白了。

"……"

叶崇行的手停在半空中,神色有些尴尬。正在开车的韩季北笑了两声,随口说道:"你让你的叶哥哥负责不就好了。"

乔与诺:"……"

此时刚好到了省立医院，韩季北去停车，叶崇行抱着乔与诺去急诊室。

乔与诺本来想提醒叶崇行，她伤的不是脚，可以自己走路，但见周围投射过来艳羡嫉妒的目光，便坦然接受了这个公主抱。

"叶崇行，刚才谢谢你呀！"

乔与诺仰着脸看他，真心实意地说道："要不是你帮我打掩护，我就惨了。"

"其实……"他低头瞥了她一眼，"我也很好奇，你是怎么知道港口会发生爆炸的？难道你真的会预言？"

"你这么审问自己的救命恩人，真的好吗？"

"不想说就算了，反正你从头到尾，里里外外都是秘密。"叶崇行顿了一下，说，"你以后尽量不要和韩少接触。"

"为什么？"

"因为你太蠢了。"

这算什么答案？乔与诺不满地说道："你听过《农夫和蛇》的故事吗？叶哥哥，你真的要当故事里的那条蛇吗？"

他们说话的工夫，便到了急诊室。空气中充斥着浓浓的消毒水的味道，气氛略显紧张，医生和护士都忙得脚不沾地，距离港口最近的医院就是省立医院。伤患陆陆续续地被送过来急救，将偌大的急诊室塞满。

乔与诺的伤势不算严重，但需要缝针。

叶崇行闻言，眉头紧皱："你别怕，现在缝针都有用麻醉，不会很疼的。"

"我不怕。"

她又不是娇气包，缝个针而已。

"叶哥哥,你是不是很内疚,很心疼啊?"乔与诺笑眯眯地调侃道,"很好,请你一定要记住现在的感受,我可是……"

"乔乔!"

略带惊喜的声音打断了乔与诺的话。她闻声望去,却只看到一个穿着白大褂、戴着口罩的医生。她面露困惑,端详片刻,迟疑地问道:"你是……"

这个古怪的医生摘下口罩,露出一张俊秀的脸孔。

乔与诺瞪大了眼,惊呼道:"秦天!"

他朗声笑道:"意外吗?"

"你、你、你……"乔与诺傻愣愣地问道,"你怎么来了?"

"不放心你,我就跟来看看了。"

站在一旁的叶崇行,听到他们的对话,微微一蹙眉,有些意外:"你们认识?没想到乔乔在南市还有朋友。"

秦天看了一眼叶崇行,问道:"乔乔,他是谁?"

这个问题似乎把乔与诺问住了,她迟疑了好一会儿:"我老板吧……"

叶崇行的脸顿时黑了。

乔与诺见状,只好换了一个说法:"好朋友的弟弟?"

叶崇行的神色更冷了。

"没有血缘关系的哥哥?"她见叶崇行还在制造冷空气,摊手说道,"其实这个故事有点儿复杂,以后有空了,我跟你慢慢解释吧。"

"这听起来是很复杂。"秦天的神色微变,他复又温和地说道,"我刚看了你的病历,叶乔乔小姐是吧,先帮你缝针。"

乔与诺哦了一声:"等等,叶乔乔是谁?叶崇行,你帮我上户口的时候,是不是把我的名字报错了?"

"你阳哥帮你改的。"叶崇行面不改色地嫁祸给亲哥。

乔与诺闻言,无话可说了。

秦天拉上帘子,开始缝合乔与诺的伤口。他本来想把叶崇行赶出去,可是没成功。赌上他的医德,这个碍眼的家伙和乔乔的关系绝对不简单。今天的病人大部分是港口爆炸案的受害者。可是乔乔来自未来,不会不知道424爆炸案,怎么还跑港口去?那只可能是她认识的人去了港口,她追过去救人。

推测出事情的前因后果,秦天不由得感到有些气闷。

乔与诺的伤势不需要住院。但秦天滥用职权,给她安排了一个单人病房。叶崇行也担心她半夜发烧,对这个安排十分赞同。不过叶崇行也看出来了,这个医生对乔与诺心怀不轨,而且他们之间有秘密。

又是秘密!

他不能知道的秘密。

叶崇行带着说不清道不明的烦躁,去帮乔与诺办住院手续。

病房里只剩下两个来自未来的穿越人士后,乔与诺说起了这段时间的经历,然后问:"对啦,前段时间,我被人贩子拐卖,遇到了一个叫秦天的小孩,他看起来和你长得有点儿像。那是你吗?"

秦天有些尴尬地咳了两声:"那就是我。"

对乔乔来说,它发生在不久前。

但对他来说,这是一件发生在二十二年前的旧事、一段模糊的记忆。他记得那个小萝莉很厉害,身怀"异宝"。他傻乎乎地将她当成上天派来拯救他的小仙女,不敢对任何人吐露她的秘密,只是没想到小仙女乔乔就是乔与诺。

难怪初次见她,他便觉得她讨喜可亲。

"乔乔,谢谢你。"当年如果不是乔乔,他便不会有机会逃出生天,也不可能遇到博学多才的莫教授。

她的出现改变了他一生的命运。

"所以我是真的遇到了小时候的你?"乔与诺啧啧称奇,"一个时空里有两个你,不会出现大问题吗?"

"从理论上来说,只要两个'我'不碰面,就不会有问题。"

"要是碰到了呢?"

"不属于这个时空的'我'会消失,但是具体怎么消失,对这个时空的'我'又会造成什么影响,记忆是否交错,这就不得而知了。"

乔与诺哦了一声:"那你以后要小心一点儿,千万不要和小秦天遇到。对了,你是什么时候穿越来的?怎么会冒充医生,你不是搞研究的吗?什么时候会看病了?你刚才还帮我缝针,不会有问题吧?"

"呵呵,我们真的是朋友吗?"

"这两者有关系吗?"

"我是正儿八经的医科大学毕业的好嘛,只是后来对黑洞穿越技术更感兴趣,所以才去搞科研了。"秦天给她倒了一杯水,"你穿越后的第二天,我也穿越了。但是这个技术还不太成熟,你穿越过来的时候是身体缩小,而我则是时间坐标发生问题。我是在你之后穿越的,可是却已经在这里生活了足足两年。"

乔与诺咬着水杯,吐槽道:"差评!"

"没办法,项目还在研究初期,这种 bug(故障)是合理的存在。"

"除了我们两个受害者,还有其他人穿越了吗?"

"不清楚,我穿越的时间比较早,不知道后面有没有其他实验者。"

他顿了一下，貌似不经意地说道，"对了，我现在住在大乔的隔壁，你要不要搬来和我住？这样你们可以多点儿时间相处，你也方便保护她。"

"这个……"乔与诺迟疑了一下，"我想想吧。"

她好不容易才获得叶家居住权，可以监视叶崇行。但她要是搬去和秦天住，更方便保护妈妈。两个选项都各有利弊，她需要好好思考。

秦天的眼里闪过一抹失望，语气却很自然，他问："午饭你吃了吗？"

被这么一问，乔与诺才感觉到饿："还没啦，我想吃海鲜锅贴，就是西巷路的那家徐阿婆海鲜店。那家的锅贴馅里有虾仁、蟹黄、大白菜，超鲜的，跟别家的做法不一样。"说到一半，她意识到自己是在二十一世纪，蔫蔫地说道："算了，你随便给我买点儿饭吧，不加……"

"不加生姜和蒜头。"秦天接过她的话。

两个人相视一笑，神色默契。

此时叶崇行推门走进来，神色不冷不淡："劳烦秦医生照看我们家的乔乔了！不过急诊室里那么多病人，你不用回去帮忙吗？"

乔与诺赞同道："你快回急诊室吧，别给我买饭了。"

秦天若有所思地盯着叶崇行，打量他似的，过了片刻才温温和和地说："我和乔乔认识多年，谈不上'劳烦'二字。"

说完，他揉了一把乔与诺的头发："我先下去了，晚上再来看你。"

秦天离开后。

叶崇行坐在床边的椅子里，神色莫名地盯着乔与诺："无亲无故的乔小姐，居然有认识多年的朋友。"

"我说过自己无亲无故？"难道自己扯谎太多，忘了这一茬儿？

他直接问道："他是你什么人？"

"朋友。"

"朋友也分很多种。"

"这个……"她随口回答道,"失散多年的哥哥、久别重逢的男朋友、青梅竹马的邻居,你喜欢哪个设定就选哪个吧。"

叶崇行站起来说道:"我回公司了。"

"哎,你不给我买饭吗?"

"让你失散多年的哥哥、久别重逢的男朋友、青梅竹马的邻居秦医生给你买饭。"他冷冷地回答道,"他会很愿意的。"

"叶哥哥,你该不是吃醋了吧?"

叶崇行没理她,十分无情地离开了。

乔与诺简直难以相信,他居然真的扔下她这个救命恩人走了。她气呼呼地坐在床上,喝水充饥。听着隔壁传来的声响,对比之下,她实在凄凉。

十分钟之后,外卖小哥给她送来了鸡丝面和她爱吃的几个小菜。

只是每道小菜里加了蒜头和生姜。

外卖小哥:"你男朋友真体贴,特意吩咐我们要多加蒜和姜,说你喜欢。"

乔与诺看着色香味俱全的小菜,满腔的感动化作了哀怨,她咬牙切齿道:"体贴,他太体贴了!"

叶氏科技。

叶崇行处理完积压的工作,揉揉眉心,看了眼落地窗外的天色,拿起外套,离开了办公室。等电梯的时候,他再次收到乔与诺的短信:

"恩将仇报第一式:论如何用蒜头和生姜毁掉一个吃货的味觉!

"食物要是也有灵魂,那些小菜都在哭泣。

"《农夫和蛇》的故事告诫我们，烂好人通常没有好下场。

"偷听和偷情是一样的，属于不道德的行为。叶哥哥，你下次不要这样做了，我简直为你痛心疾首。"

叶崇行看完短信，嘴角不自觉地微微扬起。他轻咳了两声，复又恢复了冰山面瘫脸。

驱车到西巷路，找了一圈，他也没看到"徐阿婆海鲜店"。将车停好，他一路步行，问了几家店，没有找到乔与诺说的那种锅贴。

叶崇行打开手机，上网发了一张帖子：南市哪里有卖虾仁、蟹黄、大白菜馅的锅贴？

"1楼：沙发。我没吃过楼主说的这种锅贴。"

"2楼：这不是我们本地的做法吧？反正我从小吃到大的锅贴，都是一片片的，汤里放很多配料，海鲜青菜什么的。"

……

"18楼：我去湾岛玩的时候，吃过类似的锅贴。锅贴的馅料丰富，外面还煎过。"

"19楼：我好像吃过，去年逛夜市的时候。"

……

"29楼：我觉得楼主是来打小广告的。你们家要卖这种锅贴吗？听起来这种锅贴挺好吃的！你家要是能送外卖的话，给我来两份。"

……

因为赏金高，很多人都来参与这个话题，只是打酱油围观的人偏多。叶崇行一楼楼地看，终于找到一个靠谱的回复。

"55楼：城西老巷子的第二个路口往里走一百米，有一家叫"张记锅贴"的小店。他们家有卖土豪楼主说的这种锅贴。"

叶崇行关掉论坛，立马驱车前往城西老巷子。

"阳哥，你真是我的亲哥！"

乔与诺心满意足地吃着海鲜锅贴，感动道："没想到我们这么心有灵犀，我刚想吃海鲜锅贴，你就给我做了。"

"不……"不是他做的。

想到弟弟的交代，叶奕阳又把话咽回去。

"知道知道，我不和阳哥客气。"乔与诺吃到心心念念的海鲜锅贴，高兴了，但想到中午的外卖，又忍不住告状，"你知道叶崇行有多过分吗？他中午帮我点了外卖，我本来很感动的，可是他居然往里面加蒜头和生姜！我没舍得倒掉，就全吃了，吃得一嘴的味，你说他是不是特别丧心病狂！"

叶奕阳傻乎乎地笑了两声："你们，关系好。"

乔与诺向来觉得自己和阳哥是亲兄妹，但现在却无法理解他的脑回路："所以他给我吃蒜头、生姜吗？这要是关系不好，他岂不是要下砒霜了？"

"锅贴，寒寒给的。"叶奕阳忍不住出卖了叶崇行，以此证明弟弟是喜欢她的。

"我知道，是他告诉你我想吃这种做法的锅贴。"乔与诺边吃边说，声音有些含糊不清，"反正，我是不会原谅他的。"

病房外。

叶崇行站在门口，听着乔与诺的指控，嘴唇微微上扬。此时天色已经暗下来，路灯一盏盏地亮起。浮光投射进廊道，裁出他修长的剪影。

住院期间,乔与诺闲来无事,便抓紧时间和妈妈联络感情。

虽然大乔是维漫的签约漫画家,但是《枕边有鬼》一直申请不到人工榜,没有推荐,点击人气自然不容乐观。其实乔与诺有些疑惑,大乔的编辑是顾东林,他对大乔的心思昭然若揭。他怎么在这上头不尽力?

就算是普通的小编辑,也知道帮底下的作者争取福利。

估计是他太忙了。

亲妈的漫画,她这个当闺女的怎么着都要支持。虽然她不懂二十一世纪的网络营销,但好歹是从二十二年之后穿越来的,多少有些想法。她参考了这个时代的营销案例,整理出一套漫画的推广方案。

她做了一个刷点击和评论的软件,跟《枕边有鬼》的漫画绑定在一起。她的刷机代码比较高端,以不规律的比例形式增长,哪怕是网站的后台也查不出蛛丝马迹。然后她又花钱买了百度指数、微博热搜,找营销号做推荐。

她甚至黑了APP的榜单,将大乔的漫画放到首页最好的推荐位。

黑客闺女如此不择手段地卖力宣传,就算大乔画的东西是渣渣也能红起来。何况《枕边有鬼》是难得的佳作。

俗话说,十粉一黑,但凡有点儿人气的作品,总会出现负面的声音。所以乔与诺还十分机智地做了一个检索软件,软件可以自动删除黑粉的评论,因此网络上和《枕边有鬼》相关的评论都十分欢乐、正能量。

乔瑾一觉睡醒,发现风云忽变,蒙了,急忙去敲乔与诺:

"我早上起来,看到网站的数据,都吓出一身冷汗了。"

南有乔木:"好作品,迟早要火的。"

乔瑾过了一会儿才回复道:"顾东林一大早就给我打电话,问我怎么回事。还没到榜单更新的时间,我的书怎么挂上去了?"

乔与诺的肩膀受伤,打字比较慢。她的消息还没发出去,乔瑾又说:"他的语气有点儿奇怪,他问我是不是认识叶总……我说不认识。他好像不相信,还说了一些让人摸不着头脑的话。我想他可能误会了什么。"

乔与诺心道:糟糕了。

回头要是网站挂出一个澄清公告,对大乔的影响多不好!

她昨天太急躁了,居然没想到这一茬儿。

乔与诺托腮思考之时,叶崇行提着保温桶走进了病房。她抬头,正对上他那张英俊的脸孔,眼珠子一转,冲他露出一个笑容。

"叶哥哥……"

"你可别这么喊,一准儿没好事。"他打开保温桶,给她盛了一碗菠菜猪肝面,"你的阳哥问你中午想吃什么,你想好了给他打电话。"

"叶哥哥吃什么,我也吃什么。"大蒜炒生姜都行!

"怎么,你有事相求?"

"生我者父母也,知我者叶哥哥也。"她拍了一记马屁,弯下了铁铮铮的傲骨,"我很喜欢一个漫画家,所以就帮她做了一点点的小宣传,只是手段有些不太光明磊落……看在我是你救命恩人的分儿上,你就帮我一回吧。"

"所谓不太光明磊落的手段是指黑了公司的网站吗?"

"反正只是一个推荐位,你就告诉他们,是你挂上去的,让他们别查了。"闻着面条的香气,乔与诺食指大动,吃了两口,又说道,"重要的是你们千万别发澄清公告,不然人家作者就丢脸丢大了。"

"你黑了我的网站,还要我帮你善后?"

她咬着面条,笑盈盈地问:"那你是帮还是不帮?"

"不帮。"

话音刚落，就见一人冲进病房，乔与诺定神一看，居然是韩季北。

在乔与诺的印象里，这个男人做事不疾不徐、从从容容，几时有这么火急火燎的模样，不免让人生出几分意外。

"叶崇行，你是不是想潜规则乔瑾？"

"喀喀……"乔与诺闻言就被面条呛到，咳得一用力，便扯到伤口，痛得皱眉。叶崇行倒了杯温水递给她，她喝了两口才止住。

叶崇行冷冷地瞪了一眼韩季北，说道："我不认识她。"

"不认识？那你干吗一声不吭地把她的书挂到首页，别说不是你做的。公司上上下下百来号人证，可都听到你亲口承认的。还有微博的热门话题、各大论坛的推荐帖，我一看就知道有人在操作。"韩季北用带着火气的声音说。

乔与诺听到这里，似笑非笑地去看叶崇行。

他明明就已经帮她善后过了，刚才却斩钉截铁地说不帮她。她不知道，原来叶崇行还隐藏了一个傲娇的属性。

叶崇行对上她的目光，坦然地说道："你拿救命之恩来抵。"

"噢！"

"你俩打什么哑谜呢？"韩季北正色道，"总之兄弟妻不可欺。小瑾是我的媳妇、你未来的嫂子。"

"喀喀……"

乔与诺这次是被水呛到了，边咳边疼得直抽气。

叶崇行眼尖，看到她的病服透出一点儿血迹，立马按铃叫医生。不出一分钟，秦天就带着护士过来了。看到一脸无辜站在床边的韩季北，他还特意多瞅了两眼，打量完，拉上窗帘，给乔与诺重新换药。

"伤口怎么裂开了,我不是说了这几天你不要用力吗?"

乔与诺说:"大概是你缝得不够结实吧。"

"滚犊子!"

"嘶……你下手轻点儿。"

"不作死就不会死,你以后注意点儿,再过几天就能拆线。"动作利索地换好纱布,秦天压低声音问,"外面那个男人是谁?他长得和你挺像的,亲戚?"

"你说韩少?"乔与诺摸摸自己的脸,"我们哪里像了?"

"哪里都像!"

"胡说八道!"

"说不定他就是你的亲爹。"

话音刚落,两个人四目相对,齐齐怔住了。和叶崇行认识、有钱、长得好、花心,他明显符合那个"渣爹"的特征。乔与诺想起韩季北刚才的话,他好像与大乔的关系也很暧昧,这就更加符合了。完了完了,韩季北该不会真是"渣爹"吧?

第五章
跨时空的全家福

既然她有了这么可怕的猜测,那么,肯定要验证一下。刚好当事人就在医院,这简直就是天赐良机。乔与诺换好药,给韩季北倒了一杯水,看着他喝完,然后特别和气地跟他解释了首页大强推的前因后果。

等叶崇行和韩季北相继离开后,乔与诺立马上网找大乔打探情况。

她把韩季北的话复述了一遍,问:"你和韩少怎么认识的?"

乔瑾也没隐瞒,一五一十地说了。这是一个比较狗血的故事。风流多情的霸道总裁对美貌的助理一见钟情,使出各种手段追求她,过程堪称撩妹宝典。可惜美人不为所动,吓得连工资都不要了,直接裸辞回老家。

但韩季北并没有因此放弃,而是一路追到南市,乔瑾怎么拒绝都不管用。

乔瑾正值青春大好年华,为什么要宅在家里画漫画?兴趣是其次,主要是她没办法出去上班。不管她去哪家公司工作,韩季北都一定追过来。他给她惹出一堆流言蜚语,逼得她频频地换工作,逼得她隔三岔五地搬家。

但是有钱能使鬼推磨,不用二十四小时,他就能查到她的地址。

听完故事,乔与诺只有三个字的评价:不要脸!

乔瑾发了一排抓狂的表情。

乔与诺简直感到忧心,发信息:"韩少这个人不靠谱的,短短半个月的工夫,我就见他换了两个女朋友。而且他还特别会招蜂引蝶。他的上任女友,也可能是上上任啦,叫戚夏,原来是叶崇行的女朋友,但是见了韩少一面,就被他勾搭走了。"

所以妈妈你千万别被这个人面兽心的家伙拐走了哇!

乔瑾发了一个黑色骷髅头的表情:"何止不靠谱,我以前给他当助理的时候,干的全是太监总管的活,比如安抚他的后宫,送花,买礼物,安排她们侍寝,有时还得充当一下挡箭牌的角色。

"而且他还很肤浅!

"只要长得好的,他就照单全收。

"我要为他以后的老婆哭泣了,摊上这么一个颜控男,日子可怎么过?

"乔乔,你给我出出主意吧,我怎么才能摆脱韩季北这个浑蛋?

"前两天我去相亲,韩季北跑来捣乱,结果他把人给吓跑了。那人其实不错,笑起来还有酒窝,腼腆又可爱,我还挺中意的。"

听她这么吐槽,乔与诺顿时就放心了。

不管韩季北是不是"渣爹",都不是良配,太滥情了,简直没节操。

而且他的眼光也不咋样——那个戚夏,蛇蝎心肠,连自己的亲闺女都舍得卖掉。就像大乔说的那样,他肤浅,看人只看脸。

南有乔木:"你找个男朋友结婚,一劳永逸!"

大乔:"我没对象怎么办?"

于是乔与诺开始推荐顾东林。洋洋洒洒的赞美之词不绝于口。见乔瑾没啥反应,她又把秦天介绍了一遍,而且越说越觉得这个主意靠谱。秦天脾气好,厨艺好,虽然是个工作狂,但结婚以后应该会有所改变的。

乔瑾有些惊讶:"没想到你和秦医生也认识。"

这都是缘分哪!

乔与诺打着哈哈转移话题:"你们可以假装在交往,你先把韩季北打发走再说。"

乔瑾倒是没意见,但担心秦天不方便。

乔与诺拍胸脯保证,交给她来办。

中午秦天来送饭,她就提起了这件事情。她以为秦天会很乐意地伸出援手,结果却被直截了当地拒绝了。

"为什么呀?我妈可是大美人!"

"我都说了她是你妈。"

"这有什么关系,大乔现在比你还小呢。其实我觉得你和我妈挺配的,最好你们能趁机弄假成真。我都帮你想好了,你不需要担心不是一个时空的问题。到时候你带她回未来,或者你留在这里也可以。"乔与诺特别贴心地为他考虑。

秦天郁闷地想:我当你妈是岳母大人,你却想把她嫁给我。

"不行就是不行,我当大乔是长辈。"

再说了,他穿越过来的目的是阻止乔乔找死。如果韩季北是她的生父,他不仅不会帮她搞破坏,还会暗中相帮。

"不仗义!"乔与诺气呼呼地说道。

"仗义也要看情况。"

乔与诺吃午饭同时思索对策,不知道想到了什么,忽然脑洞大开地说道:"说不定你就是我的亲爹。你回到了过去,认识了大乔,和她相爱,可是却与她阴错阳差地分开了。你仔细看看,我们是不是长得也有一点儿像?"

秦天:"……"

"当初我第一眼看到你,就觉得特亲切,就跟见到了亲人似的。你要是我亲爹,我还是可以接受这个设定的。"

"我不能接受!"

"你是嫌弃我,还是嫌弃我妈?"

"少看漫画多读书,你别净想些乱七八糟的事情。"说完,秦天就走了。乔与诺在他的身后喊了两声,他也不理睬。

她有些没趣地说:"他不会是生气了吧?我就开个玩笑。"

五天后,乔与诺拆线出院。

恰逢五一小长假,街上熙熙攘攘,人山人海,就连堵车也比平时严重。乔与诺见状,便打消了所谓的度假计划,老老实实地宅在家里喝阳哥炖的爱心大补汤。工作狂叶崇行也难得休息,每天在家睡到日上三竿。

乔与诺休养期间,秦天每天都来叶家报到,时不时地带些她喜欢吃的小菜、肉干、零食之类的。而且他和叶奕阳相处得也不错,经常和叶奕阳讨论一下厨艺,送叶奕阳食谱。狼子野心昭然若揭,可偏偏只有叶崇行一人洞察。

叶崇行的心里莫名有些烦躁。

他也不知道是因为这几天陪乔与诺喝了太多大补汤,还是心里藏了这么一桩事，居然上火了。一早起来，他的鼻血就哗哗直流，老半天的工夫才止住。他躺在简易床上，心想这么下去不是办法。

于是这天吃过早饭后，叶崇行对乔与诺说道："我们谈谈。"

"谈什么？"乔与诺洗了一盘草莓，走过来，坐到他对面的椅子里，"你昨晚是不是没睡好哇，看起来脸色不太好。"

他嗯了一声，开门见山地说道："秦天比你大了足足七岁，一看就不靠谱。"

乔与诺："……"

"你谈恋爱要谨慎，至少双方的年纪不能相差太大，工作最好有交集。这样你们才有共同话题。"叶崇行严肃地说道，"外科医生太忙了。"

乔与诺啊了一声："叶哥哥，你的想象力可真丰富。"

叶崇行手握成拳，移到嘴边，轻轻地咳了两声，然后一本正经地栽赃嫁祸道："你的阳哥担心你，所以让我来跟你聊聊。"

"是吗？我觉得他们关系挺好的。"

"这是两码事。"叶崇行举例道，"如果你有一个涉世未深的妹妹，会希望她的男朋友是个奔三的老男人吗？"

"秦天才二十八岁，哪里就是老男人了？"还有谁涉世未深了？

叶崇行见她这么维护秦天，心里更不痛快了："总之，如果有居心叵测的老男人向你告白，你一定要明明白白地拒绝。"

"这也是阳哥说的？"乔与诺怀疑道。

叶崇行的眼神一闪，他冷冷地说道："除了你的阳哥，谁会担心这些无足轻重的小事？"

"也是。"乔与诺点点头，端起草莓站起来，"那我去和阳哥说。"

虽然她和秦天没有任何暧昧关系，也不可能发展出朋友之外的感情，但是阳哥这么担心她，还是去解释一下比较好。

"阳哥——阳哥——"她边喊边往阳台走去。

叶崇行紧紧地拧着眉,严肃地沉思片刻,然后也往阳台的方向走去。

今日是南风天,晴空万里,微风拂面,空气似乎带着春天懒洋洋的气息——让人想伸一伸懒腰,打个哈欠,或是往阳台上的躺椅里一倒,晒晒早上的太阳。叶奕阳站在水池边上洗衣服,听到妹妹喊他,就应了一声。

乔与诺抱着草莓跑出去,十分认真地说:"阳哥,我不谈恋爱,你别担心。"

一脸茫然的叶奕阳:"……"

"我要找男朋友,也找阳哥你这样的——长得好,厨艺也棒,性格温柔。"

听到妹妹在夸他,叶奕阳傻笑两声。

"妹妹好。"

"我当然好了,漂亮又聪明,独一无二。阳哥真不愧是我的亲哥,眼光真好。"她说着说着,话题就忽然歪了,"阳哥,你以后找女朋友,也得找我这样的——温柔体贴,听话懂事,对你好,还能陪你聊天。"

偷听的叶崇行:"……"

自从他知道乔与诺没有谈恋爱的想法,上火的症状就莫名消失了。而家里的另外两个人,对此一无所知。

假期过后,乔与诺精神抖擞地回去上班。

而公司上上下下的人,从保洁阿姨到高管都知道了她住院的原因,对她和叶崇行的感情表示了祝福和感动。所以在她休假期间,谁在公司散播了这种毁人名誉的流言?那天的案发现场只有她、叶崇行、韩季北,是他们哪一个?

她左思右想,觉得韩季北的嫌疑最大。

作为一个即将不存在的死人,乔与诺对这种谣言也不是太在意。忙完手头的事情,她拿了一份文件当掩护,溜达去了营销部。

只是她没想到,叶崇行也在顾东林的办公室里。

"妹子是新来的吧,哪个部门的人?"顾东林虽然相貌寻常,但他看起来十分开朗阳光,一笑就露出雪白的牙齿,"妹子有没有兴趣来我们营销部?"

叶崇行淡淡地说道:"程序开发部的人你也敢挖?"

"人不可貌相啊妹子!你居然是老大手底下的人,等等,该不会就是传闻中的嫂子吧?"顾东林站起来,给乔与诺拉开椅子,殷勤地倒了一杯热水,"嫂子好,我是顾东林,你叫我东子就行,我和老大是大学同学。"

乔与诺蒙着一张脸站在原地,顾叔的画风不对呀!

原来顾叔年轻的时候是这样的性格,既不尖锐,也不阴郁,全身上下都洋溢着满满的热情,朝气蓬勃,又十分有亲和力。

"你来营销部做什么?"叶崇行问道。

乔与诺:"……"来看她家年轻二十二岁的顾叔!

"嫂子,你有事尽管吩咐我,"顾东林在一旁笑道,"千万不要跟我客气。"

"你能别叫我嫂子吗?"

顾东林看了一眼叶崇行的脸色——不冷不淡,看不出什么端倪。他面带笑容,聪明地转移了话题:"嫂子来营销部是有什么事?"

乔与诺啊了一声:"这个……其实我是想问大乔的事情。"

顾东林的神色微顿,他问道:"她怎么了?"

"我想帮她申请人工榜。但是APP那边的主编要我来找你，说你才是大乔的编辑。"乔与诺忽然想起这件事情，笑着揶揄道，"你不是营销部的经理吗，怎么还兼职编辑，公司给你发双份薪水吗？"

"能者多劳嘛。"顾东林笑道，"嫂子和大乔的关系不错呀。我等下就去帮大乔安排一个访谈，再弄一个推荐位。"

说完，他看向一旁的叶崇行，打趣道："老大，滥用职权的人可不是我。"

叶崇行没理他，站起来，对乔与诺说道："你还不回去工作？"

"知道啦资本家。"乔与诺跟在他的身后离开办公室，走到门口的时候，又转过头笑眯眯道，"东……东哥加油。"

加油得到大乔的好感，干掉不知名的"渣爹"！

放假后工作的第一天，大部分人的状态不好。唯有乔与诺，干劲十足，精神满满，一点儿也不像刚受过伤的人。几个同事见状，纷纷打趣她，说热恋中的人才有这样的好气色。乔与诺无言以对，总不能告诉他们：我这么高兴，是因为见到了养父，以及觉得我的妈妈和养父还是有希望终成眷属的。

她要是这么说了，不是被拉到研究院，就是被送进精神病院。

倒是秦天来公司接她下班的时候，听到这些流言后有些生气。不过她也理解，毕竟不管谁被当成挖墙脚的小三，心情都不会太愉快。

上车后，乔与诺给叶奕阳打了一个电话，报备晚饭在外面吃。这两个人打电话特别腻歪——一个叮嘱妹妹要早点儿回来，注意安全；一个问阳哥你想吃什么，我给你带夜宵。磨磨叽叽了十多分钟，两人才结束通话。

"你和叶家兄弟的关系不错。"秦天笑着说。

"我是和阳哥关系好。"乔与诺停顿了一下,不是太情愿地补充道,"其实叶崇行也不错,不是传闻中那种不择手段、阴险狡诈的人。"

沉默了一会儿,她迟疑地问:"你说,他以后真的会利用大乔攀附权贵吗?"

这是不是存在什么误会?

其实大乔的悲剧,叶崇行并非始作俑者。

有时候,乔与诺总是忍不住这样想。如果叶崇行是传闻中的那种人,在她当着他的面变成大人的时候,就应该将她卖给研究院。可是他没有,甚至在韩季北的面前帮她掩护,也从不对她的来历刨根问底。

"还未发生的事情,谁也不能下结论。"他客观地说道。

乔与诺点点头,握拳说道:"要是叶崇行真的敢那么做,看我不揍死他!"

秦天闻言,眼里闪过一抹异样的神色。或许乔乔自己都没意识到,她提起叶崇行的语气多么自然随意。但在穿越之前,她对叶崇行只有满腔的厌恶。

"也不知道小秦天现在怎么样了。"她忽然说道,"这个时候的你,还和养父一家人住在一起吗?不然我们去救小秦天吧。"

"你的话题也跳得太快了。"

"其实你小时候长得挺可爱的,而且很容易脸红。"

秦天觉得有点儿别扭,咳了一声,转移话题道:"这个时候,我已经从养父的家里逃出来了,估计是在莫教授的家里。"

乔与诺哦了一声,又问:"那你小时候有什么愿望,我去帮你实现。"

"不记得了。"

"你想想嘛,机会难得,可不是人人都能回到过去。"

"没有。"

其实是有的，小秦天想找乔乔，找那个在大卡车上智斗人贩子的小仙女。

他最近时常想，自己在小时候就见过乔乔，那么是不是说明在这段历史里，乔乔注定会回到过去？

"对了，你不是说有事找我。"乔与诺问道。

此时车子刚好碰上红灯，缓缓地停了下来。

秦天迟疑了片刻，还是把那份DNA报告拿给她："你自己看吧。"

乔与诺忽生不祥的预感，拿起那份报告，仔仔细细、反反复复地看，最后目光定格在最后那一行字上："韩季北是我爸？"

"从生物学角度上来说，是的。"

"你没拿错报告单吧？"

灯变绿，车子重新上路，秦天看了她一眼："你不希望是他？这么说，你对韩季北的印象还不错。"

韩季北给她的印象确实不错，除了滥情这一点。

第一次见他，她就忍不住想亲近他。

可是再多好感，在这张报告单面前都化为乌有，变成浓浓的愤怒。为什么他要玩弄大乔的感情，为什么抛弃她和大乔？她是不被期待出生的小孩吗？她有那么多问题想问他，可是现在的他却不知道她的存在。

夏天将至，南风夜带着几分闷热的气息。

此时已近凌晨，叶奕阳在房里睡着，叶崇行在书房加班。许是天气的缘故，他今晚有些烦躁，工作效率大大降低。

一听到楼下的动静，叶崇行就放下文件，走到窗边。

昏黄的路灯下，乔与诺微微仰着脸，正和秦天说着什么话，看着与他有些亲密。叶崇行站在窗边，看了许久，才见他们依依不舍地分开。

过了一会儿，客厅传来开门的声响，叶崇行沉着脸走出去。

乔与诺开门进来，还未来得及开灯，隐约见到客厅里站着个人，生生被吓了一跳。

"你大晚上的不睡觉装鬼吓人很好玩吗？"

叶崇行开了灯，冷着脸说道："原来你也知道已经很晚了。"

"所以？"

"你超过门禁时间了。"他微微一顿，神色如常地说，"而且你的阳哥很担心你，等了你一晚上。"

"我有给阳哥报备的。"乔与诺微微困惑，"还有我们家什么时候有门禁了？"

"一直都有。"叶崇行一本正经地说道，"你以后不准超过八点回家。"

"可是你经常半夜三更才回家，有时候还在公司通宵加班。你自己都做不到，我为什么要遵守？"乔与诺十分不满地反驳道。

叶崇行倒了一杯水，喝完，不疾不徐地说道："你要么搬出去，要么遵守家规。"

强权之下，乔与诺只能折腰，不情愿地应了一声："哦。"

"你怎么回来这么晚？"

"这个……"乔与诺迟疑了一下，说一半瞒一半，"今天是我生日，秦天请我吃大餐。吃完饭，我们去南山看夜景。"

今天是她的生日没错。不过他们不是去玩，而是商量怎么改变历史。按照原来的历史发展，大乔会在两个月后怀孕，明年的今天生下她这个私生女。韩季北虽然滥情，可是长得好，有权有势，他的追求攻势那么猛，大乔还能挡多久？

"今天是你生日？"

"是呀，叶哥哥你要送我礼物吗？"

叶崇行看了一眼壁钟，差半个小时就到十二点了。他让乔与诺先去洗澡，自己则去了厨房。因为冰箱里食材有限，他只能简单地下了一碗面条，在上头卧两个荷包蛋。乔与诺从浴室出来的时候，面条刚出锅，正冒着热腾腾的气。

"叶崇行，你的礼物可真简陋。"乔与诺得了便宜还卖乖，喝了一口汤，又说道，"汤底是阳哥炖的排骨，哦，鸡蛋还是我昨天在超市买的。"

叶崇行没理她。

乔与诺咬着面条，忍不住去看他。雪白的灯光下，他微垂着眼睑，搭在财经杂志上的手指修长白皙，漂亮得像艺术品。他的轮廓英俊至极，哪怕他是坐着，身姿也是挺拔如松柏。她的心脏扑通乱跳起来，这让她有些慌了。

她低下头，一口气吃完面，然后放下筷子："我去睡觉了！"

说完，她就冲回房间。

她倒在床上，忽然想起这原来是叶崇行的房间，顿时觉得空气里满满都是他的气息，僵了手脚，难以入眠。她胡思乱想了一整夜，直到天边泛起鱼肚白才迷迷糊糊地睡过去。然而她却梦到了叶崇行在洗澡。不是春梦胜似春梦，简直让人难以启齿。

翌日起来，乔与诺多了一双熊猫眼。

叶奕阳特意煮了两个鸡蛋，给她敷眼睛。结果她不知道听到哪里去了，直接把鸡蛋吃了，还被蛋黄噎到。她到了公司也是这样，一副神游天外的模样，惹得流言四起：暖男医生插足，总裁夫人疑似出轨。

乔与诺打着哈欠，登录了自己的小企鹅账号。

她一上线就收到乔瑾的消息："乔乔，我明天要去 A 市领奖，你能不能陪我去？主办方想买我的漫画，但我不知道怎么谈合同。"

大乔的漫画获奖了？她的妈妈真是内外兼修的大美人！

乔与诺顿时就精神了:"当然没问题!"

和大乔商量完出发的时间、碰面的方式,乔与诺立马填了一份请假单去找叶崇行。她要和妈妈见面了,好开心哪!

叶崇行听完请假的理由,说道:"你对这个作者倒是用心。"

"我也是为公司的利益着想。"乔与诺一本正经地胡诌道,"千里马被埋没,就是因为某些自诩伯乐的人是睁眼瞎。我帮公司挖掘了一个大神,还不占用公司的资源,你应该给我发奖金。"

叶崇行批了她的假,又叮嘱道:"韩少可能也会去 A 市。你要是碰到,躲着点儿。"

听到"渣爹"的名字,乔与诺就来气:"他的家不是在北京吗?他怎么不回去,整天在我们南市拈花惹草,不务正业,游手好闲。"

"重正集团在南市有项目,他来监工也算有名目。"

"是和我们公司合作的项目?"

叶崇行嗯了一声,和她说起内情:"原本重正的项目是打算和广州那边的一个科技公司合作的,但是他的心上人跑到了南市。他为了找个漂亮的理由留在这里,才让我们公司捡了一个大便宜。"

"他的心上人是大乔吗?"

"嗯。"

"照你这么说,他是为了追大乔才来南市的,可是我都见过他的两个女朋友了。"乔与诺更生气了,"有他这么追人的吗?"

气恼了半响,她又忍不住问:"那你会帮韩'人渣'追大乔吗?"

你会利用她吗?

将一个无辜的女人当成你成功的踏脚石。

叶崇行还没回答,就听到乔与诺凶巴巴地威胁道:"不许帮!你要是敢帮韩'人渣',看我揍不死你!"

叶崇行用带着笑意的声音说道："嗯，我不帮。"

乔与诺盯着他看了好一会儿，似乎是在确认他的话。她琢磨半响，勉强地点点头，拿着请假单离开了办公室。

因为要和妈妈见面了，乔与诺又兴奋得失眠，早上起来依旧带着一对熊猫眼。臭美的乔与诺老老实实地用鸡蛋敷了二十分钟的眼睛，又画了淡妆，换上昨晚就挑选好的衣服，收拾整齐后，哼着小曲出发去机场。

可惜天公不作美，她刚出门，就下雨了。

不过这些小小的状况，都没有影响到乔与诺的好心情。

乔与诺到机场有些早，十一点的飞机，她九点多就到了机场。她无聊地坐在自己的行李箱上，眼巴巴地望着大门。

不知道等了多久，她看到一个大美人拖着行李箱走进来。

美人到底有多美？若是生在某个朝代，她就是一个祸国殃民的主。春色难及她的明媚，繁花不及她的艳色，千千万万的人群里，只要一眼，你便能看到她。她一走进机场大厅，就有男人上前搭讪，但很快男人就铩羽而归。

乔与诺站起来，激动地冲大美人招手："大乔！"

"乔乔？"

"是我是我！"乔与诺拼命地点头，鼻子有些发酸，强忍着眼中的泪意，不让自己表现得太奇怪，"我是……乔与诺。"

乔瑾笑道："走吧，我们去换登机牌。"

"好。"

乔瑾见到乔与诺也很高兴。乔瑾没有同性的朋友，也没有和闺密一起出行的经历，难得有个妹子肯跟她做朋友，心里十分激动和忐忑。两人边排队边聊天，从国漫说到A市的美食，从明星八卦聊到热播电视剧，很快就消除了第一次见面的生疏感。

两人一路闲聊，良好的气氛保持到登机……

"好巧，你们也去 A 市吗？"韩季北摘下墨镜，迈着大长腿朝她们走来。

乔与诺警惕地瞪了他一眼，将靠窗的位置让给乔瑾，坐在外侧，挡住了韩季北的目光："韩少，这里不是头等舱，你别找错了位置。"

韩季北扬了下手上的机票："好巧，我也是经济舱。"

"……"

狗皮膏药韩季北在她们后一排的位置坐下。乔与诺的心里忽然生出几分微妙的感觉——妈妈、爸爸、她，仿佛一家人一起出门旅游。此时飞机的广播响起来，提醒乘客关闭电子设备。她掏出手机，迅速地拍了一张"全家福"。

照片里，她和大乔头靠头，而坐在后面的"渣爹"只露出一个脑门。

隔着一个时空，三人同框。

乔与诺盯着照片里的脑门，忍不住笑了出来。乔瑾见状，好奇地伸过脖子来看，见到这张照片，有些疑惑她的笑点。

乔与诺轻咳了两声，忽然说道："我有个妹妹，也叫乔乔，姓乔名乔。"

"她和你长得像吗？"乔瑾好奇地问。

"她比我漂亮，比我可爱，聪明又贴心，还十分有正义感。"乔与诺十分不要脸地自夸道，"可惜……"

一直竖着耳朵听她们说话的韩季北，忽觉不妙，立马截住她的话头："乔乔，过去的事情你就不要再提了，免得伤心。"

乔与诺慢悠悠地说道："只要某些人不在我的面前晃，我就不会想起妹妹。"

韩季北听懂了这句话，说："毁人姻缘是不道德的。"

"你太'渣'了,配不上大乔。"

韩季北不满地说道:"我有那么糟糕吗?"

"有!"

两个人斗起嘴来,一来一返,皆是不肯相让。乔瑾一开始担心乔乔会惹怒韩季北,但发现他对乔乔的容忍度颇高,就放心了。

倒也有些奇怪,韩季北这个人看起来不好相处,实际上也不是一个好相处的人。可他对乔乔却难得好脾气,被她指着鼻子骂也不生气。她盯着乔与诺的侧脸看了一会儿,越看越觉得他们长得相似,难道他们是兄妹?

下飞机后,韩季北又是"很巧"地和她们同路,入住同一家酒店。

乔与诺寸步不离地跟在乔瑾的身边,生怕妈妈吃一点儿亏。刚放好行李,乔与诺的手机就响了,是她的阳哥的来电。

两个人黏黏糊糊地聊了半个小时才挂断。

乔瑾在旁边收拾东西,听了一耳朵,有些好奇,就问起了她的家庭关系。乔与诺便将亲亲阳哥从里到外、从上到下夸了一遍。而提到叶崇行的时候,却微妙地沉默了,她自己都搞不清他们是什么关系。

两个人都有些累了,躺在床上,有一搭没一搭地闲聊。

她们不知道怎么聊到了顾东林,乔与诺又开始帮他刷好感值:"我觉得东哥不错,他对你的事情也很上心,你不考虑一下他吗?"

"你们的关系很好吗?"

乔与诺思考了一会儿:"你排第一,阳哥和秦天排第二,东哥排第三。"

乔瑾闻言,高兴地笑出来:"没想到我是第一。"

乔与诺心道:那必须的呀!你可是我的亲妈,不排第一谁第一。她把脑袋凑过来,和乔瑾靠在一起,心里也十分高兴。

"我不喜欢顾东林。"乔瑾直白地说道。

乔与诺惊道:"为什么?"

在顾叔讲述的故事里,他和大乔的关系很好,如果不是韩季北强取豪夺,他们当年可能修成正果。

"他向我表白过。"

乔瑾似乎在酝酿措辞,过了半晌才继续说道:"他说只要我答应和他交往,就助我大红大紫,但我拒绝了。后来发生了一些事情,我不知道是不是巧合,我的漫画永远申请不到推荐位,编辑也换人了,我的待遇从A签降成B签,每个月只能拿保底,分成到现在一分钱我也没拿到。我问了同组的作者,他们的分成都是月结。因为分成的事情,我找了顾东林好几次。每次他都说我的收益太低,说我达不到提款标准。"

乔与诺呆住了。

原来滥用职权,想潜规则大乔的人是顾东林。那他对她说的那些"往事",有多少是他虚构出来的"真相"?至少大乔和韩季北最初相识,并不是顾叔说的那样:韩季北潜规则了大乔,而叶崇行在其中扮演了皮条客的角色。

"你也留个心眼儿,不要什么人的话都信。"乔瑾含蓄地提醒道。

乔与诺哦了一声,又问道:"你怎么不怀疑韩少?说不定是他给叶崇行施压,让人针对你的漫画。"

"韩季北不会用这种小手段。"

乔与诺闻言,心里咯噔了一下,大乔对韩季北居然这么信任?

"这种小打小闹不是他的风格。他要是想威胁我,一准直接封杀我,断我财路,或者从我的家人那里下手,明刀明枪地来。"乔瑾沉默了一会儿,"他对我是有那么几分真心,可是他的真心……"

乔与诺没有听清后面的几个字，却闻到了一股惆怅的味道。

大乔该不会对"渣爹"动心了吧？

她觉得不妙，危机感十足："韩季北有未婚妻了，你千万别喜欢他。"她把听来的小道消息加工了一下，从他的家庭背景到风流史，说得活灵活现。至于真伪，这就不是她关心的问题了。顾叔说谎，可是大乔的话总不至于有假。

未来的大乔说过，"渣爹"是个没节操的浑蛋。

未来的大乔为了躲"渣爹"，带着年幼的她频频地搬家。

未来的大乔说，让她离"渣爹"远远的，让她不要和他相认。

想到大乔的惨死，乔与诺更加卖力地黑自己的爹。乔瑾大约是听进去了，一整晚都有些神思恍惚。乔与诺见状，却更加忧心，可又不能直接告诉大乔自己是她的亲闺女，从未来穿越过来，就是为了阻止她和"渣爹"在一起。

晚上八点多，乔瑾接到主办方的电话，带乔与诺去赴饭局。

这个饭局或者被称为鸿门宴更合适。

获奖的作者有十二人，全部到场。和他们谈话的女人一脸傲慢，据说是网站的负责人之一。她的话十分好理解，就一个意思：不签永久性买断协议的人，将会被取消获奖资格。而所谓的永久性买断协议就是，漫画的版权属于网站，作者失去一切权利。

乔与诺扫了几眼，凑到乔瑾的耳边悄悄地说道："这个合同你不能签。"

乔瑾获奖的漫画叫《时光中的你》。在五年后，这部作品将会被改编成电视剧、电影，成为脍炙人口的经典作品。然而，原著的署名却不是大乔。电影上映的时候，大乔带她去看了电影，回来后哭了很久。

乔瑾迟疑了一会儿："可是……"

"你是不是缺钱？"

乔瑾点点头："潜力奖有两万元。"

乔与诺把署名权这条指出来给她看："这条必须得去掉。"

话音刚落，其他作者也提出了这个意见。但和他们谈话的负责人没有答应，而且态度十分强硬：要么签，要么被取消获奖资格。

最后在乔与诺的劝说下，乔瑾十分纠结地选择拒绝。

乔与诺也纠结。她有钱，可是怎么把钱送给穷困潦倒的妈妈？

第六章

"小浑蛋"和"老流氓"

翌日是个好天气,晴空万里,骄阳正好,是一个出游的好时间。A市是旅游岛,以海景和美食闻名。乔瑾是个心宽的脾气,一觉醒来,就忘了昨天的糟心事,愉快地和乔与诺商量起出游的路线。

聊到一半,乔与诺捂着肚子冲进厕所。

早上的海鲜粥似乎不太新鲜。她已经跑了三趟厕所,拉得有些腿软。看来出门前,她得吃两颗止泻药,不然这一趟趟地跑厕所还怎么玩?

等她从洗手间出来,房间里却多了一个碍眼的人。

"韩少,"乔与诺笑眯眯地问道,"知道狗皮膏药为什么讨人嫌吗?"

韩季北坐在狭窄的沙发里,一双大长腿无处安放。他双手合十,做哀求状:"看在我和你家的叶哥哥是好兄弟的分儿上,你就别捣乱了。"

乔与诺走到他的面前,摆出和他一样的姿势,语气更真诚:"看在叶哥哥的分儿上,你就放过我家的大乔吧。"

她生得漂亮,这番模仿也极可爱。韩季北一时手痒,揉了两把她的头发。

乔与诺愣了一下,气呼呼地拍掉他的手。

"你们的感情还真好。"乔瑾得出这么一个结论。

乔与诺不可置信地转头看她:"大乔,我们今天不出去玩了,我带你去看眼科。"

"说起这个……"乔瑾有些为难地说道,"乔乔,我们明天再玩吧。不好意思,我要放你鸽子了。我今天得给韩少当向导。"

"什么?"她惊道,"你要给韩少当向导?"

"主办方找我麻烦,是韩少帮我挡下的。"乔瑾摊手道,"所以,你懂的。"

"禽兽!居然挟恩图报!"

乔瑾瞥了韩季北一眼,凉凉地说道:"乔乔你就别侮辱禽兽了,禽兽只在春天发情,这家伙可是一年四季都在发春。"

"禽兽不如呀!"

韩季北不得不出声讨饶:"美女们,禽兽不如的区区在下就在这里,可以顾虑一下我的面子吗?"

"不可以!"乔与诺气鼓鼓地说道,"我也要跟你们出去玩!"

韩季北坚决地拒绝道:"不行。"

"我有一个妹妹也叫乔乔,她生得漂亮又聪明……"

"停停停。"

"那带我不?"

"带！"韩季北揉揉发痛的额角，看着一脸嘚瑟的乔与诺，严肃地说道，"乔乔，你不能这么无赖，每次都拿这个事儿威胁我。我要是生气，后果很严重。所以咱们约法三章，黑历史这种东西就不要再提了。"

"哦，告诉你一个秘密。"乔与诺神秘兮兮地冲他笑，"其实我最怕自己生气了。因为我一生气，惹我生气的人就要遭殃。要知道得罪谁也别得罪一个黑客，如果他不想祖宗十八代的秘密都被公之于世的话。"

韩季北："……"

因为多了乔与诺这个电灯泡，韩季北的计划完全泡汤。他本打算带乔瑾出海，就他们两个人，到时候再来个浪漫的求婚，她一定会感动。他琢磨过了，乔瑾之所以拒绝他，是怕他不过一时兴起。他只要让她看到他的真心，便能抱得美人归。

但乔与诺防他，就跟防贼似的，瞧瞧她选的地方！

游乐园十分热闹，音乐震耳欲聋，时而夹着小孩子的嬉戏声。不远处云霄飞车驶到了最高点，风里传来刺耳的尖叫。一眼望去，目光所到之处皆是人。因为是周末，来玩的小孩子很多，一个手握甜筒的小萝莉在和哥哥打闹之时，不小心撞到了韩季北的身上，雪白的甜筒一下子就沾湿了他的裤子。

韩季北忍耐地皱着眉，小萝莉见他黑着脸，号啕大哭。

"妹妹别哭了，我们赔你一个甜筒。"乔与诺蹲下来哄道，小萝莉收到友好的信号，觉得自己安全了，便不再哭闹。

乔与诺笑眯眯地冲沉着一张脸的韩季北说道："那就麻烦韩少去排队了，唔，我要香草味的，大乔喜欢蓝莓。"

韩季北是什么人啊，何时被人这样戏弄过。其实他大可转身就走，可看着乔与诺略带幸灾乐祸和得意的表情，心头的火气就莫名散了。算了,他一个大老爷们儿和小姑娘计较什么,而且小瑾还在一旁看着,他要表现得大度点儿。

"嗯,我去排队,你们别乱跑。"

买甜筒的人很多,队伍排得比较长,韩季北却老老实实地站在末端。乔瑾盯着他看了一会儿,扭头问乔与诺:"韩少是你亲哥吗?"

"……"不是亲哥,是亲爹!

"看侧脸,相似度至少有百分之五十。"乔瑾继续说道,"你来南市不就是为了找到失散的亲人吗?说不定韩少真是你的亲戚,要不我们去偷根他的头发,做个DNA检测。"

乔与诺被亲妈的一番话吓出冷汗:"不、不用了!"

我的妈妈啊,你的眼睛能不能不要这么亮!

"哦。"过了一会儿,乔瑾又说道,"韩少对你真不错,你把他诓到这里来,他也没转身走人。不过今天多谢了,要是没你,还不知道他要怎么闹我。我是怕了他,花样百出,见天作妖,真是……"

游乐园的噪声太大,乔与诺没听清她后面的话。

过了十多分钟,韩季北拿着三个甜筒回来,此时小萝莉已经被父母领走。韩季北盯着手里剩下的甜筒,嫌弃地塞给乔与诺。

"小瑾,你有痛经的毛病,不能吃冰,我帮你吃几口。"说着,他就低下头,一口咬掉乔瑾手中的大半个甜筒。

乔瑾气呼呼地说道:"闭嘴!"

"小瑾你脸红了,可真容易害羞。"

"这是被你气的。"

"哦。"韩季北抓着她的手,又咬了一口甜筒,嫌弃地皱眉,"又甜又腻,就你们女孩子喜欢这种东西。你也少吃点,小心肚子疼。"

乔瑾:"……"

乔与诺回过神，强行插到他们中间，并将粉红色甜筒塞回韩季北的手里。居然在她的眼皮子底下调戏大乔，"渣爹"是不想活了吗？她在心里狠狠地吐槽一番"渣爹"的不要脸，真喜欢大乔，干吗最后却不要大乔了？

抛妻弃女的"老流氓"！

韩季北忽然打了一个喷嚏，瞥了眼板着脸的乔与诺，心道：一定是她骂他了。

他两三下就吃完了草莓甜筒，说道："这家游乐园最出名的是云霄飞车和鬼屋，你们想玩哪个？"

乔与诺一语道破他的心思："很多男人喜欢带妹子去玩这两个项目，因为他们相信妹子在受到惊吓后，会嘤嘤嘤地扑进他们的怀里求安慰。韩少啊韩少，你居然是这种人！不过大乔不怕黑，不怕鬼，也不怕高。"

"那小瑾怕什么？"韩季北不耻下问。

"她怕你啊！"

韩季北："……"

怼了一把"渣爹"，乔与诺心情大好："我喜欢旋转木马，大乔陪我。"

"好吧。"乔瑾望了一眼旋转木马上的小朋友，舍命陪君子了，好闺密的定义就是一起丢脸，一起吃甜筒！

最后乔与诺带着乔瑾，将游乐园里最幼稚的项目都玩了一遍。

某种意义上来说，乔与诺用她的幼稚赢了韩季北的不要脸，一个饱受异样的注视，一个失去了和心上人相处的空间，两败俱伤啊。

正午一到，韩季北就带她们去定好的餐厅，生怕乔与诺又出幺蛾子。万一她来一句，想吃游乐园的儿童套餐，他是陪还是不陪呢？

其实乔与诺也玩累了，身心皆疲惫。

乔瑾倒是玩得开心，她小时候没钱来游乐园，长大了却是不好意思一个人来玩，今天是踏踏实实地过了一把瘾。她想，以后生了孩子，一定要让他们有一个圆满的童年。别人家的小孩有的东西，她的孩子也要有。

韩季北点完餐，交代道："不要加蒜和姜。"

乔与诺也同时说："不要蒜和姜。"

话音落下，两人对视一眼，乔与诺嫌弃地移开视线，低头玩手机。

乔瑾含笑道："你们的口味还蛮像的。"

"谁要和他像了！"乔与诺立马撇清道，"很多人不吃蒜和姜的，又不是只有我们两个不吃。我喜欢吃海鲜、甜食，大乔不也喜欢嘛！"

乔瑾想了想："也是。我去洗手间一下。"

少了一个乔瑾，包厢里的气氛就有些剑拔弩张。韩季北有心缓和他们的关系，可是乔与诺一副"我就是烦你""我拒绝和解"的模样，让他无从下手。难怪有人说，想追到心上人，必须先讨好她的闺密。

刚才在游乐园的时候，乔与诺拍了不少照片，正在整理。

她忽然生出一种很微妙的幸福感，爸爸、妈妈、她三个人在游乐园玩了一早上，然后又一起吃午饭，下午还会一起逛街，就像真正的一家人。可这些只是她的错觉，在她出生的时候，她就已经被自己的爸爸抛弃了。

看到几张三人同框的照片，她心里有些难受，眼眶微微一红，忽然问："你以后有了自己的小孩，会不要她吗？"

韩季北觉得她问得很奇怪，但肯定地说道："不会。"

那你为什么不要我？

她想这么问，可是现在的韩季北，无法回答这个问题。或许是因为他不爱她的妈妈，所以不要她生下的小孩。也或许是因为他和别的女人结婚了，她是作为一个污点的存在，恨不得被抹得一干二净。

斜阳西沉，夜幕将至。

乔与诺和亲妈、"渣爹"结束了一天的行程，回酒店休息。刚下车，她就看到立在暮色里的叶崇行，他在抽烟，神色被雾气遮住，看得不是很清楚。他的视线朝她直直望来，里头似乎藏着什么东西。

乔与诺愣了一下，跑过去："你怎么也来了？"

叶崇行灭了烟，简洁地说道："出差。"

"哦，还真巧。"乔与诺也就随口一问，"那你站门口做什么？"

"看风景。"

乔与诺环顾四周，尘烟喧嚣，车水马龙，有什么风景可瞧的？不过她也没放在心上，拉着大乔向他介绍道："这是我最最最重要的人，乔瑾。她是我罩的人，你要是欺负她，那我们就只能当敌人啦。"

她的神情很严肃，没有半分开玩笑的意思。

知道顾叔骗了她许多事情，她的第一反应居然是高兴：大乔遭遇的那些不幸和叶崇行无关，他们不用反目成仇，真是太好了。她不想把叶崇行当敌人，无论是因为阳哥，还是别的原因。

叶崇行揉了一把她的脑袋，笑骂道："见异思迁的小白眼狼。"

乔与诺嘿嘿地傻笑。

他朝乔瑾伸出手，一握即离，绅士风度绝佳："久仰大名，这是我的名片。以后有事可以直接打我电话。"

乔与诺满意地点头："叶哥哥，你真上道，给你加十分。"

"我现在有多少分？"

"二十分。"

叶崇行："……"

韩季北也凑过来："呦，居然不及格。乔乔，我多少分啊？"

乔与诺白了他一眼："负一千分。"

此分一出，叶崇行的脸色好看了不少。乔瑾见韩季北吃瘪，忍不住笑了两声。乔与诺见亲妈高兴，也乐了，拍马屁道："大乔你是一百分！"

叶崇行："……"

叫她小白眼狼还真没叫错，他千里迢迢跑来看她，合着就只能打一个不及格分。她和乔瑾才认识几天，就为乔瑾威胁上他了！叶崇行默默吃醋了一把，着实有些不高兴，便昧下了他哥要他转交给乔乔的猪蹄。

他买了点儿啤酒，和韩季北坐在阳台上解决了这包吃食。

天色渐渐暗下来，城市的灯火慢慢亮起来。今晚能看到月亮，却瞧不到几颗星子。人间璀璨的灯火遮盖住了天幕繁星，未名的花香在夜色里飘浮。这两个大男人喝着酒，都喝出了一肚子的惆怅。

"叶崇行。"

"嗯？"

"你知道你家的那个'小浑蛋'都干了些什么吗？"韩季北的怨念已经发酵了一整天，"你怎么能把她放出来祸害人呢？对了，她还威胁我来着，比我年轻那会儿还无法无天。我和你说啊，你得管管她，可不是谁都像我这么好说话，这世道乱着。"

叶崇行喝了一口啤酒，慢慢地说道："那'小浑蛋'还不是我的人。"

"为我们的同病相怜干一杯。"

两人喝得七荤八素，门铃忽然响了，叶崇行走出去开门，见到满脸笑意的乔与诺。她穿着卡通睡衣，外面披了件衣服，头发湿答答的，还滴着水珠。他忍不住皱眉，训道："在外面也不注意点，穿成这样像什么话。还有头发要吹干，尤其是晚上，不然很容易感冒，别让你阳哥整天为你操心。"

她敷衍地应了一声哦，冲他伸出手："卤猪蹄呢？"

叶崇行咳了一声，脸色有点儿不自然。

"你该不会偷吃了我的猪蹄吧?"她用怀疑的目光打量他,嗅了嗅,闻到一股酒气,"还喝酒了,猪蹄很下酒吧?"

"猪蹄……"叶崇行从容地说道,"猪蹄被韩少吃了,你白天破坏他的约会,所以他吃掉了你的猪蹄报复。"

乔与诺信了:"这个心胸狭窄的'老流氓'!"

把怒气冲冲的"小浑蛋"哄走后,他走回阳台一看,那个心胸狭窄的"老流氓"正啃着最后一块猪蹄,冲他似笑非笑地说道:"阳哥的手艺可真不错,难怪'小浑蛋'那么生气。唉,我这招谁惹谁了,躺着也中枪。"

叶崇行:"……"

翌日,趁"小浑蛋"乔与诺还在赖床,韩季北将乔瑾拐去约会。等她打着呵欠,准备叫大乔一起出去吃早饭的时候,才发现这两人都不见了。她顿时大惊,立马打电话给乔瑾,结果手机却是关机状态,打给韩季北同样如此。

"阴险狡猾的'老流氓'!"乔与诺生气地说道。

叶崇行提着一盒小汤包过来串门,问道:"吃不吃汤包?"

"不吃,气饱了!"

"乔乔你有点儿不讲道理。"他拆开盒子,顿时房间里溢满属于食物的香气,他塞了一双筷子给她,"就算你和大乔关系好,也没权利阻挠她谈恋爱,我不信你看不出来,大乔也喜欢韩少。"

"你居然当韩季北的说客!"乔与诺气呼呼地把筷子拍到桌上。

"我不是帮他说话,我是为你好。"叶崇行不希望她惹怒韩季北,他可不是一个好性子的人,就算他对乔乔有那么几分愧疚和喜爱,但以他的忍耐度,能忍一次、两次,不可能次次都包容她,"凡事过犹不及。"

乔与诺正在气头上,哪里听得了劝,红着眼眶瞪他,激动地说道:"你知道什么啊?你什么都不懂,他会害死大乔的!"

他会害死妈妈的。

他们的相爱就是一切灾难的开端。

他辜负了大乔,令大乔声名狼藉,孤独地死在他乡。大乔可以嫁给任何人,就是不能和韩季北在一起。她穿越时空,回来过去,就是为了阻止灾难的发生,而不是眼睁睁看着大乔再次爱上"人渣",痛苦一生。

叶崇行见她一副快哭出来的表情,忙说道:"你别气了,是我不对。"

他想哄一哄她,可是平生没有安慰过妹子的叶 boss,着实不懂怎么说软话。他有些头疼,苦恼地皱着眉,可在乔与诺的眼中,这表情就是不耐烦的证明,于是她心头的那把火就烧得更旺盛了。

"反正你和韩'人渣'是一伙的,也不是什么好人!"她怒气冲冲地吼完,一把推开他,跑了出去。

外面的天色有些暗,阴沉沉的,似乎要下雨了。

就跟她的心情一样不美好。

乔与诺打开手机,用自己做的定位软件找到乔瑾的位置,立马打车追过去。乔瑾的位置一直在变,她从城南追到城北,从西郊追到马场,却总是慢一拍。她又气又担心,生怕"老流氓"对大乔做出什么禽兽不如的事情。

她追着定位,好不容易赶上了,却看到一个陌生人。

这个男人打扮得和电视剧里的黑社会差不多,黑西装、黑裤子、戴着墨镜,身材高大,脸上有道疤,看着煞气十足。以他为中心,一米范围内呈现真空地带,但他本人似乎完全没有意识到自己对路人造成的威慑力。

"乔小姐好。"他走到乔与诺的面前,恭恭敬敬地递上一台手机,

"这是大乔小姐的手机，韩少让我交给你。"

乔与诺咬牙切齿道："韩'人渣'呢？"

"韩少说如果你问起他们，就这么告诉你：欠抽的'小浑蛋'，想和老子抢人，你还嫩着。"黑衣男面无表情地复述完这些话就走了。

乔与诺闻言，怒火一下子就从天灵盖喷出来了。

啊啊啊气死她了！

不要脸的"老流氓"，居然跟她玩偷梁换柱的把戏，这是要耍着她玩啊！无商不奸，无商不奸啊！他简直就是奸王！她要黑他的电脑，黑他的公司，黑他的游戏账号，整不死"老流氓"，她就和他姓！

乔与诺正生着气，天忽然就暗了，几声响雷过后，便见豆大的雨水砸下来，将避之不及的路人淋成落汤鸡。

暴雨如注，乔与诺却安然无恙。

她呆呆地抬起头，看见头顶的雨伞，转过身去，便看到了叶崇行。她有那么一瞬间失神，她知道叶崇行长得好，可一直没有注意过他的相貌，此时此刻，他站在她的面前，阴沉沉的天就亮了，如同雨后初霁，让人心生向往。

乔与诺心跳如擂鼓，脑子空白了好几秒。

他的手也生得好看，握着伞柄，修长有力，像艺术品。

她忽然想到了历史上的那些昏君，莫名有些理解他们的心情。美色当前，神魂不由自己做主，如何不亡国。

乔与诺自认为比昏君强一点儿，佯装镇定地问："你怎么在这里？跟踪我了？"

"路过。"

自作多情的乔与诺依旧很从容："我们还在冷战，你别和我说话。"

"嗯。"

没有台阶可以下的乔与诺很暴躁：嗯什么嗯，我说冷战，你就不能哄哄我吗？她气呼呼地走了，叶崇行立马跟上去，沉默地帮她撑伞挡雨。

他其实不是路过，而是跟了她足足一早上，看着她满世界地跑。

下雨了，他怕她被淋感冒，才不得不现身。

他觉得自己的行为有点儿像变态跟踪狂，所以骗了她。她那么聪明，要是知道他暗搓搓地跟了她一路，大概会得意扬扬地问："叶崇行，你是不是爱上我了？"这并不是一个表白的好时机，可能会被"小浑蛋"当成一个笑话。

韩少说他们同病相怜，说错了。

乔瑾对他有心，乔乔却是实打实地没心没肺。

此时"小浑蛋"摆着傲娇脸，在雨中漫无目的地走着。两人都没有说话，先熬不住的人却是乔与诺："喂，我们和好吧。"

"嗯。"

"早上我是有点儿过分了，冲你发那么大的火。"她顿了一下，又说道，"可是你也有不对的地方，明知道我讨厌韩季北，还帮他说好话。而且你是从哪里看出大乔喜欢他的，大乔明明就被他烦得不行。"

"那我以后陪你当电灯泡，帮你保护大乔。"

"这还差不多。"

又走了一段路，乔与诺的肚子咕咕叫，她说："叶崇行，我饿了。"

"没带钱是吧。"

"忘了。"

叶崇行推荐道："附近有个寺庙，听说里面的素斋很有名，每日限量供应的糕点也不错，我带你过去尝尝。"

"叶哥哥，你真是活地图！"她不吝啬地夸赞道。

"这改口得还真快。"

"嘿嘿。"

雷阵雨来得快，走得也快，一杯茶的工夫就停了。雨后晴空，乌云已散，整个世界都变得亮堂。叶崇行看着身边的姑娘，心里也亮堂了。见她高兴，他便觉得自己熬夜准备的美食攻略有了非凡的意义。

寺庙的素斋十分美味，乔与诺吃得欢了，坏心情也就一扫而空。她见天色尚早，此时回去不免辜负寺庙的风光，便拉着叶崇行去求姻缘签。她是帮大乔求的签，解出来的寓意却不是太好，正中她的忧虑。

"各人有各人的缘法，施主不必太忧心。"老和尚开解道。

"谢谢大师。"

乔与诺怎么可能不担心，出了佛殿，她站在太阳下，看着来来往往的游客，神思有些恍惚。她真的能改变历史，阻止自己的出生吗？她那么生气地否认叶崇行的话，是因为他说的是大实话，大乔对韩季北并非无意。

或许她自己都没有发现，也或许是不敢承认。

"叶崇行，"乔与诺忽然说道，"我害怕。"

她惨白着一张脸，额头还在冒冷汗，叶崇行一把握住她的手："不就是帮大乔求了一个下下签吗？这又当不得真。"

一纸签文就想左右人的命运，确实荒谬，但确实说中了她最担忧的事情。

"我念过很多经，但师父说我愚笨，看事情只看表面，容易着相。后来他说的话都应验了，我被我的养父骗了十多年，到了今天，我也没看穿他是怎么样的一个人。"乔与诺没头没脑地说了一串话，忽然就来了一句，"如果我想阻止一个男人制造孩子，用什么办法最简单最保险？"

叶崇行面不改色地说道："具体案例具体分析。"

"我想到了两个办法,杀了他或者让他变成太监。"她冷笑一声,"叶哥哥,你觉得哪个办法更好一些?"

她可不是愚笨吗,这么简单的办法,现在才想到。

"渣爹"死了,妈妈就不可能生下她。这才是永绝后患的好办法。

"乔乔,杀人是犯法的。"叶崇行觉得他们之间有代沟,他不是太明白乔与诺的思维模式,为什么从阻止闺密和渣男谈恋爱,忽然转变成"要阻止他们生孩子",难道他老了,所以无法理解小姑娘的心思?

"没关系。""渣爹"死了,就不会有她,法律无法审判一个不存在的人。

"别干傻事。"叶崇行严肃地说道,"韩少身边有保镖,你什么坏事都干不成。我也不想去探监。"

"知道了。"

一听就是敷衍的语气,叶崇行有些伤脑筋。

韩季北还真骂对了,可不就是一个无法无天的"小浑蛋"。瞧瞧她说的都是什么话,她是嫌命太长了,还是生活不够刺激,居然要在太岁爷头上动土。自从乔瑾出现,乔乔就变得有些奇怪,他得找人查查她们的关系。

此时正在向乔瑾求婚的男人,忽然打了一个喷嚏,脊背莫名发冷。

肯定是乔乔那个"小浑蛋"在骂他!

韩季北又打了两个喷嚏,玫瑰花都被他吹歪了。乔瑾见他这副模样,赶紧接过花,关心地问道:"你是不是花粉过敏了?"

"可能是有人在背后偷偷骂我。"

韩季北想了一下乔与诺气得跳脚的模样,有些得意。此时海风轻送,鸥歌时作,气氛正好,他单膝下跪,捧着钻戒说道:"小瑾,嫁给我。"

这天晚上，乔瑾和韩季北没有回酒店。

乔与诺等了他们一晚上，直到天色大白，才收到一张照片。背景是日出的海上，浪漫美好，里头的两个人也异常登对。乔瑾的身上披着韩季北的西装，眉梢眼角都带着一股子甜蜜，而韩季北搂着她的腰，意气风发，整个气场一看就是——谈恋爱了！

虽然已经有了心理准备，但乔与诺还是感到犹如晴天霹雳。

她立马打给韩季北，这次很快就通了："'小浑蛋'，你先回家去吧，我和小瑾要去北海道度假。"

"不准去！"

"不去等着你来搞破坏吗？老子又不傻，当务之急是和我媳妇培养感情。放心吧，我们结婚的时候，一定给你送请柬。"从电话里就能听得出，韩季北的心情十分好，语气里满满都是笑意。

他说完这些，就直接挂断电话。

他知道乔乔有些门道，所以抽出手机卡，手机直接扔进海里喂鱼。真不愧是父女，心有灵犀想一块儿去了，乔与诺正在使用智脑定位他的手机。

"主人、主人，这个手机所在的位置是北纬7°16′，东经25°32′。"

乔与诺握拳道："很好，我现在就去找他们！"

"主人，可是……"七宝欲言又止，圆滚滚的眼睛眨了眨。

"我怎么不记得还给你添加了结巴的属性，有话就说，别吞吞吐吐的。"乔与诺急着出门，没心情看七宝卖蠢。

"可这个位置是在海底一千米的深度。"七宝用软绵绵的小奶音说道，"主人，您要去潜水吗？请务必小心，您还有可爱的七宝需要照顾。"

乔与诺："……"

她气呼呼地瞪着七宝："你不早说！"

七宝露出伤心欲绝的表情,大眼睛汪着两泡泪,萌得简直犯规,哪怕是在气头上的乔与诺,也难以抵挡:"好啦,不怪你。"

"主人,七宝爱您。"

乔与诺身心俱疲地关掉智脑,"渣爹"真是太阴险狡诈了,难怪妈妈会栽在他的手上。不行,她得把韩季北弄回北京,不能让他和大乔孤男寡女去度假。虽然离妈妈怀上她尚有一段时间,但要是有个意外就糟糕了。

至于"渣爹"说的结婚,那纯粹胡说,一直到大乔死了,她还都是单身!

回到南市,乔与诺摇身变成小侦探。

她借助软萌的七宝收集了一堆重正集团的黑料。这东西要是寄给警局,身为现任总裁的韩季北估计难脱干系,要吃几年牢饭。乔与诺一开始也是这样打算的,可最后却只寄出了偷税漏税的证据。

她嘴上说得狠,但动真格时又下不去狠手。

"虽然你很'渣',可毕竟是我爹,这次就放过你啦。"

她制造的动静不小,估计韩季北也没什么度假的心情,今天就会回北京善后。想到"渣爹"的黑脸,她顿时乐了。

韩季北也确实没有度假的心情。

这事可大可小,要是被媒体曝光,股价肯定受影响,所以他一收到风声,就带乔瑾回国了。乔瑾的事,他还没和家里说过,又在这个节骨眼上,也就没带她回家。他将人安置在海景花园,并遣了林秘书过来作陪。

乔瑾和林秘书其实有些不大不小的过节,当初两人是一同进的重正集团,又都是在总裁办工作,难免被人拿出来比较。林秘书相貌寻常,但有一颗火热的少女心,十分迷恋年轻英俊的韩少,可正主却看上了乔瑾。她因此不知流了多少眼泪，暗恨满腹才华的自己竟输给了一个胸大无脑的花瓶，叹世道不公。

林秘书见到她，倒是没有像以前那样冷嘲热讽，只是态度也没好到哪去，而且她的脑洞特别大："老板叫我过来伺候你，不就是你的意思吗？我是得罪过你，但公司里看你不顺眼的人多了去，你怎么不把他们都开了？"

乔瑾："……"

被林秘书挤对了两天，乔瑾在北京实在待不下去，收拾收拾就回南市了。

她一回南市，就被守株待兔的乔与诺堵个正着。乔与诺站在走廊里，背着一个包，冲她笑眯眯道："就猜你该回来了。"

她掏出一部手机："喏，你的手机，还你。"

"旧手机原来在你这里，我还以为丢了。"乔瑾开了门，高兴地说道，"快进来，我给你带了礼物，还有很好吃的鳗鱼片。"

乔与诺没有告状，跟在她后面走进去："我捡到的。"

"累死了，还是家里舒服。"乔瑾打开窗户通风，然后跑到厨房拿了两瓶饮料，递了一瓶给乔与诺，"渴不渴？先喝点儿水。我收拾下行李，然后去买菜，中午给你做顿好的，我的厨艺还是很不错的。"

"好。"她已经十几年没吃妈妈做的菜了，高兴！

乔瑾把行李箱里的特产放到茶几上："这些都是给你带的。我吃过了，味道不错。本来还给你订了一个木雕，但季北临时有事，我们只能提早回来。太可惜了，那木雕是我以你为原型画的设计图。"

"所以……你和韩少在一起了？"

"嗯。"

"你不是讨厌他吗？"

乔瑾玩笑道:"人是讨厌了点儿,可是技术好。"

"你们上床了?"乔与诺惊道,见乔瑾面色不改地点头,她顿时傻眼了。她幽怨地叹口气,苦恼道:"你做好避孕措施了吗?未婚生子不好。韩'人渣'是禽兽,他迟早是要走的,留我们……我是说留你们孤儿寡母的可怎么办?"

"人小鬼大,想得还真多。"乔瑾是个乐观的人,笑着说,"就算结婚了还可能离,谈个恋爱就想天长地久?我知道你担心什么,他花心滥情,我一早就知道,我也没想着和他能走多远,但人嘛,总有一时冲动的时候。"

她的一时冲动是听到韩季北说:"小瑾,嫁给我。"

他想娶她,真心的。

既然拒绝不了,为什么不坦然接受?她循规蹈矩了二十多年,就冲动这么一回。无论以后是什么样的结局,她都甘之如饴。

"以后就算分开了,我也不吃亏,季北脸好、身材好,妥妥的是霸道总裁的标配,和他谈恋爱,可算是满足了我的少女心。"见乔与诺苦着脸,大乔拍拍她的肩膀,笑道,"安啦,船到桥头自然直,明日事明日愁。"

乔与诺望着她明媚的笑脸,心里却更愁了。

她不知道未来的妈妈是否后悔过,但打从她有记忆起,就跟着大乔东躲西藏。大乔怕韩季北,怕得要命,有一次她喝醉了,哭着说:"乔乔,你爸爸是坏人,我们不能被他找到,你会没命的……妈妈要保护你。"

乔与诺忧心忡忡地吃着午饭,几番欲言又止。

热恋中的妈妈容光焕发,虽然嘴上说着只是试试而已,可提及韩季北时,眼里满满都是甜蜜的爱意。估计不管她怎么劝,大乔都听不进去。

怎么办,她要怎么阻止悲剧的发生,难道真要干掉"渣爹"?

饭后,乔与诺才想起正事,从背包里掏出一份合同。

"对了,我是过来和你谈《时光中的你》的影视改编权,合同都拟好了,你看看。"为了顺利把钱送给穷困潦倒的妈妈,她特意注册了一个工作室。等买下版权,她再弄点儿钱,提早五年把电影拍出来,以弥补她的遗憾。

她希望这辈子的妈妈快快活活,一生圆满。

"乙方时光工作室,法人代表秦天……"乔瑾浏览一遍,抬起头,惊讶道,"我又不是大神,这家工作室怎么会花两百万买我的漫画?我听朋友的朋友说,她的影视版权也就卖了三十万。"

"你的作品有潜力,就值这个价。"

"乔乔,你和秦天的关系那么好,是不是你帮我说了好话?"

"是我推荐的没错,但是也得作品好啊。"乔与诺忽悠道,"你要是觉得合同没问题就签了,工作室那边想尽快立项。"

"条件也太好了……"大乔虽然傻白甜了一点儿,但智商还是有的,正常的合同都是各种保证公司利益的条款,她手里的合同却恰好相反。她想,这一定是乔乔帮她争取的,感动了一番,主动说道:"价格可以低一点儿。"

乔与诺把笔塞给她:"快点儿签吧,我……嗯,工作室不差钱。"

她还真不差钱,有未来智脑在,什么钱赚不到。她的智脑里存了未来二十二年每一期的彩票中奖号码,光靠这个,她就能成为土豪。她还囤了三块地,两块留给妈妈当嫁妆,一块留给阳哥养老,万一叶崇行娶的老婆不喜欢他,阳哥也有退路。她不知道自己消失后,这个时代的人还能不能记得她,所以她买地用的是大乔和阳哥的名字,找了律师,等三个月后再以遗产的形式交给他们。

忽悠完乔瑾,她带着合同去找叶崇行帮忙。

她有钱,可是没门路,对影视圈一无所知。而且当年《时光中的你》会大红大紫,导演和演员的功劳很大,可现在女主角尚未出道,男主角是默默无闻的龙套,而导演还在国外留学,原班底肯定是凑不全的。

她可不能毁了大乔的心血,至少不能拍成一部烂剧。

第七章

他的"白月光"

从乔瑾的家里出来,乔与诺看到对面的大门敞开着。而秦天就坐在客厅里,这架势分明是在守株待兔。她也有一段时日没和秦天碰头了,正想找他讨主意,便换了拖鞋走进去,并且贴心地帮他关上门。

"你今天怎么没去医院?"乔与诺问道。

"轮休。"秦天拍拍沙发,示意她坐下来说话,"你最近很忙?每次我给你打电话,你说两句就急着挂。"

"大乔和韩季北在交往,我当法海去了。"她倒在沙发里,有气无力地说起了A城的那些风花雪月,以及自己是怎么把韩季北弄回北京的,说完,哀号了两声,"我觉得自己特别没用,要是狠点儿心,把他送进监狱就万事大吉了。"

"他毕竟是你的生父。"

乔与诺怒道:"他算哪门子的父亲,就因为大乔生了他的孩子,就派人追杀我们。畜生都知道护犊子,他还不如畜生!"

"或许这当中有什么误会,他看起来不像那么冷血的人。"

"哪里不像了?"乔与诺瞪了他一眼,"谁知道他在北京是不是有未婚妻什么的。而且二十二年后的韩季北还和戚夏暧昧不清,深夜他们一起去酒店,生日他们一起吃饭。网上都说戚夏能成影后,是因为韩季北这个金主捧她。"

二十二年后的戚夏是影后,所以她的八卦多如牛毛,而韩季北更是其中浓重的一笔。虽不可考,但她靠韩季北上位确有那么几分真实性。除了这位白莲花影后,韩季北还有其他几个情人——被记者挖到的某某编剧、B台的主持人、C家的主播等。这位爷的风流史可以写成一本书了。

和他相比,商业新贵叶崇行就低调得多。

他所有被拍到的照片里,手上都戴着朴素的婚戒,他也从不与任何女性暧昧。他的妻子是被众多网友称为拯救了银河系的女人,虽然死得早,可是得到了叶崇行的爱,值了。想到这些小道消息,乔与诺莫名地有些吃醋了。

他的妻子到底是谁?

她有那么好吗?

好像当年也有记者问过他这个问题,他说:"其实拯救银河系的人是我。所以我才能遇到那么可爱的姑娘。"

乔与诺觉得有些不爽,可又觉得自己吃醋得十分没道理。

"乔乔?乔乔!"秦天喊道。

"啊？"

"你想什么呢，这么入神？我叫你，你也不吱声。"

"我在想，"乔与诺恶狠狠地说道，"找个男人掰弯韩季北，或者干脆把我手里的东西寄到警局？"

"……"秦天无语半响，"你把资料给我吧，我帮你把人困在北京。你这边就负责劝说大乔，弄点儿艳照给她看。她要是喜欢韩季北，看到艳照不可能无动于衷。到时候我们再把她送到国外治疗情伤，阻断他们见面的机会。"

乔与诺星星眼地望着他："秦天，你真聪明。"

秦天有点儿心虚，要是被乔乔知道他的真实意图，她肯定和他绝交。

把烫手的资料交给秦天，乔与诺一身轻松地回公司上班。等她走了，秦天打开电脑，把资料发到韩季北的邮箱：这是你仇家收集的黑料，你记得扫尾。你注意人身安全，出行的时候多带几个保镖。

韩季北的死活和他无关，可乔乔能不能生出来，就全指望韩季北了。等大乔怀孕，他就把她送到国外待产，然后再把韩季北关进监狱，这样便能两全其美。就算乔乔和他绝交，他也不能眼睁睁地看着乔乔在这个世界上消失。

人生有很多美好的东西，她还未见过。

任何人都有权利出生，无论他背负怎样的罪孽。

旷工多日的乔与诺，略略心虚地去了总裁办。阿 may 看到她，眼里闪过一抹惊慌。阿 may 疾步迎了上去，和她寒暄客套起来，从雾霾影响健康说到剩女的苦恼，天南海北地侃大山，特别八卦，一改平日严肃古板的形象。

当话题歪到国家大事，乔与诺不得不出声打断道："阿may，我们等下再聊，我有事找叶崇行，他在里面吧？"

"叶总……开会去了。"

话音未落，紧闭的办公室里就传出一个女人的声音。乔与诺微微一愣，觉得这个声音有些耳熟。难道是戚夏？

这个女人怎么又来纠缠叶崇行了？

乔与诺沉着脸冲进办公室。阿may一脸绝望地看着她的背影，心道：叶总我对不起你，没能拦住总裁夫人！

"崇行，你不能不管我，忘了吗？当初是你说的，我遇到难事可以来找你。"戚夏哭得楚楚可怜，可眼前的男人却无动于衷。她也悔，早知道韩季北不好拿捏，就不和叶崇行分手，至少叶崇行念旧。

现在鸡飞蛋打，两头落空，真是人算不如天算。

"你把薛灵灵换掉，让我接你们游戏的代言。我在公司里待过，没有谁比我更了解这款游戏的概念。除了名气不如薛灵灵，我哪里不比她强？"她用充满暗示性的语言说道，"我向来知恩图报，绝不会让你吃亏。"

叶崇行面无表情地说道："这个忙我帮不了。"

"你当真不念旧情？"

说到这里，乔与诺就冲了进来，劈头盖脸地说道："这不是人贩子戚夏吗？怎么，你从牢里放出来了？"

"你胡说八道什么？"戚夏说，脸色大变。

"敢做不敢认？"乔与诺讽刺道，"你以为警局没有留下你的案底，就代表什么事都没有发生过吗？被你拐卖的小孩是我的妹妹，当时还是叶崇行带着警察去救的人。需要我帮你回忆细节吗？"

"她明明是我……"戚夏急忙止住话头。

"我的妹妹叫乔乔，你的亲闺女叫小美，她们在一家幼儿园上学。"她们第一次碰面她便见血了，第二次就是她被药晕那回，她俩简直天生八字不合。戚夏还骂过阳哥，给叶崇行戴过绿帽子。她不给戚夏一点儿颜色瞧瞧，真是对不起自己的良心。

"戚小姐，你害死了我的妹妹，我是不会放过你的。下次你再敢出现在我的视线范围内，我就报警，不要以为韩季北会保你，他现在有新的女友了。要是他有心思管你，你就不会回来纠缠我家的叶哥哥。"

她说着偷偷摸摸地观察叶崇行的脸色。

叶崇行瞥见她的动作，眼里闪过一抹笑意：小姑娘知道吃醋，这是好现象。他轻咳了一声，火上浇油地说道："过去的事情你就不要提了。"

戚夏以为叶崇行是在帮她说话，眼睛顿时一亮，哭得十分可怜："崇行，我是被冤枉的。那个人贩子是我的邻居，经常敲诈勒索我。韩少知道我是无辜的，才帮了我一把。我和韩少早就没关系了，我的心里还是忘不了……"

她含羞带怯地望着叶崇行，谁都知道她是什么意思。

"我特别想你，可是又没脸来见你。知道《山海观》在找游戏的代言人，我才终于有了一个见你的理由。"戚夏哭起来，样子很有美感。她应该是特意打扮过了，妆容清纯，事业线若隐若现，长腿细腰，不愧是宅男女神，靠脸就能杀出一条血路："你别误会，我不是那个意思……崇行，我就想帮帮你，薛灵灵得罪了金主，找她代言不好。"

叶崇行面无表情，没有说话。

乔与诺怼道："薛灵灵是二线女星，你这个三十六线外的小透明（指无名气的新人，网络用语）就想抢她代言，你的脸可真大。信不信我找记者爆你黑料。"

"崇行……"戚夏胆怯地喊了一声。

乔与诺被他们的"互动"硌硬到,不等叶崇行开口,就怒气冲冲地跑了。叶崇行无奈地摸摸鼻子,完了,逗过头了。

"戚小姐,我还有事情要处理,我们改天再聊。"

戚夏一愣,这剧情走向不对呀!他为什么不把她抱进怀里,温柔地安慰她,然后再把代言送到她的手里,哄她高兴?她以前想要什么,叶崇行就给她什么。怎么与她分了手,他就变得如此冷淡,难道还在介怀韩季北?

这天下班,乔与诺没等叶崇行一起走,一个人先打车回去。

叶奕阳煮好晚饭,坐在客厅看综艺节目。电视里恰好有戚夏的镜头,乔与诺见了,那怒火噌噌噌地往上蹿。她大步走过去,关了电视,叉腰宣布了家里的新家规:"以后凡是戚夏的节目在我们家都禁播。"

"夏夏,认识的。"叶奕阳一脸困惑。

"你叫什么夏夏,你们很熟吗?"乔与诺冷哼一声,"她都已经是前任了,你和叶崇行怎么都还惦记着她,不就皮肤白了点儿。"

叶奕阳的脑子不灵光,但他哄妹妹的技能却已经满点了:"乔乔最漂亮。"

"本来就是。"乔与诺说,怒气值开始下降。

"妹妹最可爱。"

"还有呢?"

"寒寒也,喜欢妹妹。"叶奕阳帮弟弟说话,"最喜欢。"

乔与诺的怒气值又开始回升,她说:"他喜欢戚夏!下午他还和戚夏在办公室里卿卿我我,把我拦在门外,不是心虚是什么?"

叶崇行开门进来,闻言就说道:"我算是知道冤案都是怎么产生的了。"

乔与诺没理他,拉着叶奕阳去厨房吃饭,还十分幼稚地把叶崇行喜欢的菜都划拉到自己的面前。叶崇行见状,忍俊不禁。他脱掉西装外套,随手解开两颗衬衣的扣子,将袖子挽到手肘,大步走了进来。

拉开椅子,他坐到乔与诺的身边:"多少岁的人了,你幼不幼稚呀?"

"……"是!是!是!我幼稚,就你最成熟睿智。

"我和她总共就说了两句话,我们哪里卿卿我我了?"叶崇行含笑道,"我冤哪。法律还允许罪犯申诉,乔乔你是不是也应该给我一个自辩的机会?"

"……"可是她明明就在勾引你!

"乔乔?乔乔。"

她没忍住,瞪了他一眼:"我不和色坯说话。"

"幸好你不是法官警察,不然得制造多少冤案错案。"叶崇行感慨道。

"那你倒是说说看,冤在何处?"

"她想要《山海观》的代言,我没答应。"叶崇行澄清道,"我和戚夏很清白,之前会与她交往,也只是为了帮她挡桃花。五年前我哥出事,是戚夏送他到医院,我欠了她一个人情。年前她被前男友纠缠,受了几次恐吓,找我求助……"

"她嘤嘤嘤地求你当她的男朋友,还说如果你找到了真爱,不会妨碍你们。你们在一起了之后,她就对你大献殷勤,各种温柔体贴,在某个风和日丽或是月朗星稀的夜晚对你表白,说自己已经被你的男友力打动了,不想把你让给别的女人……她肯定对阳哥各种好,又反复地提起当初救人的事情。你没法拒绝，就只能和她交往下去。"

叶崇行有点儿尴尬："全部被你说中了。"

"这种过气的烂把戏，偶像剧里都不用了。"乔与诺嘲讽道，"叶哥哥，你的智商在美人计面前有点儿不够用啊。再说了，她不就送阳哥去医院嘛，居然要你以身相许来报恩，戚夏的脸倒是大。要不是韩季北，你什么时候才能摆脱这朵烂桃花？"

"渣爹"居然还干了一件好事，还真是错有错招。

"别骂，寒寒。"叶奕阳似懂非懂地说道，"寒寒，很好的。"

乔与诺望着叶奕阳有点儿傻气的笑，低声问道："阳哥是怎么出事的？"

"他在工地里干活，被上面掉下来的东西砸到脑袋。当时没人发现，是戚夏给她爸送饭的时候，看到了昏迷不醒的大哥。"

乔与诺有些心疼阳哥："未来的医学很发达，阳哥会好起来的。"

就算未来的医学治不好阳哥，叶崇行也可以用黑洞研究所的时光机回到过去，阻止悲剧发生。乔与诺琢磨一番，心道自己要交代的遗言里又多了一桩事，晚上睡觉前得用便笺纸记下来，避免漏掉了。

乔与诺单方面的冷战也因此而告终。

叶氏的最新八卦是总裁大人和乔与诺闹分手的小道消息。据说是因为戚夏和暖男医生的插足，导致二人情变。戚夏三天两头地往公司跑。叶崇行虽然避而不见，但这个前任却一点儿自觉也没有。而暖男医生的招数就高了，每天中午都亲自过来送饭，有时候还承包了开发组的下午茶，一天来两趟。

乔与诺最近吃得十分舒坦，体重都涨了。

叶崇行的心情却不太舒坦，他算是体验到了乔与诺之前的感受。

默默吃醋了几日后，叶崇行在某家酒店订了包月午餐，借哥哥的名头送到公司："你的阳哥担心你中午吃不好，特意给你做的饭。"

当天回家后，乔与诺感动地向叶奕阳道谢，后者一脸茫然，叶崇行不动声色地岔开话题。她有了阳哥的爱心午饭，秦天就失去了献殷勤的机会。他有点儿失望，好不容易才找到一个可以天天和乔乔见面的借口。

于是他旧事重提，让乔与诺搬到他家里来住。

"叶崇行都已经洗白了，你也不用监视他的行踪，没必要住在他那里。"

乔与诺早就忘了自己为什么要住在叶家，闻言就愣了，支支吾吾道："这个，我需要好好地思考……"

秦天一听这语气就觉得不妙："你不想保护大乔吗？"

"搬！搬！搬！"乔与诺举白旗，"大乔的公寓里还有一个小书房。我明天过去整理一下，过两天再搬。"

"我明天帮你一起收拾。"

"对了，你那边有什么新情况吗？"乔与诺说起正事，"大乔看到韩季北的艳照，有什么反应？你可千万别出卖我。大乔现在和韩季北正在热恋期，要是知道我让人偷拍他，肯定会讨厌我的。"

此时心虚的人换成秦天："她挺生气的。"

事实上，那一堆艳照都被他删除了。再等几十天，大乔就要怀上乔乔了，现在他们要是闹分手，岂不是前功尽弃。他琢磨一会儿，忽然觉得让乔乔搬家的主意很烂。她住在大乔的家里，妥妥的是个电灯泡。

翌日下班，乔与诺却放了秦天的鸽子，被失恋的顾东林拉去酒吧。

虽说养父骗了她许多事，可毕竟他们相处了十多年，感情还是在的。

他一脸颓废，默不作声地灌酒，这副情形和未来的养父重合在一起。她也不知道怎么劝解他。大乔不喜欢他，这也是没办法的事情。

"韩季北不就有几个臭钱吗？他哪里比我强了？"

"现在的女人都嫌贫爱富。老子一片真心地待她，她居然这么对我。"

"我已经跪下来求她了，她还是不肯接受我。"

乔与诺很想说句公道话。她的妈妈不是嫌贫爱富，而是看清了他的真面目。而且"渣爹"长得比他英俊，身材比他好，还比他会撩妹，所以妈妈选了"渣爹"。但父女一场，她就不火上浇油，戳他的心窝子了。

"可能你马上就会遇到更好的姑娘。"她干巴巴地安慰道。

"不可能有谁比大乔好。"顾东林哭道。一个大男人哭得很是窝囊："她为什么瞧不上我呢？我可以把整个心都掏出来给她，韩季北能吗？我可以为她去死，韩季北能吗？我爱惨她了！"

震耳欲聋的音乐里，他喊得撕心裂肺。

也幸好是在酒吧里，来这里买醉的人不少，伤心人见伤心人，谁也不用嘲讽谁。乔与诺无奈地叹口气，劝道："可是她已经有男朋友了。俗话说得好，爱一个人不一定要得到她。默默地看着她幸福，这才是真爱。"

顾东林特文艺地说道："瞎说，爱是什么？爱是占有，是嫉妒。"

"那你想怎么样？"她试探道。

"我想怎么样……"他一口喝完酒，叫服务员又倒了一杯，红着眼说道，"老子要活出一个人样，让她后悔！我要她后悔！"

乔与诺又开解了他两句，不过她的话好像没有什么效果。

她的酒量一般，她喝了几杯有些上头。此时手机响了，她看到来电显示是叶崇行就接了。酒吧里很吵，她也听不清叶崇行在说什么。

她扯着嗓门喊道:"我在单行道喝酒,过会儿就回家。"

挂断电话,她继续喝酒,安慰顾叔。

她也喝出了一腔感伤。再过三十多天,她就不在这个世界上了,不知道叶崇行会不会忘记她,不想被他忘记。哪怕他把她藏在回忆的最深处,只是偶尔拿出来看看,感慨一声:"这个'小浑蛋'怎么失踪了?"

有了,她要给叶崇行留点儿东西,就留未来智脑好了。

她要在智脑里留下她的影像,让智脑管家每天都提醒他,世上曾有过她这么一个人。

叶崇行一定会高兴。

智脑很棒的。

乔与诺胡思乱想了一通,又有点儿想哭。她舍不得——舍不得这个世界,舍不得阳哥,舍不得秦天,舍不得妈妈,舍不得……叶崇行。她误会了他那么久,却连一声对不起也没有对他说过。

"乔乔。"

她好像喝醉了,居然看到叶崇行。

"你怎么喝这么多酒?你的阳哥担心了你一晚上,没心没肺的'小浑蛋'。"

乔与诺咧嘴一笑,这个幻觉还蛮真实的,伸手一抓,握着他的手臂,颤颤巍巍地站起来说道:"叶崇行,对不起呀……"

昏暗的酒吧里,音乐似水缠绵,歌手抱着吉他在台上低低哼唱。

顾东林已经醉倒了,趴在吧台上一动不动。叶崇行给他的舍友打了一个电话,叫人来酒吧把顾东林接回去,挂断电话,他的目光正对上哭唧唧的乔与诺。她不断地说着对不起,哭得毫无美感,却叫他不忍心。

帮她擦掉眼泪,他说道:"你哭什么呀?"

"我难受。叶崇行,我难受。"

叶崇行扶着她,急忙说道:"你哪里不舒服?我们去医院。"

"我的心里难受。"乔与诺哭道,"我不喜欢那个拯救银河系的女人,你也不要喜欢她。"

"好,我不喜欢。"

"你也不要喜欢戚夏。"

"嗯。"

"叶崇行,"她高声大喊,"我要送你礼物!你别忘了我。"

"好。"

他给了服务员小费,请服务员帮忙看着顾东林,然后牵着还在哭个不停的乔与诺离开了鱼龙混杂的酒吧。她也不闹腾,就是默默地掉眼泪。叶崇行觉得心疼,哄人的话说了一箩筐,才让她止住泪水、舒展眉眼。

回到家,她也不睡,闹着要去做礼物。

"叶崇行,你会好喜欢的,礼物独一无二……"我要去写程序,把智脑送给你,要你结婚生子都不能忘记我。

"礼物是你吗?"他笑着问。

"……"她似乎没听懂,睁着一双亮晶晶的眼睛看他,直看得人的心头发颤。

"不回答,就当你默认了。"

叶崇行低头亲了下去,辗转着越吻越深。她的呼吸里带着淡淡的酒气——微醺、暧昧,让他的忍耐和克制在顷刻之间瓦解。她的意识不知道是否清醒,她的双手攀上他的脖子。她完全不抗拒他的亲吻,甚至开始回应他。

"叶哥哥……"她软绵绵地喊着他。

叶崇行忍得很辛苦，一把抓住她不安分的小手。她再这么煽风点火，他一定会失控。他狠狠地咬了一口懵懂的"小浑蛋"，扯过被子裹住她："你快睡觉。"

乔与诺似乎有些不满，仰着脖子，亲了他一口。

叶崇行骂了一声"小浑蛋"，狼狈地冲进浴室。等他出来的时候，惹火的"小浑蛋"却睡得一脸香甜。他擦干头发，吹了一会儿凉风，关上窗户，规规矩矩地躺到她的身边，想着明天要如何向她讨一个名分……

翌日，温煦的阳光爬进窗户。几缕天光从缝隙照进来，恰好打在乔与诺的脸上。她在睡梦里挣扎了好半晌，才迷迷糊糊地睁开眼。

"啊！"

一声尖叫吓跑了窗外的麻雀。

被一脚踢下床的叶崇行，也突然清醒了。乔与诺坐在床上，一脸惊恐地盯着他："你你你为什么会在我的床上？"

"你看清楚了，这是我的床。"

叶崇行淡定地站起来穿衣服。乔与诺看到他背后的抓痕以及脖子上的吻痕，脑子里闪过几个模糊的片段，她呆了呆，不敢相信地张大嘴巴。她居然这么禽兽，借酒行凶，把人给吃了，吃完了还不想认账！

酒壮色胆，此话非虚呀！

"你应该推开我。"她开始忏悔，"叶哥哥，对不起呀，我也没想到自己喝醉了变得这么禽兽，居然对你……"

叶崇行愣了一下，闷声笑道："这种时候，该道歉的是男人吧。"

"叶哥哥，你真是一个好人。"

被发好人卡的叶崇行，从容地扣上衬衣的扣子，转过身说道："乔乔,你昨晚对我表白了,哭着要我和你交往。"

"啊……"老天,她居然做了这么丢人的事情。

"我答应了。"

乔与诺惊呆了:"你、你答应了?"

"因为你一直哭,还说如果我不和你在一起,会遗憾终生,所以我才勉强答应的。毕竟你是我的救命恩人。"叶崇行一本正经地说,"救命之恩,以身相许。乔乔,你以后要好好对我负责哟!"

"负、负责……"乔与诺说,脑子里乱成一团。

她真是禽兽,不仅酒后乱性,还挟恩图报,挖出了那点儿不能见光的小心思。她是喜欢叶崇行。可是她只能再活三十多天。叶崇行好像不喜欢她,只是因为救命之恩才接受她。这样的话,就算她消失了,他也不会太难过。

她长这么大,从没恋爱过,无论是暗恋还是明恋。

头一回喜欢上一个人,她舍不得就这么错过。刚好心上人也喜欢她,这难道是老天爷给她发的福利?乔与诺想了想,顿时心花怒放:"嗯嗯嗯,我负责!叶哥哥,以后我一定好好对你,让你每天都高兴。"

叶崇行的眸中含笑。他走到床边,低头亲了她一下:"嗯,我等着。"

乔与诺摸摸被亲的额头,傻乎乎地笑了起来,和心上人谈恋爱的感觉真好。叶崇行见她高兴,嘴角也忍不住弯出一个笑。

谈恋爱这种事情是很难被隐藏的。

是个长了眼睛的人,就能看出叶崇行和乔与诺在热恋期。他们也没隐瞒的意思,被同事问到,就大方地承认。乔与诺还计划着带他去见大乔,如此也算他们见了家长。不过叶崇行最近比较忙,一直腾不出时间。

《山海观》是叶氏开发的第二款游戏，目前正在内测，代言人是薛灵灵。但薛灵灵最近被负面新闻缠身，不得不被换掉。戚夏为了这个代言，三天两头地往公司跑，还找记者自导自演了一出好戏，意图和叶崇行复合。

乔与诺暗搓搓地酸了一番，气呼呼地黑掉了网上的八卦。

搞不好薛灵灵的负面新闻就是戚夏弄出来的。戚夏心狠手辣，三教九流的人也认识。如果不是因为她帮过阳哥，乔与诺早黑了她的电脑，爆出她的黑料。好吧，看在她曾经是善良的好姑娘，乔与诺就不提人贩子那件事了。

"乔乔。"

她关掉网页，抬起头，看到提着下午茶的秦天。她啊了一声，露出略微心虚的尴尬神色："你过来怎么也不说一声？"

"那我就要问你为什么不接我的电话。"秦天把下午茶放到空桌子上，招呼她的同事一起吃，结果大伙儿找借口跑了。眨眼的工夫，办公室里就只剩下他们两个人。他的眼底闪过一抹困惑：今儿个她的同事怎么了？

"我……"乔与诺的眼珠子一转，她说，"手机静音了。我又忙着工作，没注意。"

"真的？"

"不然呢？我干吗不接你的电话？"

秦天一手插在裤兜里。他微笑着说："你难道不是因为不想搬家，所以躲着我？"

"戳破我的谎言很有意思吗？"乔与诺佯怒，"女孩子的脸皮儿很薄的。"

"好吧，我错了。"秦天盯着她的脸，问，"为什么你又不想搬了？因为叶崇行，还是因为叶奕阳？"

乔与诺没想要一直瞒着秦天，只是事情发生得太突然，加上搬家一事，有些不好意思和他坦白。现在秦天问了，她就照实说道："我酒后乱性，把叶崇行给睡了，要对他负责，所以我们现在在谈恋爱。"

秦天的脸色大变，他说："你和叶崇行在一起了？"

"是的。"乔与诺有点儿害羞地说，"我刚对他酒后乱性，就马上搬走，怕他多心，让他以为我吃干抹净不认账。"

秦天的脑子空白了好几秒。

他辛辛苦苦地浇灌了许多年的大白菜被猪拱了……那个阴险腹黑的叶崇行，用了一种极度不要脸的方式拱了他的大白菜。

他铁青着脸说道："禽兽！"

"嗯，我也觉得自己有点儿禽兽。"乔与诺以为秦天是在骂她，立马反省地说道。

"他已经多少岁了，居然老牛吃嫩草！不行，你们的年龄差了那么多，你们怎么能在一起？"比起失恋更严重的是他们的年龄差，他说，"乔乔，他那么老，你还这么小，你们不合适，我不同意，这绝对不行。"

乔与诺正要帮他辩解，此时正主就来了。

叶崇行不疾不徐地走到秦天的面前，说："秦先生，我只比乔乔大四岁，比起某些奔三的老男人，还十分年轻。"

秦天心道：可是二十二年之后，你年长乔乔两轮！而且你愿意等她出生，等她长大吗？

"叶先生，你和乔乔并不适合。"秦天正色地说道，"酒后乱性吃亏的是女孩子，你却借机要挟乔乔和你交往，是不是太无耻了？"

"他没有！"乔与诺急急地辩解，"是我挟恩图报，要他和我在一起。我喜欢他，想和他谈恋爱。叶崇行为了报恩，才答应和我在一起。"

叶崇行闻言，眼底浮起淡淡的笑意。其实他并不确定她喜欢他，就像秦天骂的那样，乘人之危的人是他。他为此而不安，怕她忽然醒悟了，怕她不要他了。此时此刻，他的心里变得很踏实，这段感情并不是只有他一个人在乎。

"傻姑娘，就算不是报恩，我也想同你在一起。"他一脸愉悦地说道。

"叶哥哥，你真是一个好人。"她说。为了不让她在朋友的面前丢面子，他居然说这种情话。叶崇行真是个好人。她当初那么冤枉他，真是不应该："我以后一定对你好。叶哥哥，我好像比昨天更喜欢你。"

被迫吃了一嘴狗粮的秦天："……"

他此刻的心情无以言表，嫩嫩的大白菜上赶着给猪拱，他却只能眼睁睁地看着。但好的方面是，既然乔乔有了男朋友，或许就不会再阻止自己出生了。

乔与诺最近的小日子过得十分舒坦。"渣爹"被困在北京处理公事，妈妈的电影也在筹备当中，她混吃等死前还捞了一场恋爱，人生也算圆满了。她是个言出必行的人，所以对叶崇行是各种好，毫不吝啬未来的科技。

可以说叶氏能在之后短短的五年内变成业界的领头羊，乔与诺要占一半儿功劳。

当然这是后话，暂且不提。

这段时间，叶氏出了两桩大事。其一，因为乔与诺的技术支持，叶氏的几个研究项目已经有了突破性的进展，尤其是烧钱的VR；其二，顾东林因为盗窃公司的机密，被警方拘留。乔与诺知道后，情绪低落了许多天。

他曾经说过自己怀才不遇，技术被好友盗取，现在看来这也是假话。

顾叔对她说的往事，到底有几分是真的？

如果她没有回到过去，是不是就会被蒙在鼓里一辈子？乔与诺纠结了数日，还是去和叶崇行求情。顾东林毕竟是她的养父，她没办法眼睁睁地看着养父坐牢。他从牢里被放出来后，约她到单行道喝酒，她没有拒绝。

吃过晚饭，乔与诺打车去了酒吧街。

单行道在酒吧街比较里面的位置，她为了省事，抄小路走，结果在转弯处被几个小混混劫道。领头的是个黄毛，手里握着一根铁棍，余下几人把小胡同的出口堵死。敌众我寡，乔与诺默叹一声时运不济。

"大哥，这是我的一点儿心意，你们尽管拿去买烟喝酒。"乔与诺十分识趣地掏出包里的钱包，双手奉上。

黄毛瞟了一眼钱包，收下了："背包也交出来。"

乔与诺十分痛快地把背包砸向黄毛，趁这伙人没反应过来，立马跑出胡同，高声大呼"抢劫"。胡同外面是宽敞的街道，行人三三两两，夜幕之下的酒吧街喧嚣热闹，路灯很亮，隐约有音乐从酒吧里飘出来。

她跑了一段路，没见到黄毛追上来，缓缓地舒了一口气。

乔与诺本来想回家压压惊，但看着近在眼前的单行道，便进去了。单行道还是一样地热闹。只是驻唱的歌手换了一个人，唱着大多数人听不懂的外文歌曲。顾东林坐在老位置喝酒，看到她进来，冲她挥挥手。

乔与诺坐下后，点了一杯可乐。顾东林笑着揶揄她道："小乔你不行啊，来酒吧玩居然点可乐。你怎么了，上次喝醉后回去被家暴了？"

"你少胡说。"她说，因为叶崇行又加了一条家规——不准她在外面喝酒。

服务员给她拿了一瓶可乐，特意倒在高脚杯里："可可乐园，算我请你的。"

"谢了，我现在可是穷光蛋，钱全被抢了。"她喝了两口可乐，微微蹙眉，可乐喝着像糖药水，还是未来的饮料健康好喝。

"酒吧街还算太平，你怎么会遇到抢劫？人没事吧？"顾东林一脸担心地问，"包里有没有值钱的东西？你要不要去警局报案？"

"有事你还能见到我？"乔与诺说，心里闪过一抹奇怪的感觉。但她没细想，继续说道："我是在小胡同里被堵的，你以后也别抄近路了，不安全。我这次是运气好，没丢什么东西，就是身份证需要补办，这有点儿麻烦。"

"那就好。"顾东林喝完一杯酒，又叫了一杯，"你要是出事，老大要恨死我。"

这话，乔与诺就不知道该怎么接了。

"我这次能出来，应该要谢谢你。其实我不知道自己为什么就忽然鬼迷心窍了，幸好被发现了，不然怎么对得起老大……"他说着说着就哭了起来，一把年纪的人了，哭得毫无形象，"我后悔呀，怎么就犯糊涂了？"

乔与诺有些不忍心："事情都过去了，你以后好好过。"

他哭了一会儿，抹了一把脸，沙哑着声音说道："你说得对。我得活出一个人样，不能再对不起你和老大。"

乔与诺又安慰了他一番，他的情绪逐渐平静。

顾东林喝着酒说起了大学时代的事，说叶崇行如何创业，他们是怎么认识的,说叶崇行在篮球场上的英姿、辩论赛上的风采。在他的回忆里,她似乎也看到了那个骄傲的叶崇行。她想到那个神秘的初恋,就问了。

"老大哪里来的时间谈恋爱,他的初恋应该是戚夏。"

那未来的叶崇行是和戚夏结婚了?不对呀!他的老婆很早就死了,可戚夏还活着。叶崇行的初恋到底是谁?藏得可够严实的。

乔与诺沉思许久,不知不觉地喝光杯中的可乐,猛地忆起不对劲儿的地方。

她刚才说钱被抢了,顾叔的第一反应是问,酒吧街还算太平,她怎么会遇到抢劫。他怎么那么确定她是在酒吧街遇到的小混混,而不是别处?她仔细地回忆了一遍他的语气神态,越想越觉得他可疑,难道这事和顾叔有关系?

可是他图什么呢?

第八章
改变历史

乔与诺挑了一个风和日丽的周末,带叶崇行去"见家长",另外两位当事人却以为这是闺密之间介绍男朋友的流程。

乔与诺既心酸又欣慰。

叶崇行订的包厢位置很好,窗外就是一览无余的景色——水榭亭台,繁花似锦。已是初夏时节,气候正好,适合她谈恋爱,适合她见家长,也适合她改变历史。乔与诺掐指一算,她存在的时间不多了,便总想留下点儿什么痕迹。

"既然我们在一起了,你就要跟我一样尊重大乔。"乔与诺严肃而认真地说,"要是有人欺负她,你就要帮我保护她。"

大乔是她的妈妈，也就是他的岳母！

所以他要孝顺大乔，尊重大乔。

虽然大乔比他小，但年纪再小，也是他的岳母大人。她要是在遗书里写上这件事，不知道叶崇行会有什么反应？

她的说法有点儿奇怪，但正往忠犬路上发展的某人十分有眼色地应下。

乔瑾倒有些不好意思，微微红了脸，伴着窗外的繁华美景，简直就像入画的美人。这幅画还是一幅活色生香的画。

乔与诺忍不住感慨：妈妈要是不生得这么好看，大概就不会死得那么早。

美人哪，无论是生在哪个时代，都是一生坎坷。

不过妈妈的悲剧很快就会被她改写。妈妈今生会比任何人过得好，有足够的财富，有理想的事业，像女王一样骄傲地活着。

"你们很般配。"乔瑾衷心地祝福。

乔与诺嘿嘿嘿地傻笑几声："我也这么觉得。"

乔瑾见她一脸甜蜜，就知道她有多喜欢叶崇行，莫名地生出几分"吾家有女初长成"的感慨："你们这样很好。"

乔与诺听出她的话里的惆怅和感慨，试探地说道："难道你和韩少不好吗？"

"我们也很好。"乔瑾回答得很快。

她却觉得乔瑾言不由衷。妈妈看起来有心事，眉间一股轻愁，美人忧思，我见犹怜。她既盼着"渣爹"和妈妈闹矛盾，盼着他们早早地分手，又希望妈妈日日快活，妈妈能在这场梦里多高兴几天。她正纠结着，服务员进来上菜。

乔瑾的胃口似乎不怎么好,她吃得很少。

"我去一下洗手间。"

乔与诺立马说道:"我也去。"

不知道是哪个哲学家说的,女人的友情体现在一起上厕所和分享八卦两件事情上。乔与诺看起来深谙此道,在厕所里说起了八卦。

等乔瑾放松了心神,她忽然说道:"我有秘密告诉你,你有心事却不告诉我。"

"我……"乔瑾也觉得自己有些不仗义,可实在难以启齿。

"大乔,不管什么事,我会帮你。"

乔瑾站在镜子前,忽然红了眼眶,捂着脸,低声地说道:"我怀孕了……快两个月了,不知道怎么办。"

"什、什么?"乔与诺不可置信地瞪大眼睛,"这不可能。"

时间不对,按照她的出生日期,大乔是在七月份才怀上她。难道是因为她的穿越,改变了历史的发展?不,这也不对。妈妈现在怀孕两个月,也就是四月就怀上了。可是妈妈为什么隐瞒了她的出生时间?

乔与诺的脑子里一片混乱,她差点儿站不稳了。

怎么会这样?

怎么办?

"不行,这个孩子你不能生下来。"乔与诺闭了一下眼,强迫自己冷静下来,"你必须听我的,去医院拿掉这个孩子。她……会害死你的,你还有大好的青春年华。你不能被一个不能见光的私生女毁掉。"

"我做不到。"乔瑾毫不犹豫地拒绝了,"就算季北不要这个孩子,我也要。"

她红着眼睛喊:"他不会想要这个孩子!"

"好了乔乔,等我和季北商量过了再说。"乔瑾反过来安慰她,"你不要一脸绝望,这又不是世界末日。你要不要当宝宝的干妈?"

自己当自己的干妈,这听起来可真搞笑,但她笑不出来。

事情怎么会变成这样?不行,她绝不能让自己出生,毁掉妈妈的一生。可是她要怎么阻止自己出生?

乔与诺和乔瑾去洗手间后,戚夏恰巧"路过"包厢的门口。

她一改白莲花的形象,穿了身黑色的无袖长裙,背后的深V裁剪到腰,前面的领口也开得很低,露出部分雪白的酥胸,烈焰红唇,慵懒性感。她似乎喝了不少酒,身上带着浓浓的酒气,看着倒是清醒。

她踩着九寸高的鞋子走进包厢:"崇行,你也在这里呀!"

"嗯,我陪未婚妻过来吃饭。"叶崇行冷淡地说道。

"未婚妻?"戚夏呆了一瞬,想起从前同事那里听来的八卦,一颗心都冷了,"是乔与诺吗?你们准备结婚了?"

"我们是有这个打算。"

戚夏忽然哭了,哭泣的样子也极好看,大概是练习过了:"那我怎么办?你结婚了,我该怎么办?你对我那么好,事事顺着我,现在却不要我了……我没办法爱上别人。不管哪一个人,都不如你体贴,不如你对我好。"

叶崇行没有提起分手时的不堪,也没有质问"交往"背后的算计。

他递了一包纸巾给她:"你很快就会遇到心仪的对象。"

"可是他们都不是你……"戚夏是真的伤心了,"我以为不管我做错了什么,你都会原谅我。我后悔了,早就后悔了!崇行,我们复合吧!我、我不会再伤你的心。你忘了吗?是我救了你的大哥。"

"我欠你的，早就还清了。"叶崇行淡淡地说道，"四年前，你的母亲向地下钱庄的人借高利贷，我替你还了钱，保住你们一家三口的命。三年前，你得罪陈总，为了处理你惹出来的烂摊子，我被人打断两根肋骨。一年前，你的未婚夫破产后，你急着摆脱他，求我扮演你的男朋友。半年前，你参加选秀节目，想拿冠军，我便以公司的名义赞助了节目。三个月前，你辱骂我的家人，并伙同人贩子绑架我未婚妻的'妹妹'，我事后没有追究。这些事，戚小姐可还记得？你的恩，我自认为报完了。"

戚夏说不出任何辩解的话，叶崇行为她做的事情何止这些。

她以为他是因为太爱她，所以包容她的家庭、她犯过的错误。他给了她一种情深似海的错觉，让她放心地将他当成最后的退路。

原来他不是退路。

她将那份恩情挥霍完了，丝毫不剩。

"崇行，你再帮帮我，求求你……"她进了娱乐圈才知道比自己年轻漂亮的女孩子一抓一大把。她们个个儿比她会来事儿，随便谁的后台都比她强。韩少回了北京。她根本联系不上他，也不敢联系他。

叶崇行比那些想包养她的老头子好太多了，年轻英俊，叶氏蒸蒸日上，要是肯砸钱捧她，凭她的脸蛋和演技，她一定能红。她迷恋那个浮华的圈子，也愿意为了自己的欲望付出一些代价。

戚夏一咬牙，忽然朝他扑过去："崇行，看在过去的情分上……"

"你做什么？"

叶崇行的反应很快，立即退后，避开了她的投怀送抱。

而此时包厢的门也被推开了，门口站着目瞪口呆的乔瑾，以及面无表情的乔与诺。

戚夏扑了个空，踉跄了一下，差点儿摔倒在地。她扶着桌子站稳，视线一扫，盈盈地笑："乔小姐可千万不要误会，虽然我是崇行的初恋，可这都是过去式了。刚才……刚才只是临别前的一个拥抱，你千万不要多想。"

乔与诺没有如她预想中那样发怒："戚小姐，你的演技太烂了，建议你回去后多上几次培训课。"

"乔小姐好大的气性。"戚夏一笑置之，望向叶崇行，"崇行，希望你能好好考虑我的提议，我的电话为你二十四小时开机。"

叶崇行的目光却好似寒冰，他说："戚小姐好自为之。"

"崇行……"戚夏蹙眉，露出伤心失望的神色，双目含泪，低低地说道，"我就不打扰你们用餐了，回见。"

准影后退场后，乔瑾也找了一个理由离开，把空间留给他们。

乔与诺倒没有发脾气，坐下后，继续吃吃喝喝，就是不理叶崇行。他殷勤地帮她夹菜倒茶，并将前因后果交代得一清二楚。

"我没误会。"她知道叶崇行和戚夏之间没什么，"你站的位置、戚夏的位置，我一看就知道是她想投怀送抱，但你避开了。智商是个好东西，希望她以后能变聪明点儿，这点儿小花招就想挑拨离间，实在不够看。"

叶崇行微微舒眉，问道："那你为什么不高兴？"

"我没有误会是一回事，不高兴是另一回事。"乔与诺坦率地说道，"我就是吃醋了，看到你和她说话，我的心里不舒服。"

初恋什么的，真是很让人郁闷哪！所有人都说戚夏是叶崇行的初恋，难道他们在未来真的结婚了？因为她是明星，不方便公布恋情，所以两个人才避而不谈？她回想了一遍，好像叶崇行也没承认过自己是鳏夫。

他的老婆很神秘，从来没有记者能扒出她的来历，哪怕是名字年龄等基本信息。官方媒体提及她的时候，称其叶夫人，而网友大多是叫她那个拯救了银河系的女人。叶崇行本来就低调，偶尔出现在公众场合，也很少提起私事。他老婆的死讯还是公司的内部流传出来的。据说叶夫人是个贤内助，叶崇行的江山有她一半儿功劳。

乔与诺当年看这些八卦，只当是了解敌情，然而现在翻出来，心里却是又苦又涩，但又有几分安慰。她庆幸在自己"死"后，叶崇行并没有因此消沉难过。他还会和那个神秘的初恋结婚，并为她守身如玉。

叶崇行低低地笑："好，以后我都不和她说话。"

虽然不知道他为什么忽然笑得这么好看，但这个转瞬即逝的笑意却扫去了她心头的阴郁晦涩，像小羽毛一样挠得她心痒痒。她终于还是忍不住，凑过去亲了他一口。叶崇行仿佛有些吃惊，轻轻地望着她，但没有说话。

他的目光轻柔，好似四月的春水，包围着她，让她不禁生出几分软软的羞涩。

"都、都是因为你看起来很想被亲的样子。"乔与诺佯装镇定地谴责。

他懒懒地嗯了一声："你这是要倒打一耙的意思？"

叶崇行朝她微微倾斜，按着她的肩膀亲下去，温柔而耐心地撬开她的嘴，将人吻得神魂颠倒，让人不知今夕何夕。他本来只是想浅吻，可看着她一脸沉迷的表情，亲着亲着就亲出了火来，忍得有些痛苦。

一吻毕，他哑着声音说道："乔乔，你下次要这样亲。"

满脸通红的乔与诺还在嘴硬："你的技术这么好，你是亲过很多人吗？我不会，那是因为洁身自爱。我没嫌弃你，你就该偷笑了。"

"乔乔，你又吃醋了。"

"是啦是啦,我就是醋精转世的。"她一点儿也不觉得丢脸,反正都要消失了,不把心里的话说出来就没机会了,"我就是小心眼儿,见不得你和别的女人亲近一点点。我就是想独占你,要你从里到外都属于我一个人。你的眼底、心底只能有我。你做梦也只能梦到我,幻想的对象也只能是我。"

叶崇行愣了一下,然后露出一个有点儿傻气的笑:"乔乔,我真高兴。"

乔与诺一脸茫然地看着他。她说了什么讨人开心的话吗?

叶崇行有点儿兴奋过头,吃完午饭,急匆匆地拉着她去了珠宝店,挑了一对儿素戒,特别郑重地给她戴上去。没有鲜花,没有下跪求婚,也没有一生一世的誓言,他握着她的手,微微含笑的眼中倒映着她最美的模样。

乔乔不是他的理想爱人。他想要的爱人应该成熟而稳重,可以帮他分担肩上的压力,陪他甘苦与共。他们可能是通过相亲认识的,也可能是工作场上的朋友,有着共同的喜好。而乔乔并不在他的选择范围内,他舍不得叫她陪着他吃苦。她是他的软肋,是他藏在骨肉之中不想示人的珍宝。

乔乔的来历神秘,这代表着未来他可能面临许多麻烦。

乔乔一身的秘密,但她从不与他坦白。

他不知道她是谁,不知道她来自哪里,不知道她有着怎样的过去。如果有一天她消失了,他甚至不知道该去哪里寻她。在爱上这样一个姑娘后,他才发现自己是多么缺乏安全感。他同样想要独占她,时时刻刻把她揣在口袋里。

乔与诺没想到会收到戒指,当场就愣住了。

送戒指的意思是他也喜欢她吗?

应该不是吧!他喜欢的人是他的初恋。那才是他床前的白月光、心头的朱砂痣、二十多年的念念难忘。

要还给他吗?她舍不得,就……暂时戴几天吧!

翌日是个阴雨天,乔与诺吃过早饭,打车去省立医院找秦天。自从知道她和叶崇行在一起后,秦天就没再联系她,显然还在气头上。她觉得秦天不讲道理,他怎么能把未来的叶崇行和现在的叶崇行混为一谈呢?

再说,未来的叶崇行虽已过不惑之年,但看起来也就三十出头。多少小姑娘前赴后继地想嫁给他,他哪里就老了?如果她知道自己会这么爱他,在没穿越之前,一定去找叶崇行,有多一点儿和他相处的时间。

她一下车,就给秦天打电话:"我在门口了,你人……"

她还没说完,一辆摩托车从她的身边飞驰而过。未等她反应过来,包就被飞车党拽走了。她也被这股惯力扯倒,跟手机一起摔在人行道上。而飞车党一得手,就跑得没影了,留下一群目瞪口呆的围观者。

一个大妈热心地说道:"姑娘,你没事吧,有没有伤到哪里?这天杀的飞车党!"

"大妹子,医院就在前头,你要不要去看看?"

"我上个月也被飞车党抢了包,胳膊都折了,今天是来医院拆石膏的。这一带怎么净出这种事?这也没人管管。"

围观的群众说得义愤填膺,却没人敢上前搭把手,把乔与诺扶起来。

大家都怕了,这年头做好事不容易,万一被讹上怎么办?

乔与诺很理解这个时代里的顾虑,冲大伙说了一声谢谢,勉强地站起来。她痛得倒抽两口气,手和腰都伤到了。

"乔乔!"

秦天拨开看热闹的人,疾步走到乔与诺的面前。他穿着白大褂,一头的汗,应该是从医院里直接跑出来的。

乔与诺高兴地说道:"你快扶我一把!我的腰疼,我走不动了。"

"你别乱动,我叫人抬个担架过来。"

他正要打电话给急诊室,被乔与诺拦下。她说:"不用了,就两步路,我也没伤得多严重,估计就是肌肉扭伤。"

秦天知道她的脾气,有些无奈:"行吧,我扶着你。"

"手机!我的手机!"

秦天弯下腰,捡起地上的手机。屏幕已经裂了,但手机上和他的通话居然没有中断。乔与诺接过摔得稀巴烂的手机,心疼得眼都直了。

她郁闷地说道:"我最近怎么这么倒霉?我前几天刚在酒吧街被抢。"

"酒吧街的治安本来就不好,以后你少去那种地方。"

她蔫儿了吧唧地应了一声,迈着难看的八字步,艰难地挪到急诊科。值班的医生见到秦天,打了一个招呼:"哟,妹子怎么了?"

"她遇上飞车党,伤了手和腰。"秦天说着去拿清理伤口的工具。

乔与诺趴在床上,乖乖地伸出右手,刚才摔倒的时候,右手的掌心按到地面,所以右手摩擦得比较狠,伤口里还有不少细沙。秦天拿着镊子,帮她清掉脏东西。在酒精的刺激下,她疼得直龇牙。

"你行不行啊?疼死我了。"乔与诺抱怨地说道。

"闭嘴,疼也给我忍着。"秦天嘴上说得凶,动作却是愈发温柔。

乔与诺皱着脸,幽幽地说道:"唉,情场得意赌场失意,我不赌,却也破财了。"

"你这什么歪理呀！照你这么说，谈恋爱会破财，那单身的人岂不是就能财源滚滚。我单身了二十八年，依旧穷得叮当响。"

"嘿嘿嘿！"

秦天帮她消完毒，涂上一层药膏，却出了一身汗："你这伤口不能包扎，得涂两天药。你晚上睡觉注意点儿，别把药膏蹭没了。"

乔与诺举着爪子，不可思议地说道："那我怎么吃饭、上厕所、洗脸哪？"

"你让你的叶哥哥伺候你。"

"你干吗对他那么大意见，他现在可比你还小啦！"乔与诺想到一个事情，压低声音悄悄地说，"你来这里都两年了，是不是还要再加两岁，那岂不是已经三十了？啧啧，你居然到了这么沧桑的年纪。"

秦天："……"

他将乔与诺小心翼翼地抱到轮椅上，推出急诊室。她拍片要到隔壁那栋楼，走过去还挺远的。以乔乔的情况，她还是坐轮椅比较保险。

乔与诺还在那边异想天开："你要是在这里生活五十年再回去，但身份证上的年纪还是二十八岁，大家会以为你未老先衰的。"

"白痴！"

"你恼羞成怒哇？"

"恋爱毁智商，此乃金玉良言。"秦天推着轮椅，"两个时代就差了二十二年，哪里来的五十年？还有我马上就要回去了。"

乔与诺愣了一下："回去？你什么时候走？"

秦天心想：我当然是等大乔生完孩子之后。不过他肯定不能这么说，于是含糊地说道："我等解决了你的麻烦。"

"说起这个，我就是来找你想办法的。"乔与诺想起正事，急忙说道,"大乔怀孕了,想把我生下来,你帮我想点儿办法。"

她说得含糊,秦天却立刻懂了。

"嗯,我想想办法。"他得想想怎么把乔瑾忽悠出国,总不能告诉她,她闺女不想出生,而且闺女的亲爹可能对她们母女痛下杀手。这话听起来就很扯,是个智商正常的人都不能相信这番鬼话,虽然是真的。

"你是医生,都没发现大乔怀孕了吗?"

秦天也就比她早知道半个月,不过肯定不会坦白:"我又不是妇产科的医生,怎么可能知道她有了?"

乔与诺仰起脸,盯着他看了许久:"我觉得你怪怪的。"

"我哪里怪了?"

"你不是一直很反对我的决定吗?可是你穿越过来之后,却没有再劝我,而且还一直帮助我监视大乔和"渣爹"。我找你帮忙,你也答应得很爽快。但它违背了一个医生的职业操守,也违背了你的原则。"

医院的廊道有些阴暗,秦天背对着光,俊秀的面容看着有些模糊。

她看不清他的神色。

"乔乔,你太多心了。"他的语气十分正常,没有丝毫异样,他说,"我尊重你的选择。无论你选了怎样的一条路,我都无权干涉。"

"是吗?"她稍稍释疑。

说话的工夫,他们到了拍片的地方,这个话题便就此打住。秦天暗暗地舒了一口气,在乔瑾出国待产前,可不能让乔乔坏了他的计划。

确定乔与诺的骨头没伤到,秦天也就放心了,只给她开了一盒中成药和一瓶没有标签的药酒。他本来想送乔乔回家,但叶崇行联系不上人,电话打到他这里来了。叶崇行知道乔乔受伤,就立马赶到医院。

情敌见面,自然不甚愉快。只是当着乔乔的面,他们都维持着风度。

乔与诺看到心上人,顿时身上的疼痛都放大了十倍,哼哼唧唧地喊难受。秦天的一颗心又酸又涩,简直难以言喻。

他的大白菜,嫩嫩的大白菜,被一个老男人拱了。

养伤期间,乔与诺被照顾得十分妥善,就是每晚被搓药酒的过程有点儿尴尬。

作为口味专一的食肉性动物,女朋友几乎半裸地躺在自己的床上,手下是滑腻温暖的肌肤,叶崇行怎么可能没反应。可他这个时候有反应,又好像有点儿禽兽。用药酒推拿的过程,真是既香艳又考验一个男人的忍耐力。

所以每次推拿结束,叶崇行都要去冲冷水澡。

乔与诺这个没心没肺的"小浑蛋",见他这样,还要时不时地撩拨他几下,挑战他的忍耐力。其实她是觉得自己的腰伤没那么严重,被用药酒按摩了两次,行动就没障碍了。所以这个时候滚床单,是多么水到渠成的事情。

可是她都这样主动了,男朋友居然还不吃掉她!

真是失败!

美人计失败后,乔与诺又想出新花样,让叶奕阳熬大补汤给叶崇行当夜宵。不忍心拒绝大哥的心意,叶崇行自然上火了。

又到了每晚固定的推拿时间。

"'小浑蛋',你就作吧!"叶崇行无奈地说道。

乔与诺一脸无辜:"哎呀,你喝大补汤上火的,关我什么事?"

"别以为我不知道是你出的馊主意。"他看着床上的"小浑蛋"。

她雪白的肌肤因为药酒的按摩而微微泛红，腰上的瘀青还有一些未化开，两相对比，显得有些触目惊心，却隐隐地勾出他的邪火，使他不自觉地加重了手下的力道。

她不舒服地哼了两声，软绵绵地说道："我那是为你好。"

"'小浑蛋'！"

乔与诺趴在枕头上，懒懒地说道："叶哥哥，亲一口吧！"

叶崇行没理她，十分冷酷地结束了今晚的推拿。她望着某人近乎落荒而逃的背影，忍不住哈哈大笑。

她的叶哥哥可真纯情。

在叶崇行冲了一个星期的冷水澡之后，"小浑蛋"的手伤和腰伤都痊愈了。她能自己洗脸、吃饭、换衣服，不用他伺候了。

不过她养伤却不小心养出了一身肥膘。先前乔瑾和秦天来看她，第一句话就是：

"你的脸是水肿了吗？"

气死她了！

乔与诺气呼呼地往秤上一站，发现自己居然胖了足足五斤。

而叶崇行恰恰和她相反，瘦了五斤。

乔与诺伤势痊愈，便旧事重提，去找秦天索要关键的道具。

这回是她刚出小区就遇到抢劫的。领头的黄毛看着格外眼熟，正是她在酒吧街遇到的小混混。她暗叫一声好，仇家自己送上门了。

真够嚣张的，他居然在家门口堵她！

叶家在胡同里头，她要拐个弯出去才到大马路上。这里面一排就两栋楼，平时来往的人不多，但治安一直不错。

"你老实点儿,把东西交出来!"黄毛嚣张地说道。

小弟们跟着叫嚷:"狡猾的臭娘们儿,上次可害惨我们了!"

乔与诺见到他们,二话不说,直接掏出在未来制造的防狼喷雾剂,趁他们捂着眼睛嗷嗷叫的时候,举着电棍朝他们劈头盖脸地敲下去。她跟着师父学了几年的功夫,身手比一般人敏捷,上次要不是他们人多,也不用跑。有了前车之鉴,她现在出门时准备做得很足,把从未来带来的工具也悄悄装备上了。

她一脚踹翻一个,麻利地绑上同样是在未来制造的安全绳。

几个小弟跑了,她也不介意。擒贼先擒王,她用刚才的棍子大多是往黄毛的脑袋上砸。这伙人到现在还不老实,嘴巴不干不净地骂着各种需要屏蔽的词汇。乔与诺拿着电棍,开到最大挡。他们一人被来了一下,便集体闭嘴。

"现在我问,你们答。"乔与诺眯着眼睛威胁地说道,"谁敢撒谎,哼哼!"

"大姐,你问吧!问完你可以放我们走吗?"小弟乙说道,"你现在已经对我们构成人身伤害,可以处三年以下有期徒刑。"

"哟,你挺有法律意识嘛!"乔与诺乐了。

"那是!我们可不是一般的混混。我们是有组织、有纪律的团体。老大的拳头最硬,小乙的脑袋瓜最好使。还有,小甲负责收集情报,小丁擅长跟踪踩点……"小弟丙滔滔不绝地介绍了起来。

乔与诺笑着说道:"你是负责外交的吧?"

"大姐,求你放过我们。"小弟丙可怜兮兮地眨眼说道。

"一个糙老爷们儿卖什么萌!"乔与诺收起了笑脸,拿着电棍说道,"你们很行啊,还盯上我了是不是?你们在酒吧街抢了我的包,在省立医院又来一次。"

小弟乙："什么省立医院？大姐你在省立医院被抢了吗？"

黄毛也立马否认："我们是有原则的混混，不当飞车党。"

"我说了是飞车党吗？"乔与诺沉着脸，扫过他们的表情，不疾不徐地说道，"看来这件事情不需要再求证了。现在我们进入正题。说吧！你们背后的人是谁，到底想干吗，为什么一而再再而三地找我麻烦？"

小弟甲乙丙丁一起发出哀号，他们老大的智商真是让人着急！

"我们的背后没人……"黄毛还没说完，乔与诺就举起电棍。他立马改口："别电，我说我说，我们背后的人是顾东林！"

乔与诺闻言就愣住了，过了许久才大喝一声说道："胡说八道！"

"我们老大没撒谎，我可以给你看支付宝的转账记录。他给了我们三万，叫我们给你一点儿颜色瞧瞧。他还说，你的男朋友得罪了他，你的闺密爱慕虚荣，你也是一个德行。他说你见死不救什么的。"小弟乙有条不紊地说道。

乔与诺整个人都傻了，怎么会是顾叔？怎么可能是顾叔？

"对了，酒吧街那次，就是他告诉我们的时间地点，平时我们不抢劫小姑娘的，这太缺德了。"黄毛补充。

乔与诺的心里很难受，眼窝微微发热。

居然真的是顾叔。

酒吧那次，她便觉得他的言行举止奇怪，只是一直不敢往深里想。她不愿意把养父想得那么不堪。现在他们纵然没有十几年的父女情分，至少还是朋友。他怎么能说着感谢，又在背后算计她呢？

乔与诺无法接受这个狭隘阴险的养父。

乔与诺记忆里的养父虽然酗酒阴郁，脾气也不怎么好，但对大乔深情专一，十几年如一日地抚养、照顾她这个养女。现在的顾东林却打破她心中父亲的伟岸形象。他滥用职权，想要潜规则大乔；他贪婪自私，出卖好友，盗窃公司的机密；他虚伪狠毒，对帮他免去牢狱之灾的朋友也能下得去狠手。

"你还要哭多久？"

秦天倒了一杯温水，递给乔与诺。她从进门到现在，已经哭了足足两个小时。他也理解乔乔为什么这么伤心，她亲缘薄，母亲早逝，生父是抛妻弃女的渣男，唯有顾东林这个养父陪了她十几年。

他记得穿越之前，乔乔还激动地说："我一定要撮合大乔和顾叔。"

乔乔想要顾东林当自己的爸爸。

可是他不断地让乔乔失望，摧毁了她心目中的父亲的形象。

"是不是因为我的出现改变了历史，其实顾叔不是这样的坏人，只是历史改变了，就像大乔提早怀孕一样……"乔与诺哭得直打嗝。

"好了，你别什么黑锅都往自己的身上背。"秦天分析，"顾东林说过，被朋友诬陷，坐了好几年的牢。可见在原来的历史里，他同样做过这件事。这次因为你的关系，他才免去了牢狱之灾。"

乔与诺哭得嗓子疼，喝光水，继续抹眼泪。

"你有空哭，不如想想怎么解决大乔肚子里的那个你。"秦天使出撒手锏。她果然就不哭了，顺着他的话题开始思索。

"东西呢？"

秦天面不改色地说道："我弄到了。但是乔乔你要想清楚。过去的你不存在，未来的你必然跟着消失。"

乔与诺点点头："我想清楚了。"

"叶崇行呢？你舍得他吗？"

"他又不喜欢我，喜欢那个拯救银河系的女人。"乔与诺略带醋意地说道，"其实这样很好，我也不想他伤心。"

"如果那个拯救银河系的女人就是你自己呢？"

她用一种了然的目光看着他："我知道你想让我留下来，可是你也没必要编这种谎言来骗我吧？叶崇行的事情，我可记得比你熟。"

"你打开智脑，我找证据给你看。"

乔与诺照做，半透明的界面悬浮在他们的面前，穿着汉服的七宝用软绵绵的小奶声说："主人主人，一日不见如隔三秋，我们这已经多少年没见了？哎呀，那个脏兮兮的秦小天怎么变这么大只了，你也穿越了吗？"

"七宝的记忆还真好。"秦天笑着和七宝打了一个招呼。

"因为七宝安装了最先进的人脸识别系统。"

"七宝，你的资料库里有叶崇行的照片或者采访的视频吗？"这种高级智脑的存储量十分可观，以乔乔的脾气，她肯定在里面放了叶崇行的资料。

"七宝只为主人服务。"

乔与诺说道："行了，你就快点儿搜吧。"

智脑的搜索功能被乔与诺优化过，七宝很快就列出了叶崇行的影像资料。秦天点开一张照片，放大手的部位。他手上的戒指十分朴素，没有任何花样。乔与诺看着戒指却觉得十分眼熟，端详了一会儿，抬起自己的手。

她手上的戒指和照片里的戒指一模一样。

"前几天看到叶崇行的戒指，我就想起了未来的他也戴了枚一样的。"秦天说。他的记性很好,堪称过目不忘。

"这又能代表什么?"乔与诺点开另一篇报道,念道,"'我和我的夫人是在学校附近的面馆遇到的。她那时十分狼狈,穿得很少,被冻得瑟瑟发抖,身上又没带钱,差点儿被老板当成吃白食的骗子……'很显然,他念念不忘的'白月光'不是我,想想也知道,我们怎么可能结婚,我都要翘辫子了。"

秦天:"……"

"还有这一篇报道也提过叶夫人,他说他们是在2013年认识的。算算时间,那还是大学时代的纯纯初恋哦。"乔与诺说着说着就来气,"他和戚夏认识的时间倒是能对上,难不成她真是叶夫人……戒指一样又怎么样?说不定是因为叶崇行对这款素戒情有独钟,给所有交往对象都送了一枚。"

秦天心想:看来她私底下已经反复推敲过叶夫人的身份。

这醋劲儿还真大。

秦天看着萌萌的七宝,忽然说道:"那群小混混每次都是抢你的包。可顾东林是要报复你和叶崇行,为什么不让他们直接打你?他经济不算宽裕,却舍得拿三万块雇人。乔乔,我觉得这件事情不对劲儿。是不是七宝暴露了?"

"这话题也太跳跃了吧。"她想了想,"不过应该不可能,我平时很小心的。"

"如果七宝的存在被人发现,肯定会引起大麻烦。"

"嗯,我会小心的。"

秦天走进书房,拿了两样东西出来,递给她后一一说明:"这个是你要的东西。这个是微小型的黑洞穿越机,能支持你进行一次时空跳跃。乔乔,如果你改变主意了,可以去五年后阻止车祸。"

"我能再回到三个月前吗?"乔与诺问。

秦天知道她的意思,目光一闪:"很抱歉,现在的黑洞穿越技术还不成熟,无法做到这一点。已经探索过的空间,无法多次对同一个人开放。"

"好吧,谢谢你,但我可能用不上这玩意儿。"

乔与诺没有多待,谈完正事便打道回府。她要回去和阳哥、叶崇行道别,还要修改七宝的权限,加载自己的信息。她不知道自己消失后,这个时代会不会留下她的痕迹,但希望每一个人都记得她。

乔与诺离开后,秦天打开卧室的门。

门后是泪流满面的乔瑾。

她坐在地上,捂着嘴巴,一脸不可置信的表情。秦天望着那双和乔乔一模一样的眼睛,沉默了许久,说道:"我送你出国吧!"

第九章
女主今天不想穿越

乔与诺回到叶家，干的第一件事情就是写遗书。

她写了一半儿，又撕了。

打开智脑，乔与诺将平时偷拍的视频放到一个文件夹里面。视频的名称就是拍摄的时间，有阳哥做菜的情景，也有叶崇行睡觉或是看书的画面，还有他们三个人的日常系列。这份文件是她在这个家里生活过的痕迹。

"叶崇行，我舍不得你。"

她为这个男人深深地着迷，为他入魔。她不知道自己是何时爱上他的，发现之时，她的世界就已经被他占领。她不想反抗，也不打算抗拒这份热烈的感情。在倒计时的生命里遇到如此美好的叶崇行，这仿佛是上帝赐予她的礼物。

独一无二的、最珍贵的礼物。

她刚整理好视频,门外就传来叶奕阳的声音,他喊道:"乔乔,吃饭啦。"

今天是周末,叶崇行也有空,一整天都在家。他穿了件白色的衬衣,懒洋洋地靠在沙发上看小说,头发有些乱,脚下的拖鞋也不见了一只。他看到乔与诺,终于舍得把眼睛从小说上移开,拉长了语调喊了她一声。

这语气简直像在撒娇,叫人心痒难耐。

至少乔与诺忍不住,凑过去亲了他一口:"叶总,你看起来真是秀色可餐。"

"过奖。"他一副躺平任她调戏的模样。

"喂,你的高冷人设要崩了。"

他懒洋洋地说道:"我可没承认过这种标签。"

"快起来吃饭,你没听到阳哥在喊吗?你可真是,一放假就变成低能儿,胡子不刮,衣服也不好好穿。"乔与诺冲他伸出手,"叶总,你该用膳了。"

叶崇行轻轻地拽了她一把,将温香软玉抱了个满怀:"唉,我还未年老色衰,夫人就嫌弃我了?为夫好伤心。"

乔与诺正打算调戏两把心上人,此时叶奕阳从厨房走出来。

"吃饭啦。"

叶崇行这才放开她,笑着说:"大哥下午有没有空,我们去海钓怎么样?我们晚上就在船上过夜,等明早看完日出再回来。"

叶奕阳最近报了一个甜品培训班,课程排得比较满。

他想了很久:"有课,但我想和你们一起。"

"那我们就一起去。"叶崇行拍板决定,"走吧,吃饭去,吃完饭我们收拾行李。"

午饭格外丰盛，有叶崇行喜欢的清蒸鱼，也有乔与诺喜欢的油焖茄子、啤酒鸭。汤是豆腐三鲜，在雪白的碗里十分好看。米饭松软喷香，粒粒分明。不用下饭菜，乔与诺就能吃满满的两大碗。阳哥的厨艺，真是绝了。

叶崇行是猫舌头，乔与诺喝完了两碗汤，他还在慢条斯理地剔鱼刺。

"阳哥，我们晚饭就吃烤鱼吧，钓了吃！"乔与诺充满期待地说道，"味道一定很鲜。我们得多带点儿调料，还有泳衣。"

"寒寒，游得快，像鱼。"叶奕阳高兴地说道。

"什么鱼，美人鱼还是鲨鱼呀？"说完，她似乎觉得这个笑话很冷，先哈哈傻笑起来，"阳哥会水吗？"

叶崇行说道："大哥以前是校游泳队的，参加过很多比赛。"

"阳哥真厉害！"

叶奕阳傻笑两声："乔乔也厉害。"

午饭就在这两个人的互相赞美中结束。饭后，叶崇行去刷碗，叶奕阳去准备烧烤的工具和调料，而乔与诺出门了。

她要去安慰失恋的妈妈。

刚刚刷新的微博热门话题是，重正集团的第三代继承人韩季北为了与几个叔伯兄弟争权，和许家刚刚归国的千金在香港举办了一场盛大的订婚宴。和原来的历史一样，大乔身怀六甲之时，"渣爹"抛弃了她，和别的女人大秀恩爱。

禽兽不如的家伙，又渣又贱！

"大乔，你在家吗？你开开门。"乔与诺按门铃喊道。对门的秦天听到动静，打开门说道："别敲了，她在我家里。"

"她怎么会在你家里？"她用怀疑的目光打量他，"难不成你看上大乔了？哦，我是不反对你当我的继父，加油。"

秦天忍耐地皱着眉："你别胡说。"

他可一直将大乔当成丈母娘恭恭敬敬地捧着，也就乔乔看不出他的心思。

"好吧，你没这个意思就算了，真是遗憾。"

"遗憾你个头！"秦天给她拿了一双拖鞋，说道，"进来吧。大乔在房里睡觉。"

"睡觉哇！"乔与诺说，"天赐良机，我得赶紧去阻止自己出生。"

秦天的目光一闪，他说："不用了。"

"为什么？"

"大乔流产了。"秦天的脸色很难看，他走到书柜前，抽出一份诊断书递给她，"大乔看到报道和韩季北吵了一架，闹着要分手，回来的时候，不小心就摔了。"

"这么巧？"乔与诺一脸怀疑。

秦天把诊断书塞给她："自己看。"

乔与诺看了一眼诊断书，眼底的怀疑渐渐地退去。如果换个人说这些话，她肯定不会马上相信。但秦天是她最信任的人，从未来的时空到现在的这个世界，是她最相信的人，不然她也不会找他要关键的道具来阻止自己出生了。

如果不相信他，她一开始就不会向他求助。

"乔乔，你有没有觉得不舒服？"秦天担忧地问。

"我暂时没有感觉，也不知道我会怎么消失，像美人鱼一样变成泡沫吗？"乔与诺故作轻松道，"好啦，你别皱眉了，我们道别过好几次了，这次就把流程省了。我去看看大乔。"

乔与诺走进卧室。

里面的光线有些暗，窗帘拉得严严实实。大乔躺在床上，紧紧地皱着眉，眼角还有泪痕，枕头湿漉漉的。她的脸色很苍白，她看起来很虚弱，睡得也不是很安稳。

乔与诺看着年轻的妈妈，觉得有些难过。

她对这个世界有许多留恋。

可是她的诞生毁了一个女人最好的青春和生命。

她不想看到那个为了保护她而到处躲藏的妈妈，不想再重复一次看到妈妈死亡。她要妈妈比任何人都活得肆意。

乔与诺蹲在床边，轻轻地抱了一下乔瑾，脸上不自觉地露出依赖和不舍："这辈子没有我，你不会再吃苦，以后找个好男人，和他组建一个家庭，再生一个活泼聪明的孩子。"

"你会是一个好妈妈。"

"妈妈，再见了。"

秦天站在门口，默默地看着她，她的性格脾气不像乔瑾，反而像足了韩季北。她认定的事情，别人说破天也没用，甭管它多么不可能，她都一定会去做，所以他抢先制造了这场意外。

原本不用这么麻烦，只要乔瑾出国待产，乔乔找不到她，拖到小乔乔出生，事情就可以圆满落幕。他费尽心思地让大乔知道她与乔乔的关系，就是出于这个目的。

然而，人算不如天算，大乔不想出国。大乔对韩季北还抱有期待，秦天便将他和许家的千金订婚的消息曝出来，让她对韩季北彻底死心。

韩季北的爷爷共有四子三女，九个孙子和三个孙女。四个儿子都不成气候，但好在生了很多能干的孙子。在这些子孙里，最不受老爷子待见的就是韩季北，但最后登上王座的人却是韩季北。他是靠什么手段上位的，二十二年后仍旧是个谜。而现在的韩季北，应该是到了争权夺势的关键时刻,所以才找了许家这个外援。

大乔无权无势,于韩季北而言就是累赘。

如果她在这个时候曝出怀孕的消息,可能导致韩季北和许家的联盟破裂。这或许就是乔乔母女被追杀了五年的真相。许小姐的传闻颇多,最广为流传的便是她善妒,以她的霸道性子,不可能容得下乔乔这个私生女。

何况大乔生得那般姿色,明显就是韩季北心头的朱砂痣。

乔与诺从房间里出来后,絮絮叨叨地和秦天交代自己的后事。银行卡、存在银行保险柜里的珠宝、各种产权证书、几期彩票的中奖号码……是她给妈妈准备的嫁妆。

"对了对了,你别急着回去,帮我拍完电影再走。"乔与诺嘱咐,"好好拍,咱不差钱,这是大乔的遗憾,我得帮她圆上。"

秦天感慨地说道:"难怪都说女儿是妈妈的小棉袄,你考虑得还真周全。"

"我是老天爷补偿给大乔的外挂。"她得意地说道。

"行了,这些我都记下了。你赶紧走吧,看着碍眼。"秦天自认为演技不精湛,所以还是早早把人打发走比较好。

乔与诺只当他是心里难受,浑然不介意地说道:"我还没说完。"

"那您继续。"

"还有你回到未来后,帮我去看看阳哥。如果他没法治,只能是现在这样,你就帮我把西郊那块地卖了,但钱不要直接给他。嗯,你帮他请一个理财顾问,按月给他生活费。要是阳哥想开餐馆,你就帮他开一家……"

她想到一点补充一点,唠唠叨叨地说起来没完没了。

"另外，要是大乔给我生个弟弟或妹妹，你就帮我准备一份贺礼送过去。也不知道大乔能不能找到靠谱的好男人，你有空也帮我盯着点儿，别让韩季北坏了她的姻缘。对了，她在哪家医院做的产检，你记得把记录删掉，黑历史这种东西不能有……"

秦天打断她说道："你想得可真够远的。"

"就这些啦，你可别忘了。"乔与诺担心地说道，"你们研究所的黑洞穿越技术充满了各种 bug，万一你回去的路上被整失忆了怎么办？你还是写个字条藏口袋里，再写封邮件，设定为二十二年之后邮件发送到你的工作邮箱。"

秦天："……"

交代完后事，乔与诺就走了，赶着回去见心上人。她还没想好和叶崇行怎么道别，至少不应该是不告而别的方式。

"叶崇行，我其实是外星人，所以我们分手吧！

"七宝就当是分手费，它很厉害的。

"你以后会遇到一个好女人，我就只是你的露水情缘，也别太难过了。"

乔与诺想了一堆说辞，打了好几个版本的腹稿，力求将分手这桩事做得圆满，不给叶崇行造成任何伤害。

她慢吞吞地走到的士停靠点，等了又等，才拦到一辆车。

"白马路，世佳花园。"

乔与诺坐稳后报出地址，戴着鸭舌帽的师傅低低地应了一声。

车内十分安静。这个司机既不像其他人那样喜欢和顾客侃大山，也没把电台打开。乔与诺的心里有事，她倒没有注意这些细节。

直到车子开到环岛路，她才猛然回过神："师傅你开错路了！"

"没错。"

"白马路在老城区,我们要从锦西大桥走。"

司机硬邦邦地说道:"乔小姐,我们韩少要见你。"

"韩'人渣'找我做什么?他现在不应该忙着讨好许家的公主吗?"

"韩少做事自有他的道理。"

乔与诺急着回去找心上人,不想在"渣爹"的身上浪费时间:"停车停车!我今天没空!再说了,他有事找我,就用这么没诚意的方式?他是怕我不肯去见他,还是防着谁?看来驸马爷也不是那么好当的。"

司机递过一个手机:"韩少要和你说话。"

乔与诺接过来,放到耳边,就听到了"渣爹"的声音。他说:"你先别急着骂人,我真有要紧事找你,这件事和小瑾有关,有人要对付她。"

"许家的公主?"

"电话里不方便说,我们见面谈。"

她挂了电话后,想用自己的手机给叶崇行发个短信,结果发现没信号。她狐疑地扫过车内的设备,心中产生戒备。

车子开到了海边的一栋别墅旁。

乔与诺跟在沉默寡言的司机后面走进去,庭院深深,花木繁盛。她远远地就看到了韩季北。他裸着上半身躺在泳池旁边的椅子里,戴着墨镜晒太阳。听到脚步声,他也只是懒洋洋地说了一声:"你过来坐。"

"不用,你长话短说。"她说,一脸的戒备。

韩季北哈了一声,伸手接过女佣送上来的饮料,然后挥挥手,打发她们下去。他喝了两口冰饮,莫名地说道:"第一次看到你,我就觉得你长得特别像我们韩家的人。一开始我还以为你是我的哪位叔叔伯伯在外头的私生女,所以你见了我也没个好脸色,毕竟大家是竞争关系。说不定我还在你爸或是你哥的背后捅过刀子。"

乔与诺忽然觉得不妙:"我和你们韩家没关系。"

"我查了你的来历背景,发现你这个人就像凭空冒出来的幽灵,最神奇的是你在短短的三个月内靠炒股累积了十分庞大的资金,哦,对了,你还囤了三块地皮。如果不是一直派人盯着你,我都要怀疑你从事非法行业。"

"你到底想说什么?"她皱着眉说道,"不谈大乔的事,我就走了。"

"乔乔,你应该多点儿耐心。"韩季北站起来,将旁边的浴衣穿上,不急不慢地喝完一杯冰饮,才悠悠地说道,"我要是像你这样,在韩家可就活不下去了。你呀,倒有些不像我,不过也不像小瑾,她没你聪明。"

乔与诺的脑子空白了好几秒。

他是什么意思?

不可能,他不可能知道她的秘密!

"你别琢磨了,我确实都知道。"韩季北把两份报告单扔到她的面前,"一份是你和小瑾的 DNA 比对结果,一份是我和你的。一开始我只是想知道你是不是我们韩家人,却误打误撞地发现你是我的女儿。"

"你今年二十一岁,我今年二十八岁。我怎么可能在七岁的时候有了你?你身上的疑点太多了,你救叶崇行,还有你的技术、大量的财产,这多像是你拥有了什么特殊能力。乔乔你来自未来对吗?我和小瑾结婚了,有了你。你这个无法无天的'小浑蛋'仗着自己的聪明劲儿胡来,回到了我们的年代。"

他收到自己和乔乔的 DNA 对比结果后,思索了许多天,只能得出这个荒谬的结论。而事实证明他是对的。他用小瑾的头发和乔乔做 DNA 检测,她们确实也存在血缘关系。这真是太奇妙了,她居然是他和小瑾的女儿。

"难怪你对小瑾那么好,原来她是你的妈妈。"

"小瑾肚子里的孩子,就是你吗?"

韩季北的声音里带着满满的笑意。他用一种骄傲的目光看着自己的女儿,心口冒出属于父亲的情怀。小瑾给他生了一个孩子。她还长得这么好,这么聪明。如果不是因为那两份 DNA 报告,他简直难以相信这一切。

乔与诺傻眼了,过了许久才找回自己的声音:"驸马爷,妄想症是病,你要赶紧治。"

"别瞎喊,我和许小姐订婚只是权宜之计。"

"什么权宜之计,美男计差不多。"她怼道,"你了不得呀,为了江山,能屈能伸,我敬你是条汉子。"

"乔乔,你别对爸爸这样冷嘲热讽的。"

"驸马爷可别乱认亲。"他知道了又怎么样,妈妈已经流产了。他现在欢喜她的存在,可是后来又为什么追杀她们?

韩季北哄道:"好了,爸爸不对,不该和许文订婚。"

"我要回去了。"

"你等会儿走,咱爷儿俩再唠几句。"

乔与诺生气地说道:"你装什么大尾巴狼啊!你不就是想知道未来的发展,还想要我手里的黑技术嘛!我告诉你韩季北,没门!我凭什么帮你呀?你要争权夺势,就自己划拉地盘去,少把主意打到我的头上。"

"闺女,我是你的亲爹呀!我赢了,你和小瑾才能过好日子。"韩季北帮她分析,"要是我早知道你来自未来,就不用和许文订婚惹你妈妈伤心。你得帮我,用你手里的钱和技术,帮爸爸打赢这场仗。"

乔与诺冷笑一声:"少打亲情牌,你又没养过我一天,我也没吃过你家的一口饭。"

"这怎么可能？"

"为什么不可能？"她冷冷地说道，"韩季北，实话告诉你，我回到过去的目的就是阻止自己的出生。你现在还觉得自己能说服我吗？"

韩季北因为她的这番话怔住了，哑声问道："你为什么要阻止自己出生？"

"因为我没爹没妈，过得很不高兴，所以不想来到这个世界上吃苦受罪。"

乔与诺发现自己的人身自由受到控制。简而言之，"渣爹"在与她谈判失败后使用暴力手段，将她关在别墅里。当然，用他的话来说，他是要监督乔乔，不让她伤害还没出生的自己。哪怕她说了大乔流产的事儿，过几日就会消失，他也无动于衷。

韩季北说道："闺女，你觉得我会信你的话？"

乔与诺气乐了，这个人的疑心病是有多重？换成平时，她和他周旋几天也没事。可现在她还急着赶回去和叶崇行道别。

她回了房间，打开智脑，叫七宝联系叶崇行来接她。

"等等，你先别打给叶崇行！"她又改口说道。

七宝乖乖地说道："好的，主人。"

"他和韩'渣渣'是合作伙伴，暂时不能与韩季北翻脸，叶氏现在也得罪不起韩季北。"乔与诺皱着眉沉思，"秦天的武力值不高，大乔还沉浸在失恋的阴影里……对了，大乔，可不能让韩'渣渣'再把大乔哄回去，我得想想法子。"

她幽幽地叹口气，三选一，好像她也只能麻烦秦天啦。

电话一通，智脑里便传出秦天的声音，他说："乔乔你别怕，我们马上去救你。"

乔与诺一头雾水："……"

两个小时前，顾东林打电话约乔瑾见面。

乔瑾哪里有心思和他纠缠，自然是拒绝了。乔乔下落不明，叶崇行已经急疯了，偏偏警局那边不能立案。他们找到的最后一条线索是乔乔上了一辆的士。根据车牌号和监控，他们在郊外的垃圾场找到车。

线索就此中断，同时证明乔乔可能遇到危险了。

顾东林在电话里信誓旦旦地说道："你们是不是在找乔乔？我知道她在哪里，我们约个地方说话吧，电话里不方便。"

最后他们是在秦天家里碰头，顾东林看到他和叶崇行也不觉得意外。

"乔乔在哪里？"叶崇行问道。

顾东林痴痴地看着乔瑾，似乎没听到叶崇行的问题。他有半个月没见过她了，想她都快想疯了。乔瑾真是太狠心了，总是避着他，无论他怎么哀求，都无动于衷。乔乔真是他的幸运星，一失踪，乔瑾就肯见他了。

"顾东林，你知道乔乔的下落吗？"乔瑾着急地问道。

"我知道！只要你答应和我交往，不，当我一天的女朋友也可以。"他直勾勾地盯着乔瑾，目光像蛇一样瘆人。

"我劝你最好不要打大乔的主意。"叶崇行冷冷地说道，"如果你不想再坐牢的话。"

"叶总好威风。"顾东林看了他一眼，说道，"那你现在就报警抓我吧！"

乔瑾红着眼眶说道："乔乔对你那么好，你就这么回报她？顾东林，你有什么条件，我都答应，请立刻说出乔乔的下落。"

"你、你别哭！"顾东林一脸心疼，急忙说道，"我刚才那是说着玩儿的，你别当真。你也说了乔乔是我的朋友，我怎么可能见死不救。其实我只是猜的，并不是太确定，她可能是被韩季北抓走了……"

"季北抓乔乔做什么？你别胡说。"乔瑾激动地说道。

叶崇行也问了这个问题："韩少这个人无利不起早，怎么会找上乔乔？"

"你又是怎么知道的，有证据吗？"秦天知道的比他们多一些，一下子就猜到了七宝的身上，"前些时候，你叫小混混找乔乔的麻烦，现在乔乔不见了，又说是韩季北做的。我怎么觉得比起他来，你的嫌疑更大。"

顾东林看到乔瑾变了脸色，心里也慌了一下，但很快就镇定了。

"韩少做事怎么可能留下把柄？所以你们要证据我肯定是没有，爱信不信。"他组织了下语言，继续说道，"我从牢里出来后，韩少就派人找到我，问我想不想报复叶崇行。我说想，他就给我钱和人。他叫我去找乔乔的麻烦……大乔你先别急！你听我慢慢说。虽然和叶崇行不对付，但是乔乔帮了我那么多次，我怎么能对她下手。"

顾东林确实不想害乔乔，可又想借这个机会咬死韩季北，让大乔看到他的真面目。他索性将计就计，假意听从韩季北的安排。

"韩少特别奇怪，似乎是想要乔乔手里的一样东西。我叫人抢了她三次包，东西被韩少拿走了。"顾东林不忘给自己洗白，"我真有吩咐他们不要伤到乔乔，让他们抢了就跑，谁知道后来会出意外。"

"他有和你提过是什么东西吗？"叶崇行问道。

乔瑾也同时问道："什么东西？"

"你会把实情告诉替罪羊吗？如果我今天心虚了,不来通风报信,你们最后也只会查到我的头上。"他又不傻,心里门清着,"你们也不用感谢我。我做这些,也只是想让大乔知道韩季北是一个利欲熏心的浑蛋。"

知道抓走乔乔的人是韩季北,秦天倒松了口气:"你做了这么多缺德事,还想我们感谢你?你别以为世上就你一个聪明人。"

顾东林也坦然:"我那是为了大乔,乔乔会理解我的。"

秦天心想:乔乔以拆散自己的父母为己任,知道他做的这些事,说不定真会给他点赞。

顾东林的话虽然不能全信,但秦天却能推理出一件事情——七宝暴露了。只是前后三拨的小混混都没盯上她的腕表,这说明韩季北知道乔乔有一个外挂,但他不清楚它就是智脑,又或者这只是他的一种试探?

乔乔敛财的方式太张扬,不怪韩季北盯上她。

智脑是来自未来的高科技产品,资料库里存储了未来二十二年的发展史。换言之,谁得到智脑就等于拥有了预言能力。大到国事,小到明天的晴雨,缺钱就买彩票,炒股无风险,所谓的逆天外挂也不过如此。

他以后一定得在穿越条例里面加上物品限制,例如智脑!

乔与诺联系秦天的时候,叶崇行已经锁定了海边的别墅,正往这边赶。听完他们这边的情况,她顿时也无语了……她的生父和养父还真是臭味相投。乔乔想起当年顾叔对韩季北的指控,他怎么有脸把自己塑造成受害者?

她现在可以大胆地进行假设,韩季北发现了七宝。她敛财的方式太张扬了,引起了他的注意。但这个时候,他还不是那么确定,所以利用顾东林试探她。然后可能因为韩家内斗，他想确定她是不是韩家的人，确定她是否有利用价值之类的，就找人做了他们的 DNA 对比，阴错阳差地发现了真相。

推到这一步，她已经能清楚地看到"渣爹"的内心世界：

乔乔是我的女儿→乔乔是我和小瑾的女儿→乔乔来自未来→乔乔一定携带了高科技的玩意儿，所以敛财手段不同寻常→老天爷果然是站在我这边的，派我的女儿回来帮我→用亲情牌感化乔乔→end（结束）。

乔与诺沉浸在自己的推论里，电话那端忽然换了人。

"乔乔。"叶崇行用清冷的嗓音说。

"你别担心，我没事，韩少不会伤害我。"韩季北再"渣"也是她爹，总不会伤害自己的亲闺女，顶多就是打亲情牌，叫她帮他夺江山。她要不是急着和叶崇行道别，还真不介意在这个豪华别墅里住上一阵子。

"嗯，我马上就去接你回家。"

"叶崇行。"

"……"

他等了许久，乔与诺也没有说话，于是他问道："你想说什么？"

"没有。"又过了一会儿，她说道，"你们别过来了，我有办法出去，一个小时后我们在环海路的指示牌那边会合。"

叶崇行沉默了很久："好，我等你一个小时。"

"嗯，要是一个小时后你见不到我，就来别墅里英雄救美。"

他结束了和乔与诺的通话后，目光从秦天和乔瑾的脸上划过，说："你们好像一点儿也不担心。乔乔刚不见的时候，你们很慌张。可知道她是被韩季北带走后，你们似乎就松了一口气，十分笃定他不会伤害乔乔。"

不只是他们，乔乔也是这样笃定。

韩季北不会伤害她。

他们凭什么这样自信？韩季北是一个为了利益可以对亲叔叔下死手的人，难道会因为她是乔瑾的闺密而变得心慈手软？

秦天说道："随你怎么猜，现在重要的事是把乔乔救出来。"

"你知道韩季北想要的东西是什么？"

车子已经开到了环海路的指示牌下面，慢慢地停了下来。叶崇行侧过脸，盯着秦天，从他的表情里得到了答案。

心里产生浓浓的挫败感，他感觉自己被拦在了乔乔的世界之外。

秦天知道她的背景，大乔知道她的秘密，唯有他对乔乔一无所知。她遇到了危险，他却连原因都不得而知。

她遇险时求救的对象是秦天也不是他。

乔与诺将智脑关闭，在房里找了一圈儿，翻到一沓宣纸，随便抽了张出来，画上一只气急败坏的老乌龟，上书：做你的春秋大梦去吧，负心渣男！PS（附言）：用我爹的人格起誓，大乔真流产了，所以咱俩以后就江湖不见啦。

写完遗言，她掏出秦天送的穿越仪，将时间设定为半个小时之后。

从理论上来说，黑洞能支持长途穿越，那短途穿越也可以。但研究所从未对这方面做过详细的调查，毕竟没人会冒着生命危险穿越到几分钟或者几个小时之后。不过她的生命条没剩多少血量了，她不如为科学献身一次。

乔与诺大义凛然、毅然决然地按下开关，眼前忽然一黑，斗转星移，无数春秋从她的眼前匆匆而过，白云苍狗，花开花谢不过一瞬。如果说上回穿越是正常的模式，这次就是地狱副本。她甚至怀疑自己掉到了空间夹缝里,即将被割裂成碎片,整个身体都疼得麻木,思维也变得迟钝起来。

我在哪儿?我是谁?我又要去哪里?

似乎过了许多年,又似乎过了短短的一瞬。

乔与诺眼前不断变化的世界终于稳定下来,定格成一个陌生的街道。她不敢相信地踩了几下地,这种脚踏实地的感觉真是太棒了!

喧嚣的马路,川流不息的人群,就连刺耳的喇叭声也变得亲切可爱。

就是季节有点儿不太对。

"冷死了,怎么下雪了?我到底是穿越到了哪里?"只穿了一条裙子的乔与诺在雪景里显得格格不入。她搓搓手臂,被冻出了鸡皮疙瘩:"难道又出现了什么奇怪的 bug?幸好这次我没返老还童。"

这么一个显眼的人站在路上,不可能没人注意到,一个路人上前问:"姑娘,你是在拍啥节目?"

乔与诺拍拍冻僵的脸,一本正经地说道:"我在录《今天你穿越了吗》,大妈,你愿意给我买件羽绒服吗?节目结束了我还你钱。"

"这可真不巧,我今天出门出得急,就带了两块钱。"

裹着羽绒服的大妈说完这句话,脚下生风,跑得没影了。乔与诺哑然失笑,但在看到路边的一张海报后,笑意就僵在脸上。

2013,圣诞狂欢节!

乔与诺傻愣愣地站在雪里,得出一个令人不敢相信的结论:她穿越失败,回到了五年前——2013 年的冬天,圣诞前夕。

第十章

"白月光"的真身

2018年,初夏。

环海路的一个指示牌底下停着一辆黑色的路虎。叶崇行坐在驾驶座上,面无表情地盯着手表,十分钟、半个小时、一个小时过去了,乔乔还是没有出现。他紧紧地拧起眉,心头冒出一股不祥的预感:乔乔一定出事了。

"我们去别墅探探情况。"叶崇行发动引擎,往别墅的方向驶去。

乔瑾不安地说道:"我给季北打一个电话。"

过了片刻,乔瑾放下手机,说道:"电话打不通。"

秦天也觉得现在的情况有点儿不妙,联系不上乔乔,大乔也联系不上韩季北。他们抵达别墅的时候,大门附近有些骚动。韩季北扯着领带,一副暴躁的模样。他一看到他们,就直接地说道:"乔乔已经跑了,不在我这里。"

"你觉得我们会相信你说的话?"叶崇行冷冷地说道。

乔瑾红着眼眶说道:"你放了乔乔吧,她是我们……"

"我知道。"韩季北见心上人快哭了,急忙哄道,"小瑾,我没有伤害乔乔的意思。我承认我是想请她帮我做一些事情,但真的没有动她一根手指,也没有将她藏起来。那个'小浑蛋'真是坑死她的老子了,跑出去也不和我们联系。"

说到这里,韩季北忍不住怀疑地说:"说不定她是故意躲起来,借此离间我们,你也知道'小浑蛋'不喜欢我,蔫儿坏。"

乔瑾开始动摇。他既然知道乔乔是他的女儿,应该不会害她。

秦天鼓掌:"韩少好口才。"

"韩少三言两语就想打发我们?一个大活人被你们绑架到这里来,你却说她是自己躲起来了?"叶崇行的语气里有满满的嘲讽,他说,"我给韩少两个选择,要么我们报警,要么你让我们进去搜。"

被自己的亲闺女坑了一把的韩季北怒气满满地说道:"随便你们搜!"

秦天和叶崇行对视一眼,点了点头,便一同走进别墅。韩季北想到字条上的内容,忍不住拉住乔瑾细细地询问。可乔瑾记挂着乔乔,没有耐心和他说话,也跑进别墅找人了。韩季北站在大门口,点了一根烟,吞云吐雾。

他心想:"小浑蛋"说的不会是真的吧?

她要是真玩完了,他和小瑾之间的感情估计也要完蛋。

未来到底发生了什么事,才会让"小浑蛋"不要命地改变历史?难道是他没有保护好小瑾，让小瑾和乔乔流落在外吃尽了苦头？

2013 年，深冬。

今年的雪下得格外大，将南市装点成了一个白茫茫的世界。

正午的阳光已经无法为乔与诺提供生存所需的热度。她在理智回来之后，决定先满足咕咕叫的肚子。她走进一家面馆，要了一碗牛肉面。滚烫的面汤让她的胃好受了许多，也让她的手脚找回一点儿知觉。

她的背包掉在黑洞里估计是找不回来了。

现在身上只剩下三个东西：坏掉的智脑、不靠谱的穿越仪、一张鲜红的百元大钞。秦天说穿越仪只能支持一次穿越，估计这玩意儿也报废了。她打算吃完饭买个衣服，然后去瞧瞧阳哥，希望他这个时候还没出事。

乔与诺两三下吃光面，连汤都没放过。

差点儿就饿死了，穿越真耗体力，她觉得自己像是三天没吃东西了。她摸摸没有饱腹感的肚皮，喊道："老板，再来一碗番茄牛肉面！"

"好嘞，您稍等。"

乔与诺张望之时，面馆的门嘎吱一声又开了，一个身上落满雪的人走进来。他生得清隽，只是眉眼极冷像终年不化的冰雪，没有一点儿人气。她看到他的第一眼就呆住了。这、这不就是自己的男朋友吗？

原来他一直都是这副冰山脸哪！

叶崇行似乎注意到她的目光，朝她看过来，微微蹙紧眉，显得很不悦。

乔与诺的一腔欢喜都被这个冰冷的目光弄得七零八落。男朋友不认识她，对她也没有一见钟情，看起来很不耐烦的样子。噢，她都忘了，现在是 2013 年，这个时候他应该和他的"白月光"在谈恋爱，哼！

过分！

难过！

想哭!

此时乔与诺的面做好了,一个绑丸子头的女生帮她端上来。绑丸子头的女生看到叶崇行,露出一个高兴的笑:"师兄,你今天还是要海鲜拉面吗?"

乔与诺顿时就吃醋了,干吗叫得这么亲热?

难道丸子头就是叶崇行的"白月光"?

不知道她还能活几天,时间够不够让她揪出"白月光"的真身。乔与诺边想边闷闷不乐地往面里放醋,手一抖,就不小心放多了。

店里的安静被丸子头打破。自从叶崇行来了,她就变成热情的小话痨:"师兄可真厉害,我听说你已经成立了自己的工作室……师兄,你会参加周末的篮球赛吗?师兄……师兄……师兄……"

叶崇行的话不多,他偶尔才应上一声,但态度还算温和。

"夏夏,面好了。"厨房里传出老板的声音。

"叔,我马上就来。"

乔与诺一愣,夏夏?戚夏吗?她仔细地端详了丸子头片刻,小麦色的肌肤,下巴也不尖,身材暂时看不出,丸子头穿得太厚了。但她再仔细看看,丸子头好像是和戚夏有几分像,如果丸子头的眼睛再大一点儿,睫毛再翘一点儿,皮肤再白一些。

确定丸子头就是戚夏,乔与诺更生气了。

男朋友要爬墙怎么办?

乔与诺埋头吃面,化愤恨为食量。面很热,冒出来的雾气几乎熏湿了她的眼睛。她咬着酸溜溜的面条,目光总忍不住往叶崇行那边瞟,吃得心不在焉,连辣椒也一起吞下去了,被辣得眼泪一下子就掉下来。

"喀喀……"

她喝了两口汤,喉咙才舒服一点儿。

戚夏看了乔与诺一眼，压低声音说道："师兄，那个女生好奇怪。外头都结冰了，她居然穿夏天的裙子，也不怕冻出毛病来。"

叶崇行微微地皱了一下眉："你不要在背后说人是非。"

"我知道啦，师兄。"

他们的对话一字不漏地钻进乔与诺的耳朵里。她郁闷地戳戳牛肉，这面做得这么腻，肉也煮得太老，刚才居然吃光了一整碗。肚子还没饱，可忽然之间就没有了胃口，她冲着厨房喊道："老板，结账。"

戚夏的叔叔从厨房走出来，手习惯性地往围裙上擦了一把："加起来十五元。"

乔与诺掏出兜里的百元大钞递给他。老板接过来看了一眼，表情变得很微妙："小姑娘你是不是拿错钱了？"

"没有哇！"

老板把钱退给她，说："你这假币也做得忒不走心了。你好歹整一个模子。"

戚夏听到动静也凑过来："这一看就是假钞，不用人上手。叔叔的面馆是小本生意，一天的利润也不一定有一百，你可不能这么坑他。"

被老板和戚夏一顿抢白，乔与诺忽然就明白是哪儿出错了。

她手上的钱是 2015 年发行的新版一百元，但现在是 2013 年，难怪会被当成假钞。这可怎么办？难道她要说这是真的，只是两年后它才会发行？呵呵，这个笑话可真冷。她发现她和戚夏的八字不合，怎么回回穿越都和戚夏杠上？

怎么办怎么办怎么办……她的身上没钱哪！现在她是跑路还是坦白处理？

"你换一张吧。"老板说道。

"……"

乔与诺一脸的尴尬。这种时候叶崇行也在,她实在是太丢人了。

"你该不会没钱吧?"戚夏上上下下地打量她,语气不善,"你别打着吃白食的主意。我的堂哥是民警,我电话一打,马上就能过来。"

老板折中地说道:"你要是没带钱,就把戒指抵押在我们这里。"

"不行。"乔与诺想也不想就拒绝了,犹豫片刻说,"我用手表抵押吧,两个小时内一定回来还……"

她未说完的话被叶崇行打断。他说:"结账,和她的一起算。"

乔与诺下意识地朝他看去,嘴巴动了动,差点忍不住喊出他的名字。戚夏见她直勾勾地盯着自己的男神,心里冒出一股子火气。

"师兄,这就是个吃白食的骗子!你干吗帮她付钱?"

叶崇行不悦地道:"戚同学,来这条街吃饭的人百分之九十是我们南大的学生。谁都有记性差的时候,话别说得这么难听。"

乔与诺星星眼,她家的叶哥哥好帅哦。

戚夏语塞。老板不想把这件事闹大,急忙收下叶崇行的钱,算清楚后给他找了八块。叶崇行前脚一走,乔与诺立马追出去。

寒风和雪劈头盖脸地朝她砸过来,体内微薄的暖气一下子就蒸发完了。

"等等——哈哧——哈哧——"

乔与诺追上去,撸下戒指,不由分说地塞到叶崇行的手里:"这是饭钱,还有谢谢你刚才帮我解围。"

叶崇行望着她,眉心拧得更紧了。

她看起来很冷,冻得瑟瑟发抖,鼻头很红,嘴唇没有血色。这是一个奇怪的人,也让他变得奇怪。和在面馆里时一样,他在理智回来之前脱下了自己的大衣,给她披上:"我不要你的戒指,钱你也不用还了。"

"谢谢。"

"你,"他沉默了很久,皱着眉,"以后别穿这么少。"

乔与诺的鼻子一酸,她差点儿哭出来。她低着脑袋,哦了一声,然后转头就跑。叶崇行站在雪中,看着她落荒而逃的背影,似乎有些困惑。他站了一会儿,直到她完全消失在他的视线里,才走向公交站。

叶崇行发现自己被人跟踪了。

那个偷窥狂就躲在胡同口的电线杆后面,穿着一件很眼熟的大衣,露出一双冻得微微发紫的脚。她比他先到这里,这说明她知道他的住址。被人侵犯隐私的叶男神,这一次居然没有生出丝毫不悦。

要不要买点儿食物过去投喂?

还是赶她走?

他在摇摆不定的思绪里回到家,打开门,喊了一声:"妈,我回来了。"

叶母坐在窗边织围巾,神色有些茫然,听到叶崇行的声音,过了很久才说道:"寒寒回来了呀,阳阳呢?你的爸爸去接他吗?他这几天在发烧,也不知道考得怎么样,分数能不能过一本线。小囡呢,妈妈的乖囡跑到哪里去了?"

叶崇行怕她犯病,哄道:"爸爸带小妹去了香港,您忘了吗?小妹吵了好几天,说要去迪士尼乐园玩。"

"他们什么时候回来呀?妈妈想小囡,想老叶。"

"等您织完这条围巾,他们就该回来了。"叶崇行不着痕迹地转移了话题,"妈,你的肚子饿不饿,我给你煮碗面。"

"妈妈不饿,寒寒快去写作业。"

"嗯。"

叶崇行有些疲倦地打开电脑，父亲和妹妹死后，母亲的精神状况就出了问题。他和大哥为了照顾母亲，上课打工的时间尽量错开。这几年母亲的情况极不稳定，时好时坏。但她只要不想起那起祸事，便很少犯病。

这个家在风雨中摇摇欲坠，而叶母的病情就是悬在他们头顶的一把刀。

叶崇行改了一会儿代码，发现代码测试之后依旧存在问题。

他揉揉眉心，眼睛不自觉地望向窗外，天阴沉沉的。寒风呼啸而过，卷着雪花拍在窗户上。不知道她走了没有？应该回家了吧？天这么冷。她是谁，离家出走的叛逆少女？她是不是和家人吵架了，但为什么穿得那么少？

"妈，我下楼一下。"

叶母应了他一声，低头继续织围巾。

叶崇行顺着昏暗逼仄的楼梯走下去，此时外头的雪已经停了。小区里有几个小孩子在堆雪人，嘻嘻哈哈地打闹成一团。他出来得急，忘了带外套。寒意仿佛一下子就钻进了他的脖子，冻住了他的血液。

叶崇行走到胡同口，一眼就看到了那个古怪的女孩。

茫茫雪色里，她异常显眼。

他走到她的面前，问道："你是不是喜欢我？"

"嗯。"

"我现在没有时间谈恋爱，"他拒绝过很多人，可对着这双闪闪发亮的眼睛，涌到嘴边的话却变了，"你可以过两年再来表白吗？"

如果那时候你还愿意喜欢我，我们就在一起。

我似乎也很喜欢你。

然而叶崇行没想到自己的话刚说完，她就一脸惊恐地跑了。这是不愿意等他的意思，还是……她害羞了？

乔与诺蹲在马路上思考一个很严肃的人生哲学。

那个神秘的"白月光"似乎就是她。

"我和我的夫人是在学校附近的面馆里遇到的。她那时十分狼狈，穿得很少，被冻得瑟瑟发抖，身上又没带钱，差点儿被老板当成吃白食的骗子。"

这一幕的既视感太强了，完全符合她和少年叶崇行的相遇。

还有另一篇报道也提过，叶崇行和"白月光"是在2013年相识于年少，后几经波折才终成眷属。时间年份也对得上！现在就是2013年！假设在原来的历史里，她也出现在这个时候并成为他的初恋，那么，叶崇行早死的老婆就是她？

乔与诺惊得张大嘴巴，那个拯救银河系的女人怎么会是她？

这不行的！大乔流产了，她随时可能从这个世界上消失。她原本还想着，叶崇行与她在一起不过是为了报恩，就像他当初帮助戚夏那样。她也不会有太多的负罪感。

可、可"白月光"怎么就是她呢？

难道她改变了历史？

这也不对，她要捋捋思路。

先前所有人都说戚夏是叶崇行的初恋。叶崇行自己也说过，念书那会儿很忙，根本没空谈恋爱，根本不存在一个"白月光"。可她在未来的资料里却看到了"白月光"的存在。那么，也就是说，假设她没有穿越到2013年，"白月光"就不存在。

因为她来了，所以历史就演变成智脑里的那份资料。

老天哪，这个玩笑开大了，她不能是"白月光"啊！按照历史资料，叶崇行爱"白月光"爱得各种深沉，为她守身如玉，堪称苦行僧。智脑要是没有坏,她还能把资料拿出来研究一下,看看有没有挽救的办法。

果然不能随便穿越哪,这下娄子捅大了!

现在怎么办?

还有叶崇行的那两句话是什么意思?"我现在没有时间谈恋爱"和"你可以过两年再来表白吗?",连在一起的意思难道是:其实我也喜欢你,我们过两年再谈恋爱?

过两年她已经尸骨无存了,谈什么恋爱呀!

啊啊啊她的脑子果然被冻坏了,她刚才就应该说"你少自作多情了,我就是路过",怎么能承认呢?

怎么办?怎么办?

历史变成这样还能再抢救一下吗?

乔与诺崩溃之时,一个眼熟的身影出现在她的视野里。她一下子就打起了精神,炯炯有神的眼睛盯着朝她这个方向走来的叶奕阳。

他的神情有点儿疲倦,但从眼神和举止来看,应该不是傻乎乎的阳哥。

为了确认,她走上前问道:"请问这附近哪里有公交站?"

叶奕阳看到她身上穿的大衣,觉得分外眼熟,好像寒寒也有一件:"往前直走五十米就有一个公交站。"

"你知道去万华广场应该坐哪路车吗?"她控制住激动的心情继续问。

"18路或者132路都能到。"

"谢谢!"

"不、不用这么客气。"

乔与诺笑眯眯地目送阳哥离开,好开心,见到了还没变傻的阳哥。她家的阳哥真温柔,声音也好好听。那么,接下来的任务就是——阳哥守卫战！她一定要帮阳哥避开意外，不让这么好的阳哥变成傻子。

好像叶妈妈也是因为阳哥出事才会病情加重，在隔年的冬天去世了。

乔与诺想到这些事情就很心疼叶崇行。

她找了一个避风的角落坐下来思考，不管哪一段历史里，阳哥都是傻子。以智脑里的那份历史资料作为线索推断：1. 她回到了2013年；2. 她成为叶崇行的"白月光"；3. 当时的她肯定会去阻止阳哥的悲剧，但最后却失败了。

或许那个她思考也是这样，同样做出了类似的推断。

乔与诺细思极恐，这种问题真的不能多想，想多了容易发毛。就好像天上有一双眼睛在盯着她，观察她的一举一动。

她敛了心神，继续思考。为什么她当时没有救下阳哥？

是因为来不及吗？

她并不确定阳哥出事的时间。时间好像是圣诞节前后，可现在离圣诞节还有十多天。但她是随时都会消失的人，保护阳哥有点儿不靠谱。乔与诺思考了许久，直到天上又飘起了小雪，才整理出一套方案。

她有点儿冷，想去车站之类的地方避雪，又怕和阳哥错过。

约莫过了一个小时，叶奕阳从胡同里走出来，行色匆匆，看起来像是赶着去打工。

乔与诺的眼睛一亮，立马跟上去。只要知道阳哥在哪个工地干活儿，她就能去找叶崇行通风报信。以他的性格，如果他知道阳哥在工地干活儿，一定会劝阻。不过保险起见，她还要再去挖点儿老板的黑历史，"请"老板帮忙开除阳哥。

不过这个威胁的程度她要掌握好，不能波及阳哥的身上。

叶奕阳没有发现身后多了一个小尾巴，但下楼"喂猫"的叶崇行却看到了。

于是，叶崇行也跟了上去。

天阴得厉害，雪一直不停。路上的行人三三两两，大概躲在家中取暖。乔与诺打了几个喷嚏，耳朵被震得嗡嗡响。她缩缩脖子，把大衣裹得更紧了。这天寒地冻的，她晚上要去哪里过夜，靠意志力可熬不过去。

她尾随了叶奕阳一路，看到他走进一家工地才停下。

其实她很想上前拦住阳哥，让他别在这里干活儿，虽然钱多，可是马上就要出事了。她幽怨地叹口气，决定先找家网吧蹭电脑。

她正要走，眼前忽然一黑，抬头就看到了叶崇行。

"你怎么在这里？"看来她可以省去通风报信的步骤。

叶崇行一脸坦然地说道："看到你跟着我的大哥，担心你是抢劫犯或者是变态跟踪狂，我就跟过来看看。所以你现在可以解释了。"

"我哪里像抢劫犯或者变态跟踪狂之类的？"乔与诺不满地回答道。

"你在胡同口蹲了一中午，等的是我大哥？"

在他极具压迫性的目光下，乔与诺不得不点头承认："我没恶意的……就是想和阳哥说点儿事情，又担心他不信……"

她说到一半，忽然意识到这是一个纠正历史错误的好机会，于是说道："我先前没有跟踪你，也不喜欢你，是你自己脑补太多了。我去胡同口是为了等阳哥。以前他帮过我，所以我来找他报恩。"

叶崇行面无表情地盯着她，目光冷飕飕的："这么说，是我自作多情了？"

"当、当然。"

叶崇行的神色更冷了，他自作多情？是谁用那种闪闪发亮的目光偷看他？他和戚夏说话的时候，又是谁一副打翻醋坛子的模样？问她是不是喜欢自己，她也承认了。可是现在她又反悔拒绝他，为什么？

"你死心吧。"他忽然说道。

"什么？"

"大哥不喜欢你这种类型的女孩，而且最讨厌像你这样死缠烂打的人，你以后别再跟踪他了。"其实大哥最有绅士风度了，对任何女性都抱有一视同仁的温柔耐心，所以大哥的烂桃花最多！

乔与诺露出被雷劈的表情："我没有暗恋阳哥！"

她不知道少年叶崇行这么会脑补，为防他说出什么惊人的言论，立马解释："我只是来报个恩，你想多了。我前段时间给阳哥算了一卦，发现他最近有血光之灾，所以是来帮他消灾解难的。"

"你还会预言？"

"嗯嗯，我的师父是很厉害的人。我是他的关门弟子，自然也厉害。"乔与诺一本正经地说道，"你一定、一定要劝阳哥离开这个工地，我算过了，这地方和阳哥的八字相克。他继续干下去，恐有性命之危。"

"你到底是谁？"

乔与诺慢悠悠地说："我叫戒色。"

"那身份证上的名字呢？"

"就是戒色。"

她顶不住叶崇行的"拷问"，转身就跑。叶崇行伸手去抓，只抓到一把空气。看着她一路仓皇而逃的背影，他紧紧地拧起了眉。

2018年，初冬。

凌晨三点多，叶崇行从梦里醒过来，抓住了一把空气。

他走到阳台，抽了一根烟，慢慢地回想起刚才做的梦。今天距离乔乔失踪已经过去了一百五十八天，但他却是头回梦到她。

梦里，深冬大雪，她穿得极单薄，冻得瑟瑟发抖，还被人当成吃白食的骗子。少年的他沉默地坐在一旁,没有第一时间上前帮她解围。看到这一幕,他十分愤怒:你为什么不去保护乔乔?

"我算过了,这地方和阳哥的八字相克。他继续干下去,恐有性命之危。"

"你到底是谁?"

"我叫戒色。"

"……"

这真是一个古怪的梦。乔乔居然说自己叫戒色。叶崇行回忆着她的模样,又点了一根烟。

"寒寒,你怎么还不睡?"

叶奕阳出来上厕所,看到阳台上站着一个人,就走了出来。

"我做了个梦,现在睡不着。"过了一会儿,叶崇行忽然问,"大哥,你还记得乔乔吗?你在馄饨店门口捡到的那个小姑娘。"

"乔乔?"叶奕阳一脸茫然,"我什么时候捡过人了?你这是做梦做糊涂了。"

"你也不记得她了……"他的脸孔隐在黑暗里,他用沙哑的声音说道,"我也快记不清她的模样。"

"寒寒,你在说什么胡话?你快点儿去睡觉。"叶奕阳打了一个哈欠,"我觉得你最近好像中邪了,空着房间不住,非要窝在书房里。"

"嗯,大哥赶紧去睡吧,明早还要开店。"

"那我去睡了。"

叶奕阳回房之后,叶崇行坐在阳台上抽完了一整包烟。这个世界变得很奇怪,他身边的人都渐渐忘了乔乔,就仿佛她从未出现过。她设计的游戏、她写的代码明明都在,可是所有者却变成他。还有大哥……忽然有一天就变正常了,并且没有人觉得奇怪。在他们的记忆里,大哥一直都是这样。

他最近也开始失忆，有时候忽然就想不起她的样子了。

这是不是说明乔乔真的消失了？

一个不存在的人，世上怎么会有她的痕迹，他们这些人又怎么能记得她？他忽然有些痛恨乔乔。她招惹了他，却不愿意陪他终老。

2013年，深冬。

乔与诺在工地附近蹲了两天，都没看到叶奕阳的身影，胸口的大石头总算落了下去。看来叶崇行已经劝服了阳哥，让他辞职。阳哥只要不在这个工地干活儿，那场事故就不会发生，也不会变成傻子。

圣诞节将至，街上的节日气氛愈发浓烈。

乔与诺也收到了圣诞礼物：一双黑色的靴子，一条毛茸茸的围巾。东西是放在胡同口的电线杆后面，装在一个黑色的袋子里，看起来像一坨垃圾。靴子的尺码很大。她穿上去后，只能趿着靴子慢慢走路。她猜这是叶崇行的鞋子。围巾是很少女的粉色，又暖又干净。他还在里面放了一些有整有零的钱，十分细心。

她其实不想和叶崇行有太多交集，但天真的太冷了，很难拒绝这么温暖的东西，所以最后还是很没骨气地穿上了靴子，围上软暖的围巾。她这两天没冻死，也没饿死，真是多亏了叶崇行的接济。

不过他到底是什么意思？

乔与诺不敢见叶崇行，趁晚上夜深人静的时候，偷偷地往叶家的门缝里塞了几张代码。当时叶崇行还没睡，听到外面窸窸窣窣的动静，以为是来了小偷，结果开门却看到了一脸惊慌的乔与诺。

她把纸塞给叶崇行，然后转身就跑。

"又是这招？你属兔子的呀？"叶崇行追上去，在走廊里堵住她。

乔与诺心想,他送的靴子真是暗藏杀机。要不是鞋子不合脚,她肯定不会跑得这么慢,更不会被他逮住。她把脸埋进围巾里,企图装傻蒙骗过关,但显然叶崇行不好忽悠。他扬扬手里的纸:"你的情书还真别致。"

"这是我在你家门口捡到的废纸。"她胡诌道。

"还说你没有暗恋我?你不喜欢我,会知道我的核心代码出了问题?你不喜欢我,会大晚上的来送情书?"叶崇行微笑起来,眉间的郁色也在这瞬间消退,"是不是因为我让你等两年来表白,所以你不高兴了?"

走廊的灯灭了,光线变得暧昧而昏暗。

乔与诺被困在他的臂弯里,觉得现在的情形有点儿不妙:"你想多了。"

"是吗?"

"你、你干吗凑这么近……"她可不是一个意志力坚定的人。他再这样,她真的会兽性大发,忍不住将他扑倒。

叶崇行说道:"你别生气了,这次换我表白好不好?"

"……"

"戒色,我很喜欢你,第一眼看到你就很喜欢了。"他说着喜欢,同时低下头去亲她,他的吻技很糟糕,亲了许久才摸索到正确的方式。怀里的意中人很温顺,一点儿也不抗拒他的亲近,这个发现让他更激动了。

在过去二十一年里,乔与诺一直觉得自己是个矜持的姑娘。可喜欢上叶崇行之后,她就长出一只麒麟臂,经常控制不住自己的手,想对他这样再那样。就比如现在,她特想把叶崇行压在墙上壁咚他,顺便教他如何撩妹。

她忽然觉得,师父叫她戒色真是一点儿也没叫错。

乔与诺找回理智之后，立马推开他，然后迅速地跑走，整个动作一气呵成。

作为一个即将不存在的人，她不应该招惹叶崇行。所以她将蹲点的地方从胡同口改到工地附近，而且藏得更加隐秘。

但两天之后，她还是被叶崇行找到了。

叶崇行找到她的时候，她正把调戏她的小混混踩在脚底下，一副街头大姐大的派头。而穿着黑色大衣的叶崇行，风采卓然，一举一动都好似入了画。他不疾不徐地从雪中走来，像踩在她的心尖上，走到了她的面前。

乔与诺一看到他就想跑，这都已经形成了反射性动作。但叶崇行的动作更快。他一把拽住她的手，皱着眉说道："我们谈谈。"

"谈什么？"她嗫嚅地说道。

被乔与诺踩在脚下的小混混趁机逃走，跑之前居然还对叶崇行道谢。

"比如你为什么不回家，为什么一直在街上游荡，还有你叫什么。"叶崇行拉着她的手走到旁边的一个亭子里坐下。

乔与诺不吱声，他问什么，都沉默以待。

亭子外的景色有些寂寥，白茫茫一片，难得有鲜亮的人影。不远处的建筑工地快竣工了，尘烟喧嚣，噪声顺着风雪吹过来。

叶崇行为了防止她跑路，一直紧紧地握着她的手。

他的问题很多，但乔与诺却不怎么配合。他担心了她两天，找了她两天，也焦虑了足足两天。看到有女性遇害的新闻，他就怕出事的人是她。直到这一刻，她全须全尾地坐在他的面前，他的一颗心才落到实处。

"你这两个晚上都睡在哪里？"

看出他眼里的担忧，乔与诺忍不住回道："我在网吧通宵。"

"所以你现在是离家出走的叛逆少女吗？"叶崇行无奈道，"你要是没地方去，可以先住我家。至少安全。"

她摇摇头："我有家的。"

"那你准备什么时候回家？"有了初恋对象的叶男神，有了很多需要操心的事情，比如带她回家，安排她去上学。但在这之前，他要弄清楚她的来历。如果她真是山里跑出来的，那么，有身份证吗？

"可能是今天，也可能是明天，反正不会很久。"她在2013年已经待了三天，应该是到了消失的时候。

叶崇行思索了下："在这之前，你就住在我的家里，别去网吧通宵了。"

"不要。"乔与诺试图把手抽回来，但失败了，"你就别管我了，要是同情心泛滥，去街上随便捡只流浪猫、流浪狗。"

"你是指你自己吗？"

"呵呵，这个玩笑一点儿也不好笑。"

"我很认真。"叶崇行严肃地说道，"你一个人在外面太危险了，我不放心。如果你不想去我的家里借住，我帮你在酒店开个房间。"

乔与诺知道他现在特别穷，所以不想浪费他的钱。

"好吧，我去你家。"她先哄住他，然后再找机会跑掉，他总不能一直看着她。

叶崇行紧皱的眉微微舒展。但他对她并不是完全信任，所以打算直接带她回家。两人就这么手牵手地走在雪里，如果乔与诺换一身衣服，这倒是一幅养眼的画面。他们快到公交站的时候，叶崇行的手机响了。

他接完电话，对乔与诺说道："我要去学校一趟，你跟我一起去。"

她哦了一声，有些迟疑地说："我穿成这样和你一起去学校，你会很丢脸。"

"我又不靠脸吃饭。"

"这个笑话更冷……"她发现少年叶崇行喜欢讲冷笑话，"你是不是去学校打比赛呀？"

"你这么关注我的事情，还说不喜欢我。"他说，语气带着几分得意。

"男神，你能不要这么自恋吗？我只是记性好而已，听你的戚同学提过一次，就记住了。"乔与诺立马反驳，"以及今天刚好是周六。"

"你的语气很酸。"

"哪有！"

"'你的戚同学'……你说这几个字的时候，特别酸。"

乔与诺忽然有些怀念那个沉默寡言的叶崇行，少年叶崇行一点儿也不懂得什么叫"语言的艺术"。他瞎说什么大实话！

叶崇行问："你又生气了？"

"……"

"我和戚夏很清白的，统共也没说过几句话。"

"……"

"学校里喜欢我的女孩子更多。你要是每一个都要酸上一酸，岂不是天天泡在醋缸里？"叶崇行绕着弯子说，"不过——如果我有了交往对象，那么，就可以用这个理由和所有女生保持距离。"

乔与诺又开始装傻。

要是听不懂这是求交往的意思，她就白和叶崇行谈了一回恋爱。

可她不能当叶崇行的"白月光"！

还没有头绪的乔与诺，皱着眉忽然说道："别挠我手心！你是在逗猫吗？"

他居然很认真地思考了一会儿，然后很肯定地嗯了一声。乔与诺有些搞不懂他的脑回路，难道他之前说的"养猫"不是冷笑话？

表白又被拒绝的叶男神，一路郁闷到学校。他上场打球前，把乔与诺交给关系比较好的师姐照看，再三交代不能让人跑了。君师姐是个促狭的性子，揶揄了一番。叶崇行走后，她也有样学样，紧紧地拉着乔与诺的手。

君师姐有一颗八卦的心，乔与诺被盘问得头疼。

幸好比赛很快就开始了，君师姐的注意力被场上的英姿吸引走。乔与诺一开始是想趁这个机会跑路，可看到叶崇行打球的样子，立马也加入了花痴的队伍。

君师姐激动地捏着她的手："你家的男神帅吧？"

"嗯！嗯！嗯！"

何止帅呀，用手机随便一拍，就能当偶像剧的宣传画了。场上那么多人，但最抢眼的无疑是叶崇行。她也是第一次发现，原来打篮球这种事情可以很性感。那是一种独属于力量的美感，让人忍不住跟着热血沸腾！

不过啦啦队的队长是戚夏，有点儿碍眼，她一直在喊"叶师兄加油"。

君师姐十分讲义气地帮叶崇行刷好感："你别在意那个蹦蹦跳跳的小姑娘，叶师弟就和她说过两回话。结果她总装出一副和师弟很熟的样子，特硌硬人。你一看就是傻白甜，可别被那朵喜欢演戏的白莲花忽悠了。"

乔与诺心想：原来少年叶崇行和戚夏真不熟。

难道他们是在阳哥出事后才有了交集？那这次阳哥平安无事，戚夏没有机会救人，也没有机会挟恩图报！

去了心头的郁气，乔与诺的心情大好，她说："谢谢师姐。"

乔与诺并不怎么懂篮球，也很少看篮球赛，但看叶崇行打球却看得浑然忘我。传球的动作很帅，投篮的动作更帅。他偶尔也会往观众席这边看一眼，似乎是在确认她还在不在。乔与诺碰触到他的目光，心头莫名一颤。

场上的赛况越来越激烈,比分逐渐拉开距离。

上半场的比赛马上就要结束了,而叶崇行只打半场。

乔与诺见君师姐完全沉浸在比赛的紧张氛围里,不着痕迹地把手抽出来,然后悄悄地离开篮球馆。

此时叶崇行投进了一个三分球,全场欢呼。

他往场下看了一眼,那个位子上已经不见了戒色。

叶崇行的心头生出一种不祥的感觉,他想也不想就追出去。他的队友在身后喊道:"你去哪儿,比赛还没完哪?"

今天是周末,而且篮球馆里有比赛,所以外头并没有几个人。

学校里很安静,树梢上的雪花被太阳晒化了,时不时地往下滴水。雪地上的脚印已经开始模糊,湿答答的,一路往西子湖的方向延伸。这个方向和校门的方向恰好相反,一南一北,叶崇行微微拧起眉,凭感觉选了西子湖。

湖边有几对儿正在约会的情侣,唯一落单的人就是叶崇行。

他找了一圈,最后在小树林里发现了乔与诺。

她似乎在和谁说话,很生气的样子,但周围除了她空无一人。他走进林子里,喊了一声"戒色"。她看到他显得很吃惊,瞪圆了眼睛,然后他便看到她的周围冒出光圈,那刺眼的亮光包围着她。这一切就像电影里的科幻场景。

瞬间,光圈消失了。

他的心上人,也一起消失了。

第十一章

"黑化"的霸道总裁

十年后,泰阳心理工作室。

叶崇行从一场漫长的噩梦里醒过来,睁开眼,沉默地躺在椅子里,似乎没有开口说话的意思。他的心理医生对他的脾气也很了解,并不急着和他交谈,安静地坐在旁边,等一首歌的时间过去,才尝试着打开话题。

"你还记得你的初恋对象吗?她的名字似乎很特殊。"

"她叫戒色……"他开始回忆,那个神秘的女孩点亮了他晦暗的人生。他为她欢喜,为她忧愁,日日惦记着她,像入魔一般爱上她:"她招惹了我,却又离奇消失。我一定要找到她,然后……"

"然后?和她结婚?"

薄医生的嗓音很温和,让人有一种很舒服的感觉。工作室的环境也是这样——窗帘全部拉上,挡住了外头明媚的春光,茶几上的茶水冒着袅袅水雾,伴着舒缓的钢琴曲,营造出了一种舒心、轻松的氛围。

"不。"他咬牙切齿道,"我要打断她的腿,把她关起来。"

"叶先生可不舍得。"薄医生的声音里带着几分笑意,她说,"看来她对你很重要。过了这么多年,你都没有忘记她。"

"我想忘也忘不掉,她总是跑到我的梦里来。"

薄医生问:"这种情况是什么时候开始的?"

"大概是五年前的春天。梦里我的大哥是个傻子,捡到一个来历不明的孩子,将她带回家。她……叫乔乔,很可爱,很聪明。有一天她被人贩子拐走了,我去救她。然后她就忽然变成大人,还长得和戒色一样……"

"乔乔是个无法无天的'小浑蛋',和戒色一样,谎话连篇,嘴里没一句真话。"

"我几乎每晚都会梦到她。"

"我常常搞不清自己到底是在做梦,还是真的遇到过戒色。"

梦中的片段真实得不像一个梦境,可能只是他的臆想。

他失去了戒色,幻想了一个叫乔乔的戒色。

他们在梦里相爱、吵架,一起上班,一起下班。他送了她戒指,想要与她共度一生。而梦里的戒指,他在书房的一个抽屉里找到了,另一枚……却是在戒色的手上。十年前的戒色就戴着那枚戒指,特别宝贝它。

他快被这些亦真亦幻的梦搞得发疯了。

"我大概是太想戒色了,才会做这种梦。但它太真实了,就像曾经发生过,只是被我忘记了。"叶崇行紧拧着眉,似乎很苦恼,"我曾经真的这么以为,可是细节又对不上,梦里我和韩季北是朋友,但事实上,我们的关系非常糟糕。七年前我就搬家了，梦里的我却一直住在老房子里。我不喜欢任何在海上进行的活动，但梦里的我却很喜欢。梦里的我带戒色，不，乔乔，出海玩过好几次。我的公司不叫叶氏科技，我和戚夏也只是点头之交……还有很多事情对不上。"

"初步诊断是臆想症，但并不严重。"

薄医生心里想的却是：这年头儿还是有好男人的。看看这位英俊、深情的叶总，为了那个不告而别的"白月光"守身如玉十年，还因此得了臆想症！要不是职业道德不允许，她都想披个马甲去开文，名字就叫《霸道总裁的"白月光"》！

"我建议叶总发展一段新的感情，或者你与其他女性多多接触。只要放下过去的感情，你这种情况就会不药而愈。"薄医生做出专业的判断，"另外，希望叶总定期过来复诊，不要让臆想症进一步恶化。"

叶崇行面无表情地想，他并不想治好自己的臆想症。

虽然他觉得自己快疯掉了，但还是想在梦里见到他的戒色。

"病情进一步恶化我会怎么样？"

"可能你就会在现实中见到你的戒色，或者乔乔？当然，如果到了这一步，你的病情已经失去控制。"薄医生温和地说道，"不过以你目前的情况来说，这种概率很小，你不必有太大心理负担。"

这次的谈话并没有持续很长的时间，似乎也没有什么效果。

叶崇行从工作室出来后，驱车到了公司，先是和美国那边开了一场视频会议，然后又召集研发部的人商讨技术上的难题，接着开始整顿业务部，一直忙到晚上十点才回家。陪 boss 大人加班的一群人，伸伸懒腰，也赶紧撤了。

在无数女人的心中，叶总是完美的男神，长相、身材无可挑剔，私生活检点，一直深深地爱着死掉多年的初恋。噢，她们是怎么知道"白月"光死了？她们当然是根据线索推出来的。一个有钱又痴情的单身汉，怎么会不让女人趋之若鹜？

但在下属的心中，叶总就是一个不折不扣的工作狂，随时会爆发的大魔王！他的人生除了工作还是工作。他比机器人要厉害，人家机器人还需要充电。可是大魔王拼起来都不用睡觉，难怪能把时光科技发展成如今的规模。

凌晨三点，临湖而建的一栋别墅里透出昏黄的灯光。

此时夜深人静，唯有虫鸣声显得特别清晰。

叶崇行坐在阳台上，出神地望着波光粼粼的湖面。他手里的烟快燃完了，而桌上的烟灰缸里已经塞满了烟蒂，看样子他是抽了一晚上烟。

他的面容隐在黑暗里，看得不是很真切，但通身寂寥。

这又是一个失眠的夜晚。

从戒色第一次出现在他的梦里，他就没有睡过一个安稳觉。只要梦到她，他醒来之后便难以入睡。那种空虚、焦虑、无法言喻的痛苦充斥着他的身体，又无法找到宣泄的渠道。她在他的梦里叫嚣，活得那么鲜明。

她撒娇的样子、生气的样子、恶作剧的样子，一幕幕真实得让他心痛。

可他醒来之后，这个世界里却没有她的踪影。

她在他的面前神秘地消失了，除了一张照片，没有任何东西能证明她存在过。

湖面忽然冒出一圈刺目的亮光，紧接着就响起落水的声音。夜深人静，一点儿轻微的响声都能被放大数倍。叶崇行的神色猛然一僵。这个怪异的现象，便是他最后一次见到戒色的场景，十年来，他曾无数次猜测它的来历。

"进一步恶化会怎么样？"

"可能你就会在现实中见到你的戒色，或者乔乔？"

所以他的臆想症恶化了？这个只在梦中出现的场景，开始在现实里作祟。叶崇行的嘴角挑起一抹嘲讽的笑意，他不慌不忙地站起来。

他脚边的短尾猫竖着毛，发出惊恐的叫声，但见主人下楼了，也勇敢地跟上去。

大门一开，正对着的就是那片已经恢复平静的湖面。

叶崇行刚靠近，就见一双湿答答的手从水里伸出来，在昏暗的夜色里，隐约可见其中的一只手上戴着银色的素戒。他冷冷地望着那只手。如果能在现实里拥抱他的戒色，他一点儿也不介意臆想症恶化。

短尾猫受到惊吓，冲着湖面狂叫。

此时一个脑袋从水里冒出来。她的头发又长又乱，一半搭在脸上，一半垂在脑袋的后面，面色惨白，嘴唇发紫，五官模糊，在这样一个无风也无月的夜晚里，她看起来就像恐怖电影里的水鬼一样阴森可怖。

受惊的短尾猫希望得到主人的安慰，可它的主人却一动不动地望着"水鬼"。

没人能形容他的神色。他的神色不仅仅是失而复得的喜悦，似乎隐隐还带着某种痛恨。他伸出手，撩开覆在她的脸上的头发。她的皮肤很冷，没有一点儿人的体温。这种寒意从他的手指传过来，让他的身体打了一个寒战。

这不是臆想症，没有任何幻想能如此真实。

"好久不见，我的戒色。"

他抱住了浑身冰冷的珍宝，缓缓地说道："你跑不掉了。"

我抓住你了，不会再让你跑掉。

我要把你关起来。

从今以后，你的世界里只有我一个人，你的眼睛只能看到我。你跑不掉了，我再也不会被你骗到。

乔与诺已经傻住了。

她到底穿越到了哪里？现在是多少年？为什么眼前的叶崇行看起来怪怪的？还有为什么她的头发变得这么长？难道她在黑洞中沉睡了很多年，现在该不会变成了一脸褶子的老婆婆吧？

不过叶崇行能认得她，大概模样没什么变化。

"你别抱得这么紧，我喘不过气了。"她推了推叶崇行。

"死了我给你陪葬。"

"叶哥哥，你现在的情话升级了呀！"

叶崇行没有说话，沉默地将她从水里抱出来，然后就这么一路公主抱地走回别墅。乔与诺有点儿不安地问："现在是多少年？"

"2023年，距离我们上次见面已经过了十年。"

"十年，怎么会是十年？"乔与诺不解地问，"你最后一次见到我，应该是2018年的6月，我们约好在环海路的指示牌下面见。但我出了一点儿状况，没办法去那里和你们会合……你是不是失忆了？"

"没有。"他学着梦里的语气说道，"乔乔，好久不见。"

乔与诺松了一口气："我还以为你就记得戒色，却把乔乔给忘了。"

"你也会怕被我忘记？"叶崇行用有些奇怪的语气问她，将她放到浴缸里，蹲下身脱掉她湿漉漉的靴子和湿透的大衣，"你现在的模样，和十年前一样。我的大衣、我的靴子和我妈织的围巾都在。"

她觉得眼前的叶崇行有点儿陌生和违和，大概是因为刚从2013年穿越过来，不适应霸道总裁版的男朋友。

"你快出去，我要泡澡啦。"

叶崇行低低地嗯了一声："我去帮你拿睡衣。"

浴室里只剩乔与诺一个人。她脱掉裙子和内衣，打开水龙头放水，将整个人都泡进温暖的水里，僵硬的脑子才恢复了思考能力。

她从2013年的篮球馆跑出来，然后穿越仪里忽然传出秦天的声音。为了不引起别人的注意，她躲到湖边的一个小树林里和他说话。秦天说要接她回去，让她做好准备，但她十分坚定地拒绝了。

"我不走，要留在这里救阳哥。"

秦天："你已经改变了历史。叶奕阳没傻，你自己回来看。"

"我回哪儿去？我要消失了。"

秦天忏悔道："我骗了你，大乔没有流产，她已经把你生出来了。"

她当时很愤怒，将秦天骂得狗血淋头，根本没注意叶崇行是什么时候来的。而此时，秦天居然启动了穿越仪，招呼也不打一声就将她传送走。她用了最糟糕的方式和他道别。他看到那么惊悚的一幕，会不会把她当成外星人？

等等，好像有什么地方不对？

叶崇行说他没有失忆，那么，为什么他们在2018年相遇的时候，对她那么凶？要不是有阳哥，他肯定把她扫地出门。难道是因为那时候她还没去2013年，所以他的记忆处于封印状态？也不知道今晚是怎么回事，她的眼皮一直在跳。

浴室的门被轻轻地敲了两下，随即响起叶崇行的声音，他说："睡衣我帮你放在门口的凳子上。"

"知道啦。"

乔与诺泡完澡，开了一个小缝隙把睡衣拿进来。看到是叶崇行的衬衣，她倒是松了一口气，毕竟要是男朋友的家里有女人的衣物，就该悲剧了。她喜滋滋地换上衬衣，长度刚好盖过臀部，勉强能当睡衣。

她将袖子挽到手肘，开门走出去，看到坐在沙发上的叶崇行，呆了一瞬。

他们上次见面是在2013年。他的眉间还略带几分青涩，依稀能见到属于少年人的意气张扬。不过隔了一杯茶的工夫，她再见到他时，他就已经是成熟稳重的男人，举手投足之间都充满了魅力。

他变了很多，可是依旧让她深深地着迷。

"过来。"叶崇行放下手里的书，抬头望向她，"我想，我们需要谈谈。"

乔与诺走过去，在他的身边坐下，乖巧又温顺的模样。可叶崇行心里的警觉性却一点儿也没降低。他抓起她的手，卸掉了她身上全部的东西，除了那枚素戒，然后不知道从哪里拿出一根防丢绳，将她和自己锁在一起。

乔与诺回过神，喊道："叶崇行，你在做什么？"别以为她不知道这个年代的防丢绳的别称是"遛娃神器"。她又不是熊孩子，他锁她做什么，太可耻了。

"和你谈话。"

"那你也没必要绑着我，难道——是怕我跑了？"她这么一猜，又高兴了，"你很怕我跑了，就那么喜欢我？"

对她而言，他们不过分别了短短的几分钟。可是对叶崇行来说，他们之间已经过去了许多年，她并不确定他的感情。直到此刻，她才隐约看到他的真心：小心、忐忑、不安，他对她同样充满了不确定。

"你稀罕我的喜欢吗？"他冷冷地嘲讽道。

"当然。"

"你以为我会相信你的话？小骗子，你想用甜言蜜语哄我，让我放开你，然后会再一次跑得不见踪影。"叶崇行对她的信任值为负数，无论她说什么好听的话，他都不会打开锁，"死心吧，我把钥匙扔掉了。"

"好吧，你喜欢，那就绑着吧。"谁让她是负心汉呢，骗了他一次，又骗了他一次。

他冷着脸，开始审问："你为什么不见了？"

"你是指哪回？"

"小树林，环海路。"他试探道。

"事情是这样的，我为了从韩少的别墅里跑出来，就用了秦天送我的穿越仪，谁知道这东西的质量不过关，把我送到了2013年。我当时以为自己要消失了，就想躲着你一些，谁知道后来会变成那样……噢，对了，小树林里那次也是秦天搞的乌龙。我没想跑的，是秦天忽然把我传送走。然后我一眨眼就到了这里。"

乔与诺十分不仗义地把锅都甩给秦天，何况整件事情确实和他脱不了干系。

叶崇行紧拧着眉思索。她穿越到2013年，改变了大哥的命运，所以他才会失去那段记忆。而在原本的历史里，变成傻子的大哥在2018年捡到无家可归的乔乔。可大哥没傻，之后的剧情就被全部改写。

他们没有"相遇"，没有"相爱"。

不曾发生过的事情，他又怎么会有记忆？

原来梦里的种种不是他的臆想，而是确有其事。试探到这里，他似乎知道了她许多秘密，可因此引出的谜团也更多了。

"你为什么以为自己会消失？"

"……"

"怎么？你有难言之隐？"

"其实，其实……"眼珠子一转，她马上编好了一个理由，"我是怕自己在黑洞里穿越多了，会像美人鱼一样变成泡沫。"

叶崇行盯着那双坦诚又无辜的眼睛，冷冷地说道："小骗子。"

其实乔与诺是觉得自己说了真话，叶崇行会更生气。反正事情都过去了，大乔也把她生出来了，那她就把这一页掀过去。

"对了，阳哥呢？现在他不和你一起住吗？"乔骗子转移了话题。

"他很好，开了一家餐馆，目前正在追求一个单身妈妈。"叶崇行没有拆穿她拙劣的手段，"不过他不记得你，你需要重新让他认识你。"

"怎么会？"她惊道。

叶崇行微笑起来，这个笑容带着几分恶意："忘了告诉你，没有人记得你的存在，包括我。"

乔与诺以为自己会失眠，然而却在叶崇行的怀里一夜好梦，睡得极沉。她为什么会和叶崇行睡在一张床上？自然是因为现在这个叶崇行不仅疑心病重，似乎还有强迫症，根本不允许她在他的视野范围内消失五分钟以上的时间。

这个五分钟，还是她极力争取来的。她也万万没想到，改变历史的结果会是这样。大家都忘了她，叶崇行也忘了她。而且她不知道这十年里发生了什么事，他竟变成了现在的样子——控制欲和占有欲极强，还动不动就摆出霸道总裁的架子。

比如——

早上吃过饭后，乔与诺很严肃地说："我们需要好好地谈一谈。"

"我不想谈。"

又比如——

乔与诺提出抗议："你不能一直用这根破绳子绑着我。我需要出门，你也需要工作。"

"我没有限制你的人身自由。"

"……"

是没有，但每次出门，他都是用遛孩子的防丢绳和她绑在一起，丢不丢人啊？！她这么一个厚脸皮的人，都不好意思在小区里散步，尤其是碰到跟她使用同款绳子的熊孩子。

再比如——

晚上乔与诺在浴室里泡澡。他五分钟敲一次门，确定她没有又消失。

"你够了呀！"

其实乔与诺一开始很享受男朋友的独占欲，可是强迫症患者真的很可怕，尤其他的强迫症只针对她一个人！偏偏她的信用度已经破产。叶崇行不相信她的保证，认为她的表白也是麻痹他的手段。

他甚至把工作地点移到了家里，就这么天天地看着她。

"你不能这么对我，我是你的未婚妻。"乔与诺抗议道，"你再这样，我会很生气。"

"未婚妻？"这个称呼似乎取悦了boss大人，他露出几分难得的笑意，"不过这样是没有用的，我不会再上当。"

"我不会跑了，发誓。"

"上次你也是这样，答应和我回家，可一转眼就跑了。"叶崇行见她沉着脸，一脸的不高兴，就凑过去亲了她一下，"真生气了？乔乔？小骗子？戒色？你的气性真大，你跑了十年，我才关了你三天。"

乔与诺的表情差点儿绷不住了，她说："你不要用美男计！而且明明只有五年！"

"我失忆了呀。"

"那你记得什么？"

"记得你对我始乱终弃，还有……跑了。"叶崇行慢悠悠地说道，"我一直等，一直等，你就是不回来。"

负心汉乔与诺的气势瞬间就弱了。

叶崇行装完可怜，就开始温情攻略："你想吃什么？我去做饭。油焖茄子、啤酒鸭，再来一个你喜欢的三鲜汤？"

"你不是失忆了吗，怎么还记得我喜欢吃什么？"

"我做梦梦到的。"他反反复复地做了五年的梦，怎么可能不清楚她的口味！

吃过饭，乔与诺开始犯困，没一会儿的工夫就睡着了。叶崇行把手铐解开，轻轻地将她放到床上，然后就抱着一台笔记本电脑坐在床边处理公事。他下午的效率很低，大半的时间用来看未婚妻的睡颜。

窗外春光正好，这个季节与梦里的春天恰恰重合。

他记得他们在梦里，不，应该是在历史未改变之前的那个世界中，也是在这样的时节遇到。她对他充满了敌意，却一口一个叶哥哥，用浮夸的演技拍着马屁。他觉得有趣，便不去拆穿她。

现在她的演技倒是进步了，假话也说得跟真的似的，小情话张口就来。

他不能相信她的话。

这是乔乔惯用的招数，也是戒色惯用的招数。只要他相信了她，对她放松警惕，她便会跑得不见踪影。一个五年，又一个五年，他不想再等了："所以你认命吧小骗子，甜言蜜语对我是不管用的。"

喵——

趴在窗台上晒太阳的短尾猫发出一声哀叹：它的铲屎官没救啦。

乔与诺一觉醒来，身边又多了一个叶崇行。他睡觉的姿势也很霸道，两只手都紧紧地抱着她，将她当抱枕似的往怀里塞。她叹了口气。这个男人到底是多缺乏安全感，睡觉的时候都不肯放松警惕。

乔与诺伸手抚摸他英俊至极的轮廓，心里漾起一圈圈的心疼与怜惜。

"对不起……"

她的几分钟,却是他的整整十年。在这一瞬间,她对秦天充满了感激。如果她真的消失了,叶崇行要怎么办?他是不是就会变成资料里那个沉郁痛苦的男人?只要想到他日复一日,年复一年地等着一个不存在的人,她就忍不住心痛。

叶崇行忽然睁开了眼:"为什么道歉,你又要跑了?"

"没有。"乔与诺有些尴尬地收回手,"你什么时候醒的?"

叶崇行没有回答这个问题,从床上起来,打开抽屉,拿出烟盒和打火机,然后光着脚走到窗边抽烟。乔与诺已经发现了,叶崇行现在的烟瘾很大,基本上是一天一包烟。她犹豫了一下,走过去。

"戒烟吧。"她从身后抱住他,"抽烟有害身体健康。"

叶崇行灭了烟:"好。"

"叶崇行。"

"嗯?"

"你是不是一点儿都不信我了?你觉得我对你说的每一个字都是谎言,只要离开你的视线范围,我就会跑得无影无踪?"

他握着她的手,用自己都不能说服自己的语气说道:"没有。"

"撒谎。"

"跟你学的。"

"要是世上有匹诺曹之咒就好了,这样我就能证明自己的真心了。"乔与诺毫不矜持地表白道,"叶崇行,我爱你。还有对不起,我说对不起不是因为我要走,而是因为让你等了这么多年。"

"以后我不会再隐瞒你任何事情。

"叶崇行,你最后再信我一次吧。

"我哪里都不去了,除了你的身边,哪里都不去。"

叶崇行背对她,所以她看不清他的神色。她有些不安,生怕这是拒绝的意思,于是使出了撒手锏:"叶崇行,我们结婚吧。"

她能明显地感到他的身体僵硬了一下。

他问:"你在向我求婚?"

"嗯,我们现在就去领证。"乔与诺开始许诺,"结了婚,我们再生两个孩子,大的叫叶时光,小的叫叶时辰。等他们大了,你就可以把公司丢给他们,然后我们一起环游世界去。所以……叶哥哥,你愿意娶我吗?"

叶崇行沉默了很久,低低地嗯了一声。

乔与诺以为自己终于让叶崇行放下了心结,抱着他嘿嘿地傻笑。然而映在窗上的人影,他的神色没有丝毫的喜悦和兴奋。

他们既然要结婚,当然需要用到身份证、户口本这些东西。

可乔与诺是黑户!

叶乔乔的那个身份证也因为她改变了历史,被蝴蝶的小翅膀扇没了。在新的身份证办下来之前,这个婚还是没法结。乔与诺有些失望。叶崇行却一点儿反应也没有,就好像早就预料到了这个情况。

乔与诺兴奋过头的大脑终于冷却了。她说:"你压根儿就没把我的求婚当真。"

"怎么会?"

"算了,反正总有一天你会相信我的真心。"她一点儿也不气馁,冲他笑眯眯地比心,"叶哥哥,么么哒。"

"乔乔,你想不想出门?"

乔与诺十分有眼色,虽然想去找秦天,但显然这是一道陷阱题:"你想出门,我就想出门。你想待在家里,那我也只想在家陪你。"

"言不由衷的小骗子。"叶崇行笑骂一声,"走吧。"

"去哪儿?"

"你不是想见秦天吗?我送你去见他。"叶崇行拿起桌上的车钥匙,一手拉着她,"这就当是你表现良好的奖励。"

乔与诺笑逐颜开:"叶哥哥,你真是个大度的男人!"

果然不管她家的 boss 大人怎么黑化,还是最吃甜言蜜语这一套,看来以后她每天都要对他表白一万遍!

秦天已经不在省立医院工作,现在就职于某黑洞研究所,干回了老本行。

五年前乔与诺从韩季北的别墅里消失,他就猜到她可能穿越了,但不确定她是穿越到了古代还是近代。不得已,他只能留在 2018 年,保护着大乔,同时想办法把乔乔找回来。正因如此,他才重操旧业。

"秦教授,外面有人找你!"助理小朱进来传话,他的手里还拎着下午茶,笑着招呼道,"今天我们教授请客,大家歇歇吧。"

秦天露出一个笑脸,应该是乔乔来了。

他搭乘专用的电梯到一楼,疾步走进会客室。除了乔乔,里面还有一个人。多年没见,叶崇行的气势更盛,举手投足间多了几分成熟男性的魅力。但他怎么和乔乔在一起?难道乔乔回到过去,又去招惹少年叶崇行,所以这是被抓包了?

不得不说,他猜出真相了!

"秦天,我要杀了你!"乔与诺一看到他就扑上去。

他举起双手:"求放过!"

"放过你妹呀,你把我骗得好惨!你的演技这么好,为什么要浪费你的才华,不进军娱乐圈?!"乔与诺满腹怨念,"大乔那事可以先不提，我在2013年待得好好的，你为什么要把我传送走？你知道为这事，我家的叶哥哥多伤心吗？你知道他都成了'望妻石'吗？你是不是怕我跑去找大乔？"

她要是知道自己不会死，肯定会跑去找大乔，直接扼杀大乔和"渣爹"认识的机会。

2013年，距离她出生足足还有五年多的时间！

"庭上，我需要一个自辩的机会。"秦天一本正经地胡说道，"其实我把你传送到这里来，是因为……是因为担心你穿越到了原始社会或者战乱年代，你一个技术宅妥妥活不过三天，谁知道你是跑到了2013年谈恋爱。"

"听起来似乎很有道理。"乔与诺思考一番，"不对，你又骗我！"

"好啦好啦，你别闹了，你家的叶哥哥可还看着。"秦天走过去，对叶崇行伸出手，"我是秦天，不过你应该不记得我。"

叶崇行和他握了一下手："叶崇行。"

他的眼前忽然闪过一个画面——雪白的病房，温暖的春光，他坐在床边，而乔乔穿着病服靠在床头。他问了一句什么话，她有些敷衍地说道："失散多年的哥哥、久别重逢的男朋友、青梅竹马的邻居，你喜欢哪个设定就选哪个吧。"

"接下来的话题，你是单独和我聊，还是你们一起？"秦天问道。

叶崇行站起来："我去外面等你。"

"不用，我们之间不需要秘密。"说完，乔与诺拉住他的手，然后对秦天说道："你说吧，不用顾忌叶崇行，这些事，他迟早要知道。"

叶崇行闻言，盯着她看了许久，仿佛是在确认话里的真实性。

乔与诺坦然地回望他，看着看着，莫名地蹦出一句："我忽然发现你的睫毛好长，都说女孩的长相像爸爸多一点儿，时辰以后一定有双漂亮的眼睛。"

"时辰是谁？"秦天一头雾水。

叶崇行说道："时辰是我和乔乔的女儿。"

"我的儿子叫时光。"乔与诺补充道，"我希望时光是哥哥，时辰是妹妹。"

秦天的心里百感交集。看着喜欢的人和她喜欢的人在自己的面前秀恩爱，他说不出心里到底是什么滋味。他喜欢了乔乔许多年，但从未想过要她回应他的感情。他习惯用"朋友"的身份陪在乔乔的身边，听她吐槽，分享她的秘密。如果有一天她结婚了，他应该以娘家人的身份出席，将她交给另一个男人。

"你们真是够了！"他佯怒，直接进入正题，"我就从乔乔消失之后说起，当时我们去找韩少要人，但他却说乔乔已经跑了……"

后来他们找了许多天，乔乔仍旧音信全无。所以他们就怀疑是韩季北将乔乔藏起来了，他还故意上演了一出贼喊捉贼的戏码。韩季北为了证明清白，只能拿出乔乔留下的字条，这下发疯的人就换成了叶崇行。

韩季北说，乔乔从未来穿越过来的目的是阻止自己出生，这个字条就是遗言。他一开始不拿出来是怕刺激到大乔，可事情闹成这样，不想让大乔误会他是一个心狠手辣、对自己的亲闺女都能下杀手的禽兽。

叶崇行一开始并不相信这件事。

但秦天存了私心，拦住了想对叶崇行说出真相的大乔。

理由是现成的，比如乔乔现在还没出生，可是叶崇行已经二十五岁了，最好让他以为乔乔死了，让他移情别恋。再比如，叶崇行想和乔乔在一起，至少要等二十一年，这对他来说十分残酷和不现实，所以还是让他们相忘于江湖。

自从大乔知道乔乔是自己的闺女，看叶崇行这个女婿也略有敌意。

所以他们一拍即合，把乔乔没死这件事瞒得密不透风。

叶崇行和韩季北都以为乔乔成功阻止了自己出生，所以她才会消失得无影无踪。再之后叶崇行就跟变了一个人似的，颓废阴郁，日日借酒消愁。而韩季北依旧忙着和韩家人争权夺势。至于大乔，则悄无声息地出国待产。

大乔是一个优柔寡断的人，但一旦下定决心，就没人能改变她的心意。

韩季北绑架乔乔，以及和许文的婚约，这些让她对这个男人不再抱有任何幻想。为了和韩季北断得一干二净，她甚至杜撰了一个情人，时不时地在朋友圈秀个恩爱，为乔乔的出生做铺垫。她怕韩季北抢走乔乔，也怕他会伤害乔乔，所以乔乔绝对不能是他的女儿。这一点，她和秦天的想法一致。

为了隐瞒乔乔的存在，他们改了她的出生日期。

然后就是八点档的剧情：韩季北以为大乔移情别恋，以为她和别的男人生了一个孩子，而且她为了气他故意取"乔与诺"这个名字。随即他们展开了长达四年的虐恋情深，中间还夹着一个恶毒的未婚妻，那叫一个鸡飞狗跳。

为了保护大乔和刚出生的乔乔，秦天在那段时间也是忙得焦头烂额，好不容易将这一堆烂摊子处理好，结果却发现大乔失忆了。她根本不记得二十一岁的乔乔，也不记得乔乔从未来穿越过来保护她。

不仅是大乔，所有认识乔乔的人都忘了她。

后来偶然见到变成饭馆小老板的叶奕阳，他才推出了真相：乔乔回到了叶奕阳未出事的时间点，改变了历史。

小蝴蝶的翅膀一扇，大家就都忘了乔乔，包括叶崇行。

"五年前，你找过我。"秦天对叶崇行说道，"当时你猜出我的来历，知道我不会失忆,所以托我保管一个东西,让我在你失忆后交还给你。"

"是和乔乔有关的东西?我希望在失忆后还能记得她,所以找你帮忙?"叶崇行皱眉道,"但这五年里,你从未找过我。"

"其实我一直不看好你和乔乔的感情,你们的年龄差太多,乔乔今年才五岁,而你已经三十了,所以当时觉得你忘了也好。"秦天对上乔与诺喷火的眼睛,立马说道,"我也保护了大乔五年,没有功劳也有苦劳吧。"

"我们的年龄哪里不适合了?我又不打算回未来。"乔与诺趁机表白,"我可不舍得让我家的叶哥哥等我十六年。你以为人人都是小龙女,舍得让杨过等那么多年。我打算留在这里结婚生子,你要回未来就自己回。"

她的这番话明显取悦了叶崇行,他眼里的杀气渐渐退去。

"东西呢?"叶崇行问道。

"我烧了……"秦天有点儿心虚地摸摸鼻子,"是个日记本。"

乔与诺闻言就冲上去和他拼命,手脚并用,还专往他的脸上打:"秦小天我要杀了你!你棒打鸳鸯啊!你当王母还当上瘾了!"

秦天觉得自己有点儿命苦,居然栽在乔乔这样的笨蛋身上。

"好了,你还想不想要大乔的情报?"

"我暂时先放过你!"

乔与诺坐回叶崇行的身边,拉着他的手,乖巧又听话的样子,看得秦天一阵无语,还真是一物降一物。他现在对叶崇行也改观了。他在毫无希望的情况下等了乔乔十年,从未招惹过其他女人,这换成任何一个男人都做不到。

"第一,大乔不记得你;第二,有两拨人在找大乔和小乔乔,分别是韩季北和他那个心狠手辣的未婚妻;第三,"秦天停顿了一下,"大乔现在就藏在南市,但你最好不要去见她。如果你想留在这里生活,那么,一定要记住我下面说的话。"

这番话他其实是说给叶崇行听的,他显然也知道。

"如果乔乔见到小乔乔,那么,不属于这个时代的乔乔会消失。嗯,其实这个说法并不正确,应该说,会产生类似重生的后果。乔乔不会死,但会变成货真价实的小乔乔。这不是推断,而是在某个倒霉鬼的身上验证了。"

秦天说得这么严肃,乔与诺居然还有心思开玩笑:"我真变成那样,叶哥哥你就收养我吧。"

"好。"

叶崇行的心里却是已经将乔瑾和小乔乔列入高危名单。他没有恋童的癖好,也不想玩萝莉养成游戏。他迫不及待地想和乔乔结婚,把时光和时辰制造出来。

第十二章

重生和被重生的区别

距离乔瑾车祸身亡还有一个多月的时间。

乔与诺和叶崇行商量了好几套救人的方案,而且脑洞大开,做了一个假设:跟着妈妈长大的小乔乔在二十一岁的某天遇到了另一个自己,然后记忆被同化,得到重生。年轻了十几岁的自己回到家里,时光和时辰都认不出她。而不惑之年的叶崇行开始纠结他们的年龄差,然后每天都跑健身馆之类的。

"我忽然好期待十六年之后和自己见面。"乔与诺一个人傻乐,嘚瑟道,"叶哥哥,十六年之后,我还是二十一岁哦。"

叶崇行坐在灯下批改文件,面无表情地嗯了一声。

乔与诺以为这件事已经过去了，然而，几天之后，发现家里的健身房焕然一新，健身房里多了许多器材。叶崇行的作息愈发规律，饮食愈发健康，并且每天都拉着她一起晨练，她被"折磨"了两天，举白旗投降。

"我的黑眼圈都长出来了！"乔与诺奄奄一息地躺在地上求饶，"求放过。"

"你应该改改夜猫子的习惯，通宵有害身体健康。"

她抗议道："十二点半睡觉哪里算通宵？而且我又不需要保养，反正十六年之后，还是会像现在这样年轻。"

自从他们把话说开之后，叶崇行的强迫症似乎有了一点儿改善，她自由活动的时间从五分钟变成一个小时。所以他完全可以一个人去晨跑做运动，为什么非要拖她下水？唉，boss 大人的心思真难猜。

叶崇行把她从地上抱起来，放到沙发上："看不到你，我不安心。"

"犯规呀，我都说了不许使美男计！"

他亲了她一下，蹲下来给她穿袜子，一本正经地说道："十六年之后，我年老色衰，想用美男计都用不上。"

"放心吧，十六年之后的你依旧是全民男神，一群女人喊着要给你生孩子，人送外号'行走的荷尔蒙'，帅到掉渣！"要不是智脑坏了，她已经想给他看证据，"在未来可是有很多女人嫉妒我，说我拯救了银河系之类的。哈哈，想想这感觉真爽！对了，我把智脑修好，给你看我们同居的录像。我录了很多录像。"

"好。"叶崇行看着她傻笑的样子，也忍不住笑了，"下午你跟我一起去公司。"

乔与诺无奈地说道："我又不会跑，你怎么走哪里都带着我？"

"看到你，我才有心思工作。"

"你最近都看了什么书，怎么这么会说甜言蜜语？"

"这是真心话。"

乔与诺难挡男朋友的情话攻势，捂着脸哀叹一声："我觉得我以后一定会被你吃得死死的，永世不得翻身。"

叶崇行心想，被吃定的那个人是他才对。

虽然叶氏科技被小蝴蝶的翅膀扇没了，但是时光科技的程序开发部还是五年前的那伙人。乔与诺本来想回这边为公司做贡献，却被假公济私的 boss 大人冠上一个私人助理的头衔，被迫留在总裁办公室里。

于是几天之后——

时光科技上上下下，包括保洁阿姨在内，都知道 boss 大人的"白月光"回来了！这个消息击碎了无数女人的芳心，因此公司内部脱单的男人数量是上个月的十倍。女神失恋，要是谁还不懂得趁虚而入，那只能活该单身一辈子！

"白月光"的传闻很多，但有幸见到她真容的人却寥寥无几。

因为总裁大人的占有欲有点儿恐怖，简直恨不得二十四小时都把人抓在手心里，就算"白月光"出去逛街，也要一个小时打一个电话查岗。据说"白月光"的身边还潜伏了保镖，他们觉得这个消息十有八九是真的。

还有总裁大人翘班的那几天，据说是"白月光"生病了，他在家照顾她。

这些不知真假的小道消息里头，倒有一条是千真万确的，就是总裁大人和"白月光"快结婚了！前几天还有人看到他们在选婚纱，据说婚礼的场地是定在国外的一个古堡里。"白月光"上辈子一定拯救了银河系！

总裁办公室。

叶崇行看了眼墙上的壁钟，时间又过去了三十八分钟，乔乔还是没回来。

他有些烦躁地拧紧眉，拿出了烟盒，打开又合上，反复几次后，直接将烟盒扔进垃圾桶。他打开手机的定位软件，面无表情地盯着代表乔乔的小红点。他的忍耐似乎到了极点。他再也坐不住了，拿起外套就往外走。

"叶总，你三点还有一个会议。"助理提醒道。

"取消。"

"可是……"

叶崇行按下电梯的开关，冷冷地说道："没有可是，就这样。"

南市的交通十年如一日地拥堵，哪怕开通了地铁线也没有太大改善。叶崇行被堵在去省立医院的路上，情绪愈发暴躁。他已经后悔了，中午就不该让乔乔一个人出去。她万一又跑了呢？他上哪儿去找她？

"叶崇行，你应该对我多点儿信任。

"我们以后要一起生活几十年，你要这样时时刻刻地盯着我吗？你不累，我会累。我已经把全部秘密告诉你，你是不是也应该尝试着重新和我建立起信任？

"我就去看看韩季北，不干别的，保证两个小时内回来。"

而现在差十三分钟就两个小时了，她还在省立医院。她是不打算回来了？她又骗了他？他就不该相信她，一个字都不能信。

手机响了，是乔乔的号码，他面无表情地接通："你在哪里？"

"我还在省立医院。"

乔乔的声音有点儿虚。她心虚什么？她要做什么？叶崇行握着方向盘的手微微收紧，青筋尽显，他说："两个小时快到了。"

"我知道……出了一点儿小状况，所以要晚点儿回去。"

"多晚？"

乔与诺没有注意到他的语气,小心翼翼地报备道:"再一个小时就够了。叶崇行,你不要生气呀,晚上我洗碗。"

"好,我等你。"

叶崇行挂断电话,努力地让心底正在咆哮的野兽安静下来。

乔乔不喜欢他的控制欲,总是让他改。他不想让她不高兴。他应该再等等,如果她又要跑,就有理由把她关起来。

省立医院,特殊病房。

乔与诺挂断电话的时候,韩季北刚好醒过来。他上个月去缅甸谈生意,不小心感染了一种很棘手的病毒。几个医院的专家都束手无策,多次下达病危通知。但这种病毒在未来已经被攻克了,只要秦天出手就能治。

秦天对韩季北挺有意见的,压根儿不想管。但乔与诺看到新闻后,找了他帮忙。

不得已,他只能悄悄地配了药,分三次给韩季北注射。结果这"老流氓"明明已经脱离危险期,还装出一副马上要断气的样子,趁机和许文解除了婚约,并躲在背后算计韩家人,打破了三足鼎立的局面,暗中得利。

不仅如此,他还对乔瑾使用苦肉计,把人骗得团团转。

说也怪,乔瑾虽然忘了韩季北绑架乔乔这件事,但潜意识里却防着他,生怕他会伤害小乔乔。所以哪怕韩季北"奄奄一息"地躺在床上,求她说句真话,她还是咬死不承认小乔乔是他的女儿,这搞得韩季北郁闷不已。

这两个人纠缠了五年,你追我躲,我躲你追,几乎每隔一段时间就要上演一出八点档。秦天看了五年是腻歪了,昨天就在电话里说:"只要韩季北解除了和许文的婚约,再搞定韩家人,大乔想和他复合就复合,你瞎操什么心?"

"你是站哪边的呀?"

"我不过就事论事而已,主要是大乔喜欢,你是不知道他们这五年里有多闹腾。一会儿是大乔为韩季北中弹,一会儿是韩季北为大乔出车祸,隔几天他们又为小乔乔的身世吵得不可开交,再过几天就换成许文来闹场……"

乔与诺无语。她怎么不记得小时候还发生过这些事?

难道这也是蝴蝶效应?

"对了,四年前你爹还装过残废,把大乔从国外骗回来,结果没藏好人,她被他的二叔绑了。后来你爹包养了一个明星,就是那个戚夏。两个人整天出双入对,三天两头上娱乐版的头条,看情形像是给大乔打掩护。"秦天十分客观地说道,"我的建议是,你别插手他们俩的破事了。咱们先把人救下,之后大乔怎么选,那是她的事。"

乔与诺听是听了,但也就只是听听而已。

她刚回来,显然对这两个人的套路还不习惯,气得直接跑到省立医院了。

不过她来得不巧。韩季北昨晚上忙着算计人,一宿没睡,到了中午才"奄奄一息"地躺下休息。医护人员不知他的真实病情,不敢让她吵醒"病危"的韩少。

要不是托了秦天的关系,她这会儿连病房都进不来。

乔与诺等了一个多小时,见人还没睡醒,便给叶崇行打电话报备。

刚挂电话,"渣爹"就醒了。

今天是南风天,午后不免有些闷热。病房里没有开空调,只开了半扇窗。风偶尔吹进来,潮湿而温热,带着海水的气息。地上和墙壁都覆着一层水珠，哪怕外头艳阳高照，也丝毫不顶事。

这样的天气让乔与诺有些烦躁，尤其是听到韩季北喊了一声乔乔之后。

"你记得我？"她惊道。

千算万算，她没料到韩季北居然没失忆！那他看到她活生生地站在他的面前，岂不是已经猜出大乔生的那个孩子就是她？秦天跟他周旋了五年居然没发现这一点，"渣爹"还真是一如既往地狡猾。

失策！太失策了！

韩季北茫然的眼神渐渐清明，沙哑的声音里带着几分难以掩饰的激动，他说："我的女儿，我怎么会忘记。"

乔与诺一本正经地胡诌道："我是乔小姐的克隆人，可不是你的女儿。"

韩季北哈哈大笑了两声，他的身体还有些虚弱，脸色并不是很好看，起身的动作都有些吃力。乔与诺皱着眉，忍不住扶了他一把，帮他调高靠背的高度。

他含笑看着她，眉间的戾气散了几分："'小浑蛋'，他们都忘了你。"

她回了一句"老流氓"，怼道："过了这么多年，你还是这么不讨人喜欢。"

"你让爸爸内疚了五年，这笔账我们要怎么算？"

"听说你这五年跟韩家的那群人斗得很开心，而且不仅包养小明星，还和许家的千金出双入对，我真看不出你哪里内疚了。"乔与诺冷冷地嘲讽道。

他申明："我已经和许文解除婚约了，戚夏也只是烟幕弹。"

"用完就扔，人渣！禽兽！"乔与诺更生气了，"你觉得许家没用了，就一脚踢开，能讲点儿江湖道义吗？"

"'小浑蛋',你的老子我才是受害人。"韩季北怒道,"许家早和你的三叔搞一起去了,许文也不是什么好货色。要不是为了麻痹许家,我能留她到现在?对了,你又干了什么,怎么连小瑾和你的心上人都把你忘了?"

当初发现周围的人忘了乔乔,他以为她真消失了。

要说不伤心不难过那是不可能的,毕竟乔乔是自己的亲闺女。但他伤心难过完,当然是继续和韩家人争权。而且因为乔乔说的那些似是而非的话,他生怕自己连累到小瑾,所以才走了一步臭棋,用戚夏来转移视线。

一开始这个办法是奏效了,他的几个叔伯兄弟全冲着戚夏去,绑架、车祸轮番上阵。但后来许文不知道怎么就发现了小瑾的存在,还派人追杀她。

"你用戚夏当掩护,你的脑子没坏掉吧?"乔与诺一向觉得自己的脾气好,可每次一和"渣爹"说话,就忍不住火大,"你当韩家的那伙人智商都不在线,还是觉得许文在你的身边待了五年都发现不了大乔?噢,据说现在你的那个未婚妻正在满世界地追杀大乔,这就是你保护人的手段策略?"

"她已经不是我的未婚妻了。"他郑重地申明。

"所以?"

"所以你得帮爸爸保护妈妈呀。"

乔与诺用不信任的小眼神瞅他:"你想我怎么帮你?"

"你先把未来的发展说说,最后韩家的胜利者是谁?还有你为什么要回来阻止自己出生,你和小瑾出了什么事?"韩季北见到亲闺女,脑袋里蹦出了好几个计划,但"小浑蛋"的戒心太重,得徐徐图之,让她心甘情愿地帮他。

乔与诺随口胡诌了一个韩家人的名字:"因为我不想让你做我的爸爸,所以不想出生。"

"'小浑蛋',你该不会在诓你的老子吧,我怎么没看出韩四那墙头草有什么本事?"韩季北同样用不信任的眼神盯着自己的亲闺女,"爸爸已经对你敞开心窝子说实话了,你对爸爸就不能真诚点儿吗?难道我还能害了你和小瑾不成?"

乔与诺心想:谁知道你对大乔到底有几分真心?

而且他的嫌疑也没完全洗清!

根据她收集的消息,许文对"渣爹"是真爱,所以才会疯狗似的追杀大乔。假设"渣爹"和许家只是表面上决裂,其实这也是他的策略,那么,大乔的存在就显得很多余。为了讨好许家的公主,他会不会对大乔痛下杀手?江山和美人二选一的设定,多好选,世上的美人千千万,有了江山何愁没有美人相伴。

她不是不信他的话,只是不敢全部相信。

未来的韩季北在大乔死后依旧游戏人间。他身边的女人来来去去,环肥燕瘦,个个儿是绝色美人。记得有一年,她过生日,秦天带她去高级会所见世面,结果她不小心在厕所的门口看到升级为韩爷的"渣爹"和戚夏激吻。当时戚夏刚拿了最佳女主角,风头正盛,她一眼就认出了这位新晋影后。回去后她还和秦天八卦,戚影后和韩爷到底是真爱还是包养关系。能包养十几年,这应该是真爱吧!他还说是什么烟幕弹!

所以,这样一个风流滥情的人,他的真心能值几分钱?

"其实给你提供未来的情报也不是不可以……"乔与诺忽然就松了口风,一种万事好商量的语气,"不过我有条件。"

"什么条件?你说吧。"

"在你解决韩家的烂摊子以及那堆风流债之前,不要骚扰大乔。"

大乔喜不喜欢他，要不要和他复合，这些并不重要。

她要用自己的方式保护妈妈，让妈妈避开死局。而韩季北现在就是一颗不定时炸弹。大乔这个时候和他纠缠，简直就是加快出事的速度。

"我要是不答应，你就真的不帮爸爸了？"

"不好意思呀韩少，亲情牌这招对我不管用。我以为你在五年前就知道这一点了。"乔与诺用十分欠揍的语气说道，"虽然我不想承认你是我爸，但是不得不说，血缘的力量还是很奇妙的，韩家人就喜欢窝里斗。"

"不孝女。"韩季北笑骂一声。

乔与诺满不在乎地说道："上梁不正下梁歪，这能怪得了谁？你应该感谢妈妈给我生了一颗正直的心，不然我一早和你同归于尽。你要是不接受我的建议，那我只能使用非常规手段来阻止你们见面。"

"什么非常规手段？"他问了一句。

乔与诺没回答，这时候有人推开了虚掩的门，她闻声看去，竟是乔瑾。时光岁月在乔瑾的身上没留下任何痕迹，她看着还和五年前一样年轻漂亮。古人常说"以月为神，以玉为骨"的风姿大概就是她这样，一眼便能让人记住。

乔与诺见到妈妈，却傻眼了。

她想起了秦天的警告。

此时，午后的马路。

街道两边的银杏树，懒洋洋地摇着枝丫，挡住似火骄阳。光点斑驳的树下，停着一辆黑色的私家车。车子的款式和牌子都很低调，车身透着股冷冰冰的傲慢，和车内的男人简直如出一辙地神似。

叶崇行正在打电话，拧着眉，神色里带着明显的不耐烦。

"叶先生，你现在不应该进去找她，而是留在外面等她出来，假装是来接她的。"薄医生的声音不急不躁，"要知道，信任是维系一段感情的重要因素。你可以试着和她谈谈，把自己的担忧告诉她。"

叶崇行冷冷地说道："我不是找你咨询心理问题。"

"好吧，我想想。"薄医生有点儿无奈，"市内比较适合情侣度假的地方就是崇阳山了。山上种了桃树，而且可以泡温泉。据说很多人就是在那里求婚成功的。当然，作为一个单身的女性，我没去过，所以纯属道听途说。"

"好的，谢谢你的建议。"

"先别挂！叶先生，你必须过来复诊，如果你的臆想症变成了强迫症，那会是一件很糟糕的事情。"薄医生本着医德提醒道。

叶崇行敷衍地说道："我会考虑的，那么，再见。"

挂断电话后，叶崇行打开网站搜索崇阳山，网上的评价倒是不错。山明水秀，有桃林有温泉，崇阳山确实很适合情侣度假。

住在他心里的野兽苏醒了，在不断地蛊惑他，让他将乔乔藏起来。他的理智一直在线。所以他不可能真这么做，那就只能找个度假的地方。只有他们两个人。乔乔哪里也不能去，只能看着他，和他待在一起。

病房内。

乔与诺慌慌张张地朝乔瑾的身后望去，没看到小乔乔，这才大大地松了一口气。幸好大乔没把小乔乔也带到医院，不然她就真的悲剧了。

叶崇行也要悲剧了。

乔瑾提着保温桶走进来，看到病房里有陌生人，显得有些拘谨："你好。"

乔与诺有点儿小失落，妈妈真的忘记她了。

"小瑾，我帮你介绍一下，她是……"

韩季北的话没说完就被乔与诺打断："我是他的女儿，生物学意义上的父女关系。"

乔瑾："……"

韩季北："……"好像没办法反驳。

乔与诺笑眯眯地说道："你是爸爸的新女友吗？你长得真漂亮，跟我的妈妈一样好看。我爸就是个禽兽，你配他可惜了。"

"乔乔，别闹！"韩季北喝道。

"爸爸，你真凶。"乔与诺坐到床边，抱着他的胳膊，态度十分亲昵。

乔瑾呆怔在原地，那双如春水般濯濯清透的眼睛里浮起了浓浓的惊愕。韩季北默认的态度让她的脸色一下子变得难看，那握着保温桶的手指微微地捏紧，可脊背却挺得直直的，她像随时准备出征的战士。

她冷静地问道："她——是你的女儿？你已经有了这么大的女儿？"

"没办法，爸爸天生滥情，祸害了妈妈，就有了我。所以姐姐你一定要小心，别被我的爸爸骗了。而且后妈不好当，做啥都是错，人言可畏呀。而且我的嫉妒心又重，你要是给我生了弟弟妹妹，我可能会欺负……呜呜呜……"

韩季北被乔与诺的这一招弄得措手不及，只能先捂住她的嘴。

"小瑾，你别听她胡说八道！"

"就冲你们的长相，说不是父女谁信哪！"乔瑾把泪意逼回去，本想将保温桶砸到他的脑门上，但见他一脸苍白，还是没忍心下手，"我就不该相信你的鬼话！左一个未婚妻，右一个明星，你有那么多女人，为什么还要招惹我？！"

韩季北急道："小瑾你听我解释呀，这个'小浑蛋'其实是我们的女儿。"

"你这是打算让我当后妈？"乔瑾冷冷地盯着他，"韩季北，我们彻底完了。"

"小瑾！小瑾你别走，听我解释呀！"

韩季北起身去追，但还在虚弱期的身体不太协调，一下子从床上栽下去，脑门狠狠地撞到桌角。他急忙爬起来，三步并作两步追出去，但乔瑾早跑得没影了。走廊上空荡荡的，孤零零地躺着一个保温桶。

他走过去，把保温桶捡起来，抱在怀里，一脸失落。

没心没肺的"小浑蛋"走出来，拍拍他的肩膀说道："你别看了，妈妈已经走了。"

"小瑾又该难过了。"韩季北居然没骂她，他抹了一把脸，沉重道，"我知道你怎么想我的。可但凡有一点儿办法，我也不会这样对小瑾。就算我不要韩家，韩家的人也不会放过我。我只有站在最高点才能护住小瑾。"

"噢，你要我说爸爸加油吗？"乔与诺问道。

韩季北："……"

"如果我是你，这五年就不会和大乔纠缠，而是远远地看着她，不让任何人发现她是我的软肋，而且绝不会招惹那么多女人，哪怕是打着掩护心上人的借口。这梗太烂了，电视剧都不爱这样演。"

乔与诺咬着棒棒糖，声音有些含糊："然后等我摆平了麻烦，再以江山为聘，让她欢欢喜喜地嫁给我。其实说到底，你还是自私，怕大乔在这五年里爱上别人，所以非要抓着她不放，也不知道大乔看上了你什么。"

韩季北被她训得哑口无言，良久，闷闷地笑了两声。

"'小浑蛋'，你就不能委婉点儿吗？"

"这已经是委婉的说法，你想听听不委婉的吗？"

韩季北无奈地说道："还是算了，你的老子还病着，可承受不了你一波又一波的打击。"

"老男人的抗压性，啧啧。"

训完"渣爹"，乔与诺看时间差不多了，就赶紧走了。她回来后就成了叶崇行的"挂件"，今天与他分开这么久，都有些不习惯。还有半个小时，去徐记买点儿下午茶，他就喜欢那家的咖啡和菠萝包。

然而乔与诺一走到医院的门口，就看到了叶崇行。

他实在太抢眼了，立在车边，就是一道赏心悦目的风景线。黑西装、黑裤子，在这样闷热的午后，他却把衬衣的扣子都扣上了，透着一股子冷冰冰的禁欲气息。乔与诺虽叫戒色，但一遇到叶崇行，那定力就化成浮云。

乔与诺走过去，摸了一把他的脸，调戏道："美人，约吗？"

叶崇行抓住她的手，亲了一口："约。"

旁边有一个见到全过程的妹子，目瞪口呆，敢情可以这样泡汉子呀？早知道她刚才也上去搭讪了，痛心！

上车后，消极怠工的 boss 大人偷偷摸摸地给助理发了一个短信，让助理把今天的行程全部取消。他的计划是这样的：带未婚妻去崇阳山泡温泉，晚上看星星，早上看日出。而且这个季节，满山的桃花都开了，景色宜人，正适合谈情说爱。

然而乔与诺一听他有空，就催他开车去叶奕阳的饭馆。

"我已经多少年没看到阳哥了，可想他烧的菜。"

叶崇行想起梦里的一些事——乔乔整天和大哥腻歪，出个门都要一天打三次电话。她穿越到2013年也是惦记着大哥，完全没将他放在心上，见到他，跑得比兔子还快。噢，对了，她还拒绝了他的表白。

翻起旧账，叶崇行顿时就吃醋了。

而身边的姑娘对此一无所知，还在絮絮叨叨地怀念她的阳哥。

车内的气压越来越低，乔与诺终于换了一个话题："对啦，你下午不是要开会吗，怎么有空来接我？"

来盯梢的某人面不改色地说道："这边不好打车，而且我下午很闲。"

乔与诺凑过去，亲了他一下："这是奖励。"

叶崇行嘴唇的弧度微微上扬一点点。他藏在心底的那只野兽叫嚣了一下午，也终于在这一刻变得温驯，满足地露出柔软的肚皮。好吧，看在她表现得还算不错的分儿上，他可以不把她关起来，但她以后不能跑出去这么久。

叶奕阳的饭馆在西大街，离省立医院有一段距离。他们到的时候，刚好赶上饭点，里面的客人有些多，几乎座无虚席。一个服务员认出了叶崇行，立马热情地迎上去，将他们领到预留的包厢里。

过了一会儿，叶奕阳就来了。

已过而立之年的叶奕阳多了几分成熟，眼角有细微的笑纹，穿着白色的厨师服，袖子卷了起来，露出的手臂隆起几块肌肉，窄腰长腿，身材挺拔。就算穿成这样，也丝毫无损他清风朗月般的气质。

乔与诺看着与正常人无异的叶奕阳，忍不住激动地喊了一声："阳哥！"

"小姑娘长得好面善。"叶奕阳惊道。

叶崇行黑着脸，冷冷地朝大哥放眼刀子。叶奕阳的神经有些大条，居然完全没察觉到醋包弟弟的低气压，一脸欣慰地说道："寒寒，你终于开窍了，这真是值得纪念的一天。你们想吃什么，大哥亲自下厨。"

"阳哥，我是乔乔！"乔与诺一脸期待地看着他，希望亲亲阳哥可以想起自己。真是气人，为什么只有"渣爹"没失忆？

"你也叫乔乔？"叶奕阳一拍脑门，恍然说道，"难怪我觉得你面善，你和小瑾的女儿长得很像，仔细看，你们简直就是一个模子印出来的。巧的是，她也叫乔乔。难道叫乔乔的姑娘，都该生成这个模样？"

乔与诺傻眼了，这信息量略微有点儿大呀！

叶崇行紧拧着眉问："你正在追的人叫乔瑾。她的女儿叫乔与诺，小名乔乔，今年快五岁了，是不是？"

"你怎么知道得这么清楚，难道是我告诉你的？"叶奕阳笑了一下，露出雪白的牙齿，"对了，刚好小瑾和她的闺女在隔壁包厢里吃饭，我介绍你们认识。小乔乔长得很可爱，估计以后你们的孩子就长那样。"

叶奕阳说完就走，看样子是去喊人了。

乔与诺蒙着一张脸想，不是她的孩子会长得像小乔乔，而是小乔乔就是她本人！

这都不是重点，重点是小乔乔要来了！

怎么办？怎么办？怎么办？

她现在还不想重生，变成五岁的小萝莉还怎么和叶崇行结婚？

现在跑路还来不来得及？不行，她不能跑。小乔乔就在隔壁，她现在跑出去，万一在走廊里和小乔乔撞个正着，那就悲剧了！万万没想到，阳哥居然在追求大乔！嘿嘿，要是他们在一起了，她是不是要改口喊他爸爸？

如果大乔能嫁给阳哥，那就太好了。

乔与诺忽然想到了一个严肃的问题，说："阳哥如果变成我继父，那你就是我叔叔了。叶哥哥，我们的辈分好像有点儿不合适呀。"

叶崇行没理她，环顾左右，见到开了一条缝隙的卫生间，二话不说，立马将乔与诺推进去，沉声说道："你锁好门，不准出来。"

他可不想未婚妻重生成五岁的小屁孩,再打十几年的光棍。

看来以后他要把大哥列进高危名单。如果大哥和乔瑾结婚,她和乔乔就是妯娌,那么乔乔和小乔乔随时可能碰面!

"哈哈哈,别这么严肃嘛。"见到他这么紧张,乔与诺自己反倒淡定了。隔着一扇薄薄的门,她笑嘻嘻地说道:"你不觉得很好玩吗?可没人有你这样的机会。能见到小时候的老婆,等会儿你记得合影留念哦。"

"我并不觉得好玩,也不想合影留念。"他冷冷地说道。

乔与诺又哈哈哈地笑起来,跟被人点了笑穴似的。叶崇行无奈地皱眉,不放心地又交代了一遍:"不管发生什么事,你都不准出来。"

"知道啦,我不会那么想不开。"

她话音刚落,门外就传来叶奕阳温和低缓的声音,他说:"真的,那个姐姐长得和你很像,也叫乔乔,你们一定会很投缘。"

躲在卫生间里的乔与诺心想:自己和自己应该是会很投缘吧。

叶奕阳牵着小乔乔走进包厢,但乔瑾没有过来。一个男人邀请自己喜欢的女人去见家人,只要不是白痴都能领会其中的含义。而现在乔瑾没出现,显然是拒绝的意思。乔与诺在心里为阳哥默哀。她的大美人妈妈什么都好,就是眼神不太好,栽在"渣爹"这个坑里这么多年,到现在也没爬出来。

"真的吗?那可真是太神奇了。"小乔乔奶声奶气地说道,"说不定她就是未来的我,乘坐时光机回来找我玩。"

乔与诺:"……"

叶崇行:"……"

一语道破真相的小乔乔看到叶崇行,仰着脸,发出一声赞叹:"哥哥,你长得真好看!可惜等我长大,你就老了。只恨我晚生了十五年。"

"为什么是十五年？"

叶崇行见到小乔乔，心里冒出一种十分奇妙的感觉。她穿了红色的小裙子，绑了鱼尾辫，脸圆嘟嘟的，看起来乖巧又听话。他曾经在梦里见过这样的乔乔，只是记得不甚清晰，原来她是如此可爱。

"因为我们女生的法定结婚年龄是二十周岁。"小乔乔用遗憾的口吻说道，"哥哥，我真的很喜欢你。"

叶崇行微微一笑："我也很喜欢你。"长大后的你。

"乔乔去哪里了？"叶奕阳扫了一圈包厢，没看到乔与诺，有点儿奇怪，"小乔乔想和她拍张照。"

"她有点儿不舒服，就先回去了。"叶崇行面不改色地说道，"真遗憾，我们看不到两个乔乔同框了。"

"噢，那算了。"小乔乔十分懂事，"或许是时空法则在作怪，不允许我和未来的自己见面。阳哥，我想上厕所。"

小乔乔的个子矮。她刚到把手的位置，不好开门。

"这个卫生间的门坏了。"

叶崇行站在卫生间的门口，不动声色地挡住了他们的去路。叶奕阳觉得奇怪，就想过去检查一下："你让让，我去看看是不是把手坏了。"

躲在里面的乔与诺笑不出来了，双手抵住门，呼吸也变得小心翼翼。今天还真是够惊心动魄的，刚才她在病房里受了一场惊吓，现在又来。秦天在这里生活了七年，一次也没和小秦天碰到过。怎么轮到她，处处是危险？

幸好今天有叶崇行在。如果她一个人跑过来，说不定就真出事了。

"你先带小乔乔回去吧！等会儿小姑娘尿裤子，会哭给你看。"叶崇行淡定地说道，"门就在这里，又不会跑。"

小乔乔有点儿不高兴:"我不会尿裤子。"

"那我一会儿再过来。"叶奕阳把小萝莉抱起来,对她说,"跟叔叔说再见。"

"噢,哥哥再见。"小乔乔探出半个身子,在叶崇行的脸上吧唧亲了一下,"等我长大,你要是还这么好看,就嫁给你。"

叶崇行摸摸她的脑袋:"人小鬼大。"

等叶奕阳和小乔乔离开之后,叶崇行锁上包厢的门,才放心地把乔与诺从卫生间里叫出来。乔与诺惊魂未定,喝了两大杯水才缓过神。

有了精神,她就开始调戏心上人:"果然人的审美是不会变的。我小时候就对你一见钟情,难怪现在被你吃得死死的。"

"颜控的审美?"叶崇行反问道。

乔与诺嘿嘿地笑了几声,凑过去说道:"哥哥,我已经长大了,你娶我吧。"

"幸好你不是男人,不然得有多少女人栽在你的手里。"

她歪着脑袋思索,难道这就是血缘的力量?"渣爹"是个风流浪荡的负心汉,所以她也是一个负心汉?才不对!"渣爹"祸害了无数女人。但她就想祸害叶崇行一个人,也只对他一个人说甜言蜜语,多专一呀!

"叶哥哥,你要相信我,我对你说的每一句都是真心话。"乔与诺冲他比心,"就算你不相信我,也要相信自己的魅力。你可是全民男神,有千千万万的女人想给你生孩子,没安全感的那个人是我才对。"

"乔乔。"

"嗯?"

"你的身份证已经办好了。"

"所以我们可以去领证了?"

他低低地嗯了一声,缓缓地问道:"你确定要和我结婚吗,不是一时兴起,而是做好了和我生活一辈子的准备?你保证再也不会忽然消失,不会莫名其妙地穿越?我不喜欢等人的滋味,十年已经足够漫长。"

如果你迟疑了,我就把你关起来。

如果你拒绝了,我就把你关起来。

盘踞在他心底的野兽又苏醒了,发出嘶哑的吼叫声。她离开的那一天,他的心里长出了一片荒原。那里除了一头孤独的野兽,什么都没有。可它却走遍了荒原的每一寸角落,在其间寻找她的踪迹。

第十三章
我的姓氏你的名字

和叶崇行结婚,这是一件很美好的事情。

乔与诺做梦都想嫁给叶崇行,怎么可能迟疑,又怎么可能拒绝?所以叶崇行十分遗憾地失去了把未婚妻关起来的机会。

但是,身份证上的名字和年龄是怎么回事?

"为什么是叶乔乔?你上回说是阳哥改的,那这次总不会又是阳哥吧?"出发去民政局领证之前,乔与诺在家里发脾气,"还有我明明才二十一岁,为什么身份证上的出生日期却是1998年4月?我居然变成了二十五岁!"

只要是女的,不管老少,都十分介意年龄这个问题。

尤其是在莫名其妙的情况下大了四岁。

叶崇行正在打领带，已经换了三条，还是不满意。听到未婚妻的指控，他不疾不徐地说道："所有人都知道我在十年前遇到了初恋。你自己算算，今年要是二十一岁，那我对你一见钟情的时候，你就只能是十一岁……"

他微微一笑："所以，你是想让我被人当成有恋童癖吗？"

乔与诺哑口无言，根本没法反驳。

"你赢了！"

郁闷了一小会儿，她又问："你不是失忆了吗，怎么还记得叶乔乔这个名字？"

"是不记得了。"叶崇行终于打好领带，反问道，"你难道不喜欢叶乔乔？"

"我喜欢我妈给我取的名字乔、与、诺！"

"可是我喜欢。"

乔与诺抗议道："霸权主义！"

"请夫人尽快适应。"

"……"她忽然好怀念少年叶崇行。他好哄又好骗，哪像现在的叶崇行——完全就是霸权主义。时光啊，为什么对她这么残酷？

难道这就是负心汉的下场？

作为一个撩完人就穿越的负心汉，乔与诺觉得自己应该多包容一点儿心上人。不就是一个名字嘛，不就是凭空长了几岁嘛，他要是喜欢，她都可以为他变性。这么一想，乔与诺心中的郁气就散了。

"算啦，你喜欢就好。"洗心革面的负心汉乔与诺忍让地说道。

叶崇行对她的心理转变一无所知，但被她宠溺的眼神看得有些发毛。这个"小浑蛋"又在胡思乱想什么？

我的姓氏你的名字，难道不好吗？

两个小时后。

乔与诺从民政局出来的时候，自动升级为叶夫人。她望着被雾霾笼罩的天空，呼吸着汽车的尾气，顿生一种人生竟然如此美好的感慨。她一手捧着小红本，一手拉着自己的老公，整个人有些飘飘然。

"我们结婚了？"居然真的结婚了。

她对这个时空没有归属感。作为一名黑客，她喜欢科技发达的未来。她喜欢的游戏、杂志、各种黑科技，这里统统没有。她的同学、对手、老师也在未来。有时候她会觉得孤独，哪怕叶崇行就在她的身边。

她怀念未来，总觉得自己和这个时空格格不入。

但此刻，她的心忽然就安定了。

她大概理解了何为我心安处是故乡，她爱的人身在这个落后的时代，那这里也就是她的时代。她甚至想上网发帖问一下，他们这个年代的小红本是不是有什么神奇的作用，为什么还能治愈孤独症？

"我们确实结婚了，叶夫人。"叶崇行回道。

"叶先生。"她摸着心上人的手，展现情话技能，"你现在高兴吗？我现在很高兴。我觉得，比昨天更爱你，这一秒，比上一秒更爱你。"

他露出一个很微妙的表情："乔乔，我真的是你的初恋吗？"

"你怎么忽然问这个？"

"你知道你平时哄人的样子像什么吗？猎艳老手都逊色你几分。"

"冤枉啊，我对你说的每一个字都是真的，包括标点符号。"乔与诺特严肃地说道，"叶先生，你可以质疑我的人格，但不能质疑我对你的爱。"

叶崇行和她并肩走在种满香樟树的人行道上。春风暖洋洋地拂过枝头，也让他那根时刻都紧绷着的神经松懈了几分。或许小红本真的有什么特殊力量，就连 boss 大人的心境都因此发生变化。

"找个时间，我陪你去看看你的师父。"如果哪天她跑了，他还能顺着师父找线索。

"不用啦，他老人家喜欢清静，不爱和外人打交道。"

叶崇行怀疑地看了她一眼："是吗？"

"我干什么骗你呀？"

"你骗我的时候还少吗？"

乔与诺捏捏他的手，笑眯眯道："黑历史这种东西，就让它随风而去吧。叶先生，我们今天怎么庆祝？故地重游怎么样？"

"不怎么样。"他面无表情地说道。

"戚夏的叔叔家的面馆关了吗？我们先去吃面，我假装忘记带钱，你帮我结账，然后再去你的学校逛逛。"乔与诺兴致勃勃地说道。

"面馆早关了，学校也搬走了。"

"骗人，你不觉得这个庆祝方式很有意义吗？"

"完全不。"叶崇行淡淡地说道，"乔乔，那段记忆于我并不愉快。我毕业之后，再也没有回南大看过。"

她的心脏隐隐发疼："对不起。"

"其实我应该谢谢你。"他顿了一下，"如果不是你改变了大哥的命运，他现在就是一个傻子。乔乔，你不用觉得对不起我。你做得很好。你很勇敢、善良，救了大哥，也救了我的妈妈。"

"你的妈妈现在……"

"两年前就走了，不过她走得很安详。"

梦里，母亲是在大哥出事后，受不了打击，跳楼自杀。而这一世大哥没有变傻，母亲的病情也渐渐好转，弥补了他子欲养而亲不待的遗憾。

他感激乔乔所做的一切,哪怕因此在绝望里等了她十年。

"乔乔,你没有对不起我,不用事事迁就我。"

他不是没看出来,乔乔从 2013 年回来之后一直在迁就他。他把她关在家里,要她时时刻刻地待在自己的眼前,不管多过分的要求,她都毫无怨言地配合。梦里的乔乔却不是这样的脾气。她常常挥着拳头威胁他,对他颐指气使,不高兴了就冲他发火,犯了错也一副满不在乎的样子,无法无天,没心没肺,还要人哄着、让着、宠着。

乔乔想要弥补他这十年的等待,他同样心疼现在的乔乔。

十年的鸿沟,在他们之间还是留下了痕迹。

他变得多疑反复,乔乔也收敛了一身的小脾气,他们不应该是这样的。叶崇行一直想和她好好地谈谈,但却总找不到恰当的时机。

"我没有在迁就你,只是看到你高兴,我的心里也就高兴了。"乔与诺想了一下,很认真地说道,"我只是在做让自己高兴的事情。"

她对叶崇行并不是内疚,而是心疼和遗憾,以及深深的感动。她没有爱人的经验,也不知道如何去爱一个人。在她爱上他的时候,已经决定放弃自己。她自私地想要在他的生命里留下痕迹,却不愿意承担他的情感。

她不知道这十年里,他是怎么过的。他又抱着什么样的心情等待一个可能永远不会出现的人。想到这三千多个日日夜夜,他固执而孤独地等着她的出现,她就心痛得不可自抑。她却又深深地庆幸,他们不曾错过。

"叶崇行,"乔与诺绕到他的跟前,定定地望着他,"该道谢的人其实是我。谢谢你还在原地等我,谢谢你不曾放弃我。"

我是如此庆幸,被你深爱着。

我是如此幸运,遇到这样一个你。

叶氏夫妇在大马路上互相表了心迹之后,气氛正好,本该找个地方庆祝。然而天公不作美,轰隆隆的几声春雷之后,大雨忽至。大雨将他们之间那点儿旖旎砸得一干二净,也将叶崇行发烫的耳根子砸回正常的温度。

春天的雷阵雨来得快去得也快,他们刚跑到停车场,雨就停了。两人都被淋得一身湿。乔与诺上车后,一连打了三个喷嚏,也没放在心上。她可不是白跟师父练了几年的功,这点儿雨能奈何她?

到家后,叶崇行去厨房煮了一锅姜汤,春天本来就是流感多发季节,要多做预防。乔与诺洗完澡出来,一闻到这呛人的味道,就忍不住皱眉。但叶崇行无视了她的抗议,逼着她喝了一大碗姜汤。

"你怎么不喝?"乔与诺不满地说道。

"喝过了。"

"叶先生,你又说谎了,厨房里一个碗。"

被戳穿谎言的叶先生十分从容地说道:"好吧,我没喝,因为不需要。"

"叶先生!"

"嗯?"

"你是不是恢复记忆了?"乔与诺指出强有力的证据,"你最近老给我吃生姜,今天更过分,满满一大碗!以前你也是这样,我一惹你不高兴,就忽悠阳哥,让他在饭里加大量的蒜头和生姜。"

喝了一碗姜汤,乔与诺忽然就神智清明了。

她就纳闷了,为什么最近的饭菜里经常出现姜蒜,原来这是他的报复?

"你的指控不成立,我今天很高兴。"叶崇行不疾不徐地说道,"姜汤可以预防感冒,你想在结婚第一天就生病吗?"

乔与诺皱着眉思索,难道真是她多心了?

"你真的没有想起点儿什么吗?"

"你猜。"

叶崇行去洗澡。乔与诺无事可做,就倒在沙发上猜测、分析、推理,然后总结,眼看着就要出结论,美男出浴了。他就在下半身围了条浴巾,上身的腹肌劲瘦结实,线条漂亮,一看就是经常锻炼的人。

乔与诺的脑子瞬间就成糨糊了。

叶崇行本来就长得符合她的审美,无论长相、气质、身材都简直像为她量身定造的。现在他是自己名正言顺的老公,又是这副样子,她能忍得住就怪了!

乔与诺扑上去说道:"叶先生,我们来生孩子吧。"

"夫人,矜持点儿。"

"美色当前,我很难矜持的。"乔与诺摸了一把他的腹肌,触感真的很好,腹肌就像包裹着绢绸的钢铁。她忍不住咬了两口,不过没舍得用力。看到自己咬出来的牙印,她又傻呵呵地笑起来。

叶崇行被她撩得心猿意马,虽然他们早就睡在一张床上,但一直没有做到最后一步。他本想忍到婚礼之后,可心上人趴在自己的身上又亲又咬,还能忍得住,大概就是无能了,所以……

他翻身,将点火的"小浑蛋"压在身下。

乔与诺被动地承受着他的亲吻,身体越来越热,意识越飘越远,这感觉像是要灵魂出窍了。他似乎脱掉了她的衣服,在她的耳边说了什么话,她想集中注意力去听,可是那种舒服又羞耻的感觉让她无法保持理智。

乔与诺一觉醒来,已经是傍晚了,窗外夕阳西沉,春光无限美好。

她却不是很好,又累又疼,现在一根脚趾都不想动,身体就像被车子反复地碾压了无数次。虽然叶崇行耐心而温柔,但她还是疼得直掉眼泪,而且头次开荤的男人完全就是野兽!

她忽然想到了一个事情。

她醉酒那次,叶崇行说她对他表白了,还让她误会自己把他吃干抹净了!现在看,根本没有这回事。她那会儿没有经验,还以为自己真把叶崇行睡了,毫不犹豫地对他负责。其实她那时顶多亲了他几口,抓了他几下!

"乔乔,你昨晚对我表白了,哭着要我和你交往。

"因为你一直哭,还说如果我不和你在一起,会遗憾终生,所以我才勉强答应的。毕竟你是我的救命恩人。

"救命之恩,以身相许。乔乔,你以后要好好地对我负责。"

"我真是太傻了,居然把大尾巴狼当成食草动物!"乔与诺痛心地捶胸道,"美色误我呀,我要退货!"

叶崇行开门进来,刚好听到这句话:"货已售出,概不退还。"

"叶崇行!"乔与诺怒道。

"夫人有何指示?"叶崇行倒了一杯温水给她,"先喝点儿水,过会儿你就能吃饭了,我煮了你喜欢的鸭血粉丝汤。"

乔与诺喝完水,和他说起了那场醉酒事故。

说完,她更生气了:"什么我对你表白,其实根本没有这回事吧!明明居心叵测、包藏祸心的人是你,却让我背了锅。"

"我失忆了。"叶崇行的表情十分无辜,他说,"乔乔,我不记得是怎么回事。"

乔与诺不高兴地说道:"那你记得什么?"

"我记得你对我始乱终弃,还有你跑了。"他又搬出老台词,"我一直等,一直等,你就是不回来。"

"……"又是这招!

叶崇行握着她的小爪子,亲了一下又一下,注视着她的目光温柔又缠绵,让她一肚子的火气都熄了下去。结婚的第一天,她就已经看到了自己的未来。他们吵架了,叶崇行亲她几下,装一下可怜,她就直接举白旗。

太犯规了,这简直就是被镇压一万年的既视感!

此时乔与诺放在床头的手机响了,她看了眼来电显示,是陌生号码。她一接电话,就听到了韩季北激动的嗓音:"闺女,你和叶崇行结婚了?"

"你的消息可真够灵通的。"乔与诺心情好,也不和"渣爹"抬杠了,"你要来参加我的婚礼吗?先说好了,你不许在我的婚礼上勾搭我的妈妈。"

"我觉得他太老了,他不配你。"

"胡说八道,他今年才三十岁,哪里老了?"乔与诺生气地说道。

韩季北忧心忡忡地说道:"你们现在是相配。但是五年前爸爸见到你的时候,你二十一岁,现在还是二十一岁。"

"老男人,你到底想表达什么?"

"乔乔,再过十年,叶崇行四十岁,你可能还是二十一岁。"韩季北语重心长地说道,"所以我觉得你应该找个年龄小点儿的对象。"

"你少脑补些乱七八糟的东西,为什么我十年后会是二十一岁?难道我吃了什么停止生长的仙丹不成?我五年前和五年后的今天都是二十一岁,那是因为我穿越了!"乔与诺鄙视道,"你上上次见我是五年前,可对我来说却是不久前的事情。所以你绑架我那事,我还记得清清楚楚。要不是为了逃跑,我会不小心穿越到2013年吗?"

提起这事,韩季北的气势顿时就弱了,他说:"那不是绑架,爸爸只是想请你在家里小住几天而已。你不也坑了爸爸一把,小瑾因为这事都恨死我了。后来她虽然失忆了,可还是把我当贼防,这么多年,我都没见过小乔乔。"

"活该,自作孽。"

"有个事情我好奇了很久。"韩季北说道,"当年被戚夏拐卖的小姑娘是你吧?小乔乔和她长得一模一样。"

他没见过小乔乔,可是见过照片哪,所以这些年一直怀疑小乔乔是乔乔。但因为乔乔的失踪、周围人的失忆,他才不敢下这个结论。而且这里头也有疑问,乔乔是怎么变成小孩子,然后又从小孩子变回大人?

乔与诺特认真地说道:"不是,她是我妹。"

"……"

"你这样有意思吗?"

"有。"

"我当年要是知道你是我的闺女,也不会把戚夏捞出来,你能不记仇吗?"

"不能。"

两人隔着电话又怼起来,最后乔与诺一生气就把电话挂了,还把号码拉进黑名单。其实她已经不恨"渣爹"了,只是不能原谅他带给大乔的伤害。上辈子大乔死得那么惨,哪怕不是他下的手,他也要负一半的责任。

"韩'渣渣'说你一直找他麻烦,你不是失忆了吗?"乔与诺问道。

叶崇行靠在床头翻杂志,淡淡地说道:"一听到这个名字,我就想把他往死里揍。"

"英雄所见略同啊!"

"他找你做什么?他不可能就为了嫌弃我的岁数大。"叶崇行不冷不淡地说道,"韩家的水深着呢,你要是跳进去,能直接淹死你。

他要是有点儿血性，就不该把你和你的妈妈卷进去，韩家现在就是一个烂摊子。"

这语气还真是……乔与诺无声地笑几下，然后义正词严地说道："你的岁数哪里大了？当年我们初恋那会儿，我还比你大一岁。"

韩季北现在倒不找她索要情报了，也不知道是以退为进，还是真的拒绝了她的交易。反正她的想法和叶崇行一致，她不掺和韩家的那些破事。而且就算没有她，最后的胜利者也是韩季北，所以她一点儿也不担心。

叶崇行的黑脸终于变得好看一些。

"叶先生，你好像很介意年龄的问题。"她摸摸他的手，又不安分了，觉得叶崇行现在的模样特招人。

叶崇行闻言，沉默了一会儿："乔乔，从我认识你到现在，你一点儿也没变。"

"……"

"十年前我遇到你的时候，你是二十一岁的模样；我二十五岁的时候，你是二十一岁的模样；现在我三十了，你还是当初的模样。有时候我很怕自己一觉醒来变成白发苍苍的老头子，而你依旧是二十一岁的样子。"

乔与诺微微一愣，没想到叶崇行会担心这种事。

"你就那么喜欢我呀？"她一把抱住他，心里又涩又甜，"其实我上次是开玩笑的。我不会去找乔乔重生一次。十六年后的乔乔可是身负穿越的使命，要是被我重生了，那就没有今天的我们。"

叶崇行用温柔而肯定的语气嗯了一声。

是的，他爱她。

在初次相遇时，在模模糊糊的梦境里，在绝望的等待里，他唯一可以确定的事，就是他爱她。他的挚爱无处可寻，除了她的心上。

她是他唯一的救赎。

乔与诺的生活有了一点儿变化,虽然还是家里和公司两点一线,但她更多的精力是花在婚礼上面。选婚纱、试妆、挑请柬、拍结婚照,这些不大不小的琐事,都需要他们亲自上阵。乔与诺一开始还有兴致,几天之后就蔫了。

于是她异想天开,劝叶崇行取消婚礼算了,直接发喜糖。

省钱,省力,省时间。

恨不得昭告天下的叶崇行怎么可能同意,但见乔与诺不耐烦这些事,索性把婚宴的事情揽过来,不让她插手了。

乔与诺闲下来,就开始在朋友圈秀恩爱。

今天晒钻戒,明天晒婚纱,后天晒请柬,就连叶崇行做菜都要晒图!她无师自通地点亮了朋友圈秀恩爱的技能,玩得不亦乐乎。

她的微信上没几个人,主要是总裁办的同事,还有秦天、韩季北、乔瑾几个人。乔瑾是点赞狂魔,每一条状态都帮她点赞;秦天是欣慰又心酸的,整个人纠结得不行;韩季北一评论就会被拉黑,所以只能用小号围观。

叶崇行是没有微信这种东西的,但为了配合叶夫人秀恩爱,特意注册了账号。

然后,高冷总裁变身成了炫妻狂魔。

他炫瞎了一干围观群众的眼。

幸福的日子总是过得格外快,眨眼就到了乔瑾车祸身亡的那一天。

乔与诺一大早就起来了,紧张得不行。

她当时太小了,只记得绑匪有两个人,一个人脸上有刀疤,另一个人戴着小丑面具，说话的腔调有点儿奇怪。而撞死大乔的车子是一辆货车，上面装了家具。如果她记得的线索能多一些，比如车牌号，就能提早找出绑匪和肇事者。

今天秦天会去乔瑾家里做客，看住她和小乔乔。而叶崇行找来的保镖假扮成乔瑾出门买菜，如果当初的车祸是专门针对她的，就算"乔瑾"换了一条路去超市，那辆货车还是会出现。乔乔本来还想让小乔乔亲身上阵，让保镖带她去游乐园，重演车祸当天的事情，但是叶崇行不答应，秦天也很反对。

她有点儿不安，总觉得绑匪和肇事者之间有什么联系。

早上十点，保镖假扮的乔瑾从小区走出来，没有异样。为了给肇事者下手的机会，她故意步行去超市。叶崇行和乔与诺坐在附近的一个茶楼包厢里，戴着耳机看保镖传输过来的监控画面，同样没有发现任何异常。

十点二十三分，保镖走进了超市。

十一点整，保镖买完菜，离开了超市。

十一点二十分，保镖按照原路返回乔瑾居住的小区。

下午三点，保镖再次出门，去了附近的商业街，买了很多东西，然后步行到露天的咖啡馆喝下午茶。到了四点半，她按照乔瑾的习惯去了经常光顾的甜品店，买了小乔乔喜欢的黑森林，然后开车返回。

整整一天，没有出现任何异常。

保镖的身形、相貌和乔瑾有几分相似，加上神奇的化妆术，不可能被人看破伪装。所以当年的种种确实是一桩意外？说不上来哪里不对，但乔与诺总觉得事情不会这么简单。叶崇行也担心事情有变，所以让保镖继续假扮乔瑾。

而乔瑾这边的事情交由秦天解决，不知道他是怎么说的，她十分配合。乔瑾带着小乔乔偷偷地躲了起来。半个月之后,保镖安然无恙,没有出现任何意外,甚至在任务期间胖了几斤,走之前还说这样的任务多多益善。

警报解除,大家都松了一口气。

几天后的下午。

叶崇行去锦庭见客户,她懒得应酬,一个人留在办公室修理智脑。她其实不擅长硬件修理,但这会儿不得不硬着头皮上。她想把存在智脑里的录像当结婚礼物送给叶崇行,他一定会高兴……应该会吧?

为了腾出一个月的蜜月假期,叶崇行最近格外忙,晚上常常通宵。乔与诺有些心疼,所以就想尽快修好智脑。有智脑帮忙,叶崇行的工作量可以减轻大半。立志要当好人妻的负心汉乔与诺一时间充满了干劲。

秦天的电话就是这个时候打进来的,她揶揄道:"秦教授今儿怎么有空找我?"

"乔乔,马上来省立医院一趟。"

乔与诺闻言,脸色一变:"出什么事了?"

"叶崇行为了救大乔,被一辆货车撞成重伤,你过来签字吧。他需要手术。"秦天艰难地说道,"你打车过来,不要自己开车。"

乔与诺愣住了,怎么会,怎么会这样?

全身的血液仿佛都沉到了脚底,她控制不住自己的恐慌。恐慌占据了她的身体、脑子,将她拉进一场可怕的噩梦里。

她恍恍惚惚地冲到马路上,恍恍惚惚地上了车,恍恍惚惚地到了医院。

一张张熟悉的面孔从她的眼前掠过,然后她的目光定格在浑身是伤的叶崇行身上,他的身上接了很多仪器,医护人员正要推他去手术室。她猛地就清醒了,跟跄着上前,哽咽着喊了一声"叶崇行"。

他似乎听到了乔与诺的声音，勉强地睁开眼，无声地说道："乔乔，别哭。"

"叶崇行，你敢死，我就立刻改嫁，让时光、时辰喊野男人爸爸。你听到了没有！"乔与诺哭着威胁道。

旁边的仪器发出刺耳的声音，叶崇行恶狠狠地盯着乔与诺。

"'小浑蛋'，我还没死，你就想着改嫁，等我好了，等我好了……一定抽死你。

"不，我还是把你关起来。

"别哭了'小浑蛋'，我心疼，真疼。"

叶崇行的意识并没有清醒多久，他的肋骨断了三根，其中两根扎到了内脏，脑袋和腿骨都受到重创。他被送到医院的时候，就剩一口气了。不过他的求生意志很强，尤其在他听到老婆要改嫁的威胁后。

乔与诺签手术同意书的手一直在颤抖。字迹扭曲，浸泡着眼泪。

她呆呆看着叶崇行被关进手术室，看着那刺眼的红灯亮起来，一脸惨白，不觉间已泪流满面。

为什么会变成这样，两个小时前，他们还约好晚上去新开的法国餐厅吃饭……再过几天就是他们的婚礼，他在上面花了很多心血和时间。还有，他说想去一个没有通信、与世隔绝的地方度蜜月，她已经找到了度蜜月的地方。那地方幽静清雅，古老浪漫，远离城市的喧嚣，一定会符合他的要求……

"叶崇行，别死，求你不要死。"

秦天走过去，拍拍她的肩膀，安慰道："别担心，叶崇行一定会平安无事。"

"怎么会这样……"乔与诺捂着脸，无声地哭泣。她的心就好像被人戳了一个洞，不断地往外流血，痛得不能自抑。

她的心上人从来都是那么意气风发，骄傲强大，现在却生死不明地躺在手术台上。

"对不起，全部是我的错。"

乔瑾被韩季北抱在怀里，也一直在哭。她弄丢了小乔乔，又害了叶崇行。她根本没脸面对乔乔和叶奕阳。要不是为了救她，叶崇行也不会被货车撞成重伤。她几乎已经被浓浓的愧疚感和痛苦压倒了。

"好了好了，这不是你的错。"韩季北低声哄道，"我一定会把我们的女儿找回来，你别怕，已经有线索了。"

他抬头去看乔与诺，眼中盛满担忧。

这场意外是针对小瑾和小乔乔的。今天她带小乔乔去和编辑吃饭，结果小乔乔在餐厅里不见了。当时保镖一发现情况不对，就立马跟叶崇行汇报。叶崇行赶过去的时候，小瑾已经甩开了保镖，一个人去见绑匪。

后来叶崇行根据定位找到小瑾，为了保护她，就成了现在这副模样。

按照小瑾所说，这场车祸根本不是意外，而是有计划的谋杀。小瑾的生活圈素来简单干净，她这一次肯定又是被韩季北连累了。

只是下手的人会是韩家的哪个人——许文或者他以前得罪的人？

韩季北平生第一次觉得气馁，难怪乔乔那么看不上他这个爸爸，连自己的妻女都护不住！在过去的历史里，叶崇行和小瑾并无交情，也就是说原本躺在手术室里的人是小瑾。她后来是不是死了，所以乔乔才那么恨他？

那么，被绑架的小乔乔，又经历了什么样的事情？

长廊上亮着雪白的灯，没有窗，看不见外面的天色，似乎空气也被阻挡住了，无端地让人多了几分压抑。乔与诺没有说话，似乎没有听到乔瑾的道歉，也没有听到秦天的安慰。她直愣愣地盯着手术室上方的灯，眼里亮着一簇随时会灭的火苗。

不知道过了多久,红灯终于灭了。

医生从手术室里走出来,摘下口罩:"手术很成功,但是他尚未脱离危险期。而且你们必须要有心理准备,病人的腿……"

后面几个字像冬雷一般在乔与诺的脑子里炸开,轰隆一声,让她失去听觉。

她觉得自己在做梦,在做一个荒诞可怕的噩梦。

眼前的事物渐渐变得模糊,医生的声音也渐渐远去,她张了张嘴巴,痛苦地喊了一声"叶崇行",然后就陷进了一片黑暗里。

乔与诺做了一个梦。

她很清晰地意识到自己是在一个梦里。

她变成了五岁的小乔乔,坐在餐厅的游戏区里面玩拼图。她的身边还有很多小孩子,有的在玩滑梯,有的在滑旱冰,周围很吵,熊孩子的尖叫声要冲破她的耳膜。她无聊地把拼图打乱,又拼了一次。

妈妈还没谈完事情,她不能打扰妈妈。

后来有个慈眉善目的奶奶找不到厕所,找她问路,她就领着奶奶去了卫生间。然而,她们刚走进洗手间,她就被人用手帕捂住鼻子和嘴。她一下子晕了过去,再醒过来时,是在一辆破旧的面包车里面,手脚都被绑起来。

刀疤脸在开车,戴着小丑面具的男人在打电话。

"呵呵,少和老子提钱,你这个嫌贫爱富的女人,宁可给有钱人当小三,也不肯接受一个真心待你的男人……我想做什么?我要让你后悔!我要你后悔!想救你的女儿,那你就不要报警,甩开身边的保镖,一个人到凤阳山的湖心亭……"面具男用了变声器,说话的语气和腔调都带着几分机械。

她一下子做出判断,面具男是在和大乔打电话。

梦里的她只是一个五岁的小孩子,醒过来之后又哭又闹,吵着要回家。面具男很不耐烦地打了她两巴掌,然后往她嘴里塞了一块破布。

"小兔崽子和你的爸爸一样招人烦。"面具男的机械音里带着浓浓的怨气,他威胁道,"再吵我就对你不客气了。"

她缩成一团哭泣。

她恐惧的表情似乎让面具男得到满足,他的喉咙里发出可怕的笑声。

"这个小兔崽子怎么处理?"刀疤脸问道,"她看了我的脸。我们可不能放她回去,干脆直接杀了。可惜了,她不能拿来换钱。"

"杀了她,我拿什么要挟乔瑾?"

"你以为小姐会放过乔瑾?别天真了,我猜你的小情人快要见阎王了。"

"许文居然敢骗我!"

面具男生气地扑上去殴打刀疤脸。刀疤脸没防备,被他用棍子砸得失去几秒意识。面包车剧烈地摇晃起来。但面具男仿佛失去了理智一般,根本不顾失控的车子……

乔与诺恢复意识时,是在雪白的病房里,呼吸间满满都是消毒水的味道。她睁开眼,入目就是斜上方的吊瓶。她的手背上扎着针。那股子凉意顺着手臂的血管蔓延至她的全身,让她止不住地颤抖。

秦天就守在床边,见她醒了,如释重负地舒了一口气,关切地问:"感觉怎么样?头还晕吗?医生说你有些低血压。"

"叶崇行呢?他怎么样了?"乔与诺干脆利索地拔掉针,几滴血珠从针口冒出来。她浑然不在意:"他在哪个病房,我要去看他。"

秦天叹了口气,没有劝阻:"他在重症观察室,人还没醒。"

乔与诺紧绷着一张脸往外走,回想起刚才的梦,咬牙切齿道:"我刚才梦到了小乔乔的记忆……"

"你看到了什么?"

"绑架小乔乔的人是顾东林。他的同伙是许文的人,也是许文对大乔下的黑手。"虽然顾东林用了变声器,戴了面具,但他们毕竟相处了那么多年,她怎么可能认不出他?直到现在,她也不敢相信养父是这样心狠手辣的一个人。

在被改变的历史里,顾东林的命运回归原来的轨迹,他出卖公司的商业机密,窃取公司的技术并占为己有,给时光科技造成了巨大损失。而这一次没人帮他求情,他自然没能躲过牢狱之灾,被判了四年零六个月。

算下时间,他应该在半年前出狱了。

至于他和许文怎么勾搭在一块的,这就更简单了。许文痛恨乔瑾,却因为韩季北不敢闹出人命。但前段时间韩季北解除了两家的婚约,刺激到了她,所以她就找上了觊觎乔瑾的顾东林。也可能是顾东林知道许文和韩季北有婚约,所以主动找上她,提出合作。或许她一开始答应了,但因为韩季北解除了婚约,便起了杀心。

他们是怎么勾搭在一块儿,又为什么勾搭在一块儿,这些并不重要。

她只要知道是这两个人害惨了她的心上人。

她无法想象,叶崇行那样骄傲的人会在轮椅上度过下半生,只要想到那个画面,她的五脏六腑都跟着痛起来。

乔与诺吸了一下鼻子,将眼泪逼回去。

她隔着玻璃窗,怜惜地望着躺在重症观察室里的心上人。他的头上包着纱布,脸色很差,唇色发白,胸膛毫无起伏,他看起来简直像一具木乃伊。她抚摸着玻璃上遥远的轮廓，压抑住满腔的怒气和心痛。

叶崇行为什么救大乔，她很清楚。

他豁出命保护大乔，只是因为大乔是她的妈妈。

"这些事情就交给韩季北处理，你安心地照顾叶崇行。"秦天怕她被愤怒冲昏头，怕她做出什么不理智的事，宽慰道，"君子报仇十年不晚，现在最要紧的是叶崇行的身体。你也别太担心，未来医术那么发达，实在不行，就带他回未来治疗。"

"不，我要亲自报仇。"乔与诺低声说道，"等叶崇行出院，我再和他们一一算账。"

"乔乔，现在是法治社会，可千万别想着以彼之道还施彼身。"

"我没那么傻。"她是黑客又不是黑社会，等修好了智脑，整垮许家是分分钟的事，许文没了许家的庇护，将许文送进监狱是轻而易举的事情。这个女人简直就是疯子，是韩季北"渣"了她，她不去找正主算账，反而找别人撒气。

"大乔和韩'人渣'呢？"现在理智回归，她才想起之前大乔一直在向她道歉。

"警局那边有绑匪的下落，他们去警局了。"

"那边是什么情况？"

秦天叹了口气，低声回答道："警察在凤阳山的山脚下发现了绑匪的车子，里面有一具成年男性的尸体，还有小乔乔的头发……推断是绑匪内讧，认为小乔乔凶多吉少。人是顾东林杀的吗？"

乔与诺嗯了一声，蹙起眉，压低声音说道："但上一次并没有发生命案，现在历史已经偏离了，我不确定顾东林会不会杀害小乔乔。我们得尽快找到他们，把小乔乔送到我的师父那里。"

秦天闻言就明白了："你怕改变小乔乔的命运，历史会跟着改变？"

"我改变了阳哥的命运,之后一系列的事情都发生改变。我不想冒险。我想和叶崇行长长久久地在一起,不想再经历分离、失忆这些事情。"乔与诺早就打算好了,"我的师父是个好人,你不用担心。我小时候过得挺好的。"

"你已经决定了,我还能反对吗?"

乔与诺盯着昏迷中的叶崇行,低声说道:"你别告诉他。"

"你怕他不忍心?"

"嗯,你别让他知道我的师父是谁,也别告诉他那破房子的位置。"他为了她做了那么多事,等了她那么多年,她又怎么忍心再辜负他一次,哪怕只有万分之一的概率,她也不想赌,"就让小乔乔按照原来的轨迹生活。"

用十六年的苦难换一个叶崇行,这笔买卖很划算。

从今之后,他们不会再分离。

"叶崇行,我爱你,在很早之前就知道,可却到了今天才明白这份感情的重量。"

两天后的夜晚,叶崇行终于醒了。

乔与诺就守在他的身边,一脸专注地盯着他。所以他一睁开眼睛,便看到了红眼睛的叶夫人。她一脸憔悴,面色发白,看到他醒了,眼泪一下子就掉下来:"医生说你今天醒,你果真醒了。"

他低哑着声音说道:"再不醒,我怕你改嫁。"

"那是骗你的,你要是死了,我用尽一生也会复活你。"就像当初她保护妈妈那样,拼尽全力保护他,"叶崇行,你吓死我了。"

叶崇行温柔地望着她,说道:"乔乔别怕。"

这一瞬间,乔与诺泪如雨下,那颗彷徨的心也跟着安定了。

此时窗外的路灯已经亮了,月上柳梢头。银光温柔地照进来,和白炽灯光交汇在一起,裁剪出他们亲密的轮廓。

"我还能站起来吗?"叶崇行平静地问。

他一醒来就发现双腿没有知觉,全身都疼,唯独双腿没有一点儿痛觉。

乔与诺没有隐瞒:"你只要坚持复健,希望还是很大的。"

她的眼眶里蓄满泪水,叶崇行的命运本不该是这样的。在原来的轨迹里,他没有遭遇过这样的事故。是她的出现改变了他的人生,毁了他的一双腿。

"乔乔,你是不是很内疚?"

她点点头:"你是为了救我的妈妈才变成这样。叶崇行,未来的医疗技术很发达,不如我带你去未来吧。要是治不好,我就去黑洞研究所,他们那里有大型的穿越仪器。我可以穿越到过去改变这一切。"

"事情还没有糟糕到那一步,你别担心。"他握着她的手,平静地说道,"乔乔,知道什么是夫妻吗?夫妻一体,你的母亲也等同我的家人。我见到自己的母亲出事,自然要保护她。所以你不用觉得内疚,除非没有将我当成你的丈夫。"

"叶崇行,谢谢你。"

"最好的谢礼是你永不离开我。"他的目光温柔而深情,里面倒映着爱人的模样,他说,"永远将我放在第一位,如同我爱你那样爱着我。"

乔瑾于他不过是一个陌生人,所有对她的感情都来自乔乔。他救她,是因为确定,如果乔瑾真的出事,乔乔一定会利用穿越仪去改变历史。那短短的一瞬,他想起了许多事,想起乔乔当初宁死也要改变乔瑾的命运,想起乔乔在西子湖消失的那一幕……该死的黑洞穿越仪。它让他遇到了乔乔,也让他失去了乔乔。

他不想再等一个十年,也不想脑中的记忆被篡改。

他要她时时刻刻地待在他的身边。

直到死亡将他们分开。

没有了腿,他的双手可以拥抱她,他的眼睛可以看着她。只要不是失去乔乔,任何一条路都不是绝境,哪怕它通向地狱。

小乔乔被绑架的第五天,偶尔能在梦里和小乔乔记忆同步的乔与诺先于警方发现顾东林的藏身之处。她向韩季北借了几个人,悄无声息地潜上山,将顾东林逮个正着。她不能和小乔乔见面,同时又提防着"渣爹",所以扔掉小乔乔的任务只能拜托给秦天。

秦天也是无奈,但架不住乔与诺苦苦地哀求,只能狠狠心,将昏睡中的小乔乔扔进了一座破宅子里。他看着破破烂烂的危房,心里琢磨着要怎么给她的师父送点儿东西。

他躲在门外,看到一个慈祥的老者走出来。老者:"哎呀,哪儿来的小孩?"

老者抱起小乔乔,将她带回屋里。

秦天偷偷地溜进去,观察许久,才放心地下山。

他回去后,先和乔与诺通了气,然后说起了顾东林的下场,谋杀和绑架两个罪名够他把牢底坐穿了。所以到时候谁来收养小乔乔?按他的意思,其实小乔乔前面十几年是怎么过的根本没关系,只要在二十一岁的时候回到过去。

但乔与诺现在有点儿杯弓蛇影,坚持让小乔乔按照原来的历史生活。

"我就愿意再吃一次苦。"乔与诺一脸花痴,"我也没想到自己会这么喜欢他。"

秦天幽怨地叹口气,他最近叹气的次数比过去五年还多。他伤情得厉害，又没人可以倾吐心事，所以打算回未来治疗情伤。

"既然你的事情都解决了，我也可以放心地回未来了。"

"你不留下来吗？"

秦天说道："留下来做什么？你又不是不知道，我喜欢研究黑洞。但这里设备落后，技术也不行，我又不是超人，可以靠一个人的力量改变世界。"

乔与诺有些舍不得："这一别，我们要等十六年之后再见了。"

"是啊，到时候我依旧这么年轻英俊，但你的孩子估计都该上初中了。"秦天用轻松的口吻说道。

"你什么时候走？"

"还要几天吧，研究所那边要交接一下。"秦天揉了一把她的脑袋，"到时候我就不和你道别了，你好好地照顾叶崇行。"

"嗯，我知道。"

秦天从未来带了两个小号穿越仪，一个已经被她用坏了，另一个是单向传送未来。现在的技术和材料都跟不上。上一回她被送过来，已经耗掉了秦天收集了数年的能量。所以他们这次不和秦天一起走，以后就无法穿越到未来。

他们在听过医生的诊断结果后，决定留在这个时代。

叶崇行不是很待见黑洞穿越仪，现在秦天要走，而且最后的穿越仪也即将消失。以后乔乔就算跑，也不会跑到他追不过去的地方。所以在乔乔难过的时候，叶崇行心底的野兽仰着脖子发出阵阵狂笑。

然后，乔与诺发现叶先生最近的心情很好，他每天吃药也是一脸愉悦。

几个护士就在私下里悄悄说："这就是爱情的力量！"

时间就像潺潺溪水，以肉眼可见的速度在流动，一晃便是两个月。

叶崇行身上的伤势已经痊愈了，可以开始腿部的复健。立志要当好人妻的乔与诺，自然是寸步不离地陪着他。

这两个月里，出了几桩事。一是许家被时光科技和韩季北联手整垮了；二是顾东林指证许文，在各方的努力下，她终于被送进了牢里；三是秦天回未来了，走的时候还捎带上了和韩季北决裂的乔瑾。

他们决裂的原因是小乔乔的失踪。

小乔乔为什么失踪？许文是主谋。许文为什么针对乔瑾母女，因为韩季北"渣"了许文。所以这女人报复到小乔乔的身上。顾东林被捕后交代了小乔乔藏身的位置，但是警察搜索无果，他们怀疑小乔乔已经遇害。

乔瑾顿时觉得天塌了。她恨顾东林，恨许文，但更恨自己和韩季北。秦天知道真相，但不能告诉乔瑾。

韩季北见乔瑾还好好的，那就说明小乔乔没事儿，而且当时是乔乔带人去抓的顾东林，很可能小乔乔就是被她藏匿起来的。他和乔瑾这么解释了，但她却一个字也不相信，两人好不容易缓和的关系又回到冰点。

就在韩季北去找乔与诺求助的时候，乔瑾跑了。

她这次不是跑到国外，也不是躲到小镇子，而是直接跑到了未来。韩季北本事再大，没有穿越仪也追不过去，所以隔三岔五地骚扰乔与诺。他不信"小浑蛋"没有留后手。她不为自己想，也得为残废的心上人着想。

韩季北哪知这回是真猜错了。叶崇行宁可坐在轮椅上一辈子，也不想再看到穿越仪这种鬼东西。乔与诺知道这事后，乐了好几天。她一直闹不明白，她这么果断干脆的性格，怎么会有一对儿这么磨叽的父母。

整件事摊开说，不就是"我爱你"三个字，愣是被他们整成五十集的狗血八点档。

这天下午，乔与诺在陪叶崇行做复健，韩季北又来了。

还是原先的话题，他向她要穿越仪。

乔与诺被他烦得不行，只能求饶："求你放过我吧亲爹，我真没有那玩意儿。你再这么纠缠我，我家的叶哥哥非得怀疑我不可。他就怕我穿越了，现在秦天和穿越仪都去了未来，才舒坦了些，你别给我们找不自在。"

一旁的叶崇行有些尴尬，原来乔乔都知道。

"没出息。"韩季北说道。

乔与诺嘚瑟道："这叫琴瑟和鸣，你别太羡慕。"

"'小浑蛋'，给爸爸出个主意，总不能让我等十六年吧。别以为我猜不出来，小乔乔就是被你藏起来的，不然小瑾能因为这事跑到未来吗？"韩季北烦躁地说道。他一烦就想抽烟，但烟盒刚拿出来就被她抢走了。

乔与诺说道："我家的叶哥哥在戒烟，你别在他的面前抽烟。"

韩季北狠狠地瞪了一眼叶崇行。这两个人虽然合作了一次，但现在仍旧互相看不顺眼。叶崇行对他凶狠的目光视若无睹，艰难地移到沙发边上，一语双关地说道："随便抽吧，我不是那么没毅力的人。"

"情话小能手"立马说道："叶哥哥能等我十年，你为什么不能等大乔十六年？"

韩季北："……"

"噢，我知道了。"乔与诺补刀道，"你今年已经三十三岁，十六年之后就是年过半百的老头子，而我的妈妈却还是二十多的小姑娘。你这是自卑了？也是，当初你还嫌叶哥哥老，让我找个年轻点儿的。"

韩季北："……"

被亲闺女伤得体无完肤的"渣爹"一脸颓废地走了，终于相信乔乔手里没有穿越仪。为今之计，他也只能等上十六年了。韩季北唯一看叶崇行顺眼的地方,就是他像苦行僧一样等了乔乔整整十年,这太难了。

韩季北走后,乔与诺生怕叶崇行问起小乔乔的事情。

所以她就将话题引到韩季北的身上:"我忽然觉得报复渣男最好的办法就是穿越到未来去见他,让变成老头子的渣男后悔错过了如此美貌的自己!"

叶崇行问:"这主意该不会是你给咱妈出的?"

"还真不是。"乔与诺笑眯眯地说道,"这事我比韩少知道得还晚。我们别管他们了,要是韩少能等大乔十六年,我就认了他这个爸爸。"

"乔乔,我们约法三章。"他握着她的手,亲了一下。

"什么?"

"不管我们出了什么问题,你都不能随便穿越。生气了,和我吵架了,可以把我从家里赶出去,但你不许离家出走。"叶崇行缓缓说道,"你别让我找不到你。"

乔与诺看着清瘦的爱人,低低地应了一声好,然后倾身吻住他。

我怎么舍得让你找不到。

又怎么舍得与你分离。

我用十六年的苦难,才换得与你今天的相遇。

尾声

世间最圆满的事

三年后。

中秋已过,但盛夏的暑气还未散去,午后的阳光依旧炙热,桂树上的夏蝉不知疲倦地叫着,院中的美人蕉底下趴着一只懒洋洋的短尾猫。

斜阳从落地窗照进客厅,里面坐着一个人。

时光岁月带去了乔与诺身上的稚气,圆嘟嘟的脸瘦了下去,她和乔瑾的五官越发相似,其他的地方倒没有多少改变。

墙上的液晶电视正在播放她家叶先生的访谈。

端方秀美的主持人问:"我们都知道叶先生结婚了,并且您是和初恋修成正果。但自从那场盛大的婚礼之后,叶夫人就不再在公众场合出现了，所以许多人都在猜测叶夫人是不是出了什么意外。叶先生对此有什么说法？"

电视里的叶先生清隽俊雅，举止优雅，像一幅永不褪色的水墨画。

主持人的问题似乎让他很不高兴，只见他冷着一张脸说道："我没有任何说法。"

乔与诺点开时光科技的微博，果不其然，置顶的微博下面一堆安慰的评论。比如：男神没有澄清，那个拯救银河系的女人果然死了，心疼我的男神。再比如：不要因为错过太阳而伤心，你的月亮还在等着你。又比如：心疼男神一万遍，等了她足十年。我觉得，她肯定知道自己得了绝症，所以回来虐我的男神！

乔与诺愤怒地回复了最后一条评论："姑娘，少看小说多读书！"

不过没人理她。

"叶崇行，你为什么不澄清一下，我又'死'了。"乔与诺气呼呼地冲楼上喊道。这都是第几次了，怎么天天有人在网上分析她的死法？要不是叶崇行担心她和小乔乔撞上，他们至于这样低调吗？

其实小乔乔现在还在深山老林里，只是她不能说。

韩季北也问过很多次小乔乔的下落，她每次都打哈哈。这两年"渣爹"有点儿父爱泛滥，不仅对她嘘寒问暖，还特关心小乔乔在哪里受苦。大乔离开之后，他就从风流的渣男变成痴情不悔的好男人。

乔与诺腹诽：他早干什么去了！

叶崇行听到乔与诺的咆哮，从书房走出来，不疾不徐地拾级而下，走到她的身边，抽走她手里的平板电脑："你别气了，我晚上给你做叉烧饭。"

他亲亲她的脸，将她抱在腿上轻轻地哄着。

乔与诺不到三秒就沦陷了："你放我下来。你的腿刚好，别让我压坏了。"

　　"不气了？"他没有把她放下来，就着这个姿势亲吻她，从脸亲到脖子，细致又温柔地将她里里外外地亲了一遍。她有些情动，整个人都瘫在他的怀里，耳根子红得滴血，一脸羞涩地任由他"轻薄"。

　　乔与诺嗯了一声，低声说道："叶崇行，我爱你。"

　　叶崇行的喉咙里发出愉悦的笑声。他抱着乔乔，像拥抱着他的世界。是的，怀里的爱人就是他的整个世界。

　　今朝之后。

　　他们长长久久地在一起。

　　无灾无难。

　　不再分离。

　　这便是世间最圆满的事。

【全文完】